文庫

妖草師

武内 涼

徳間書店

目次

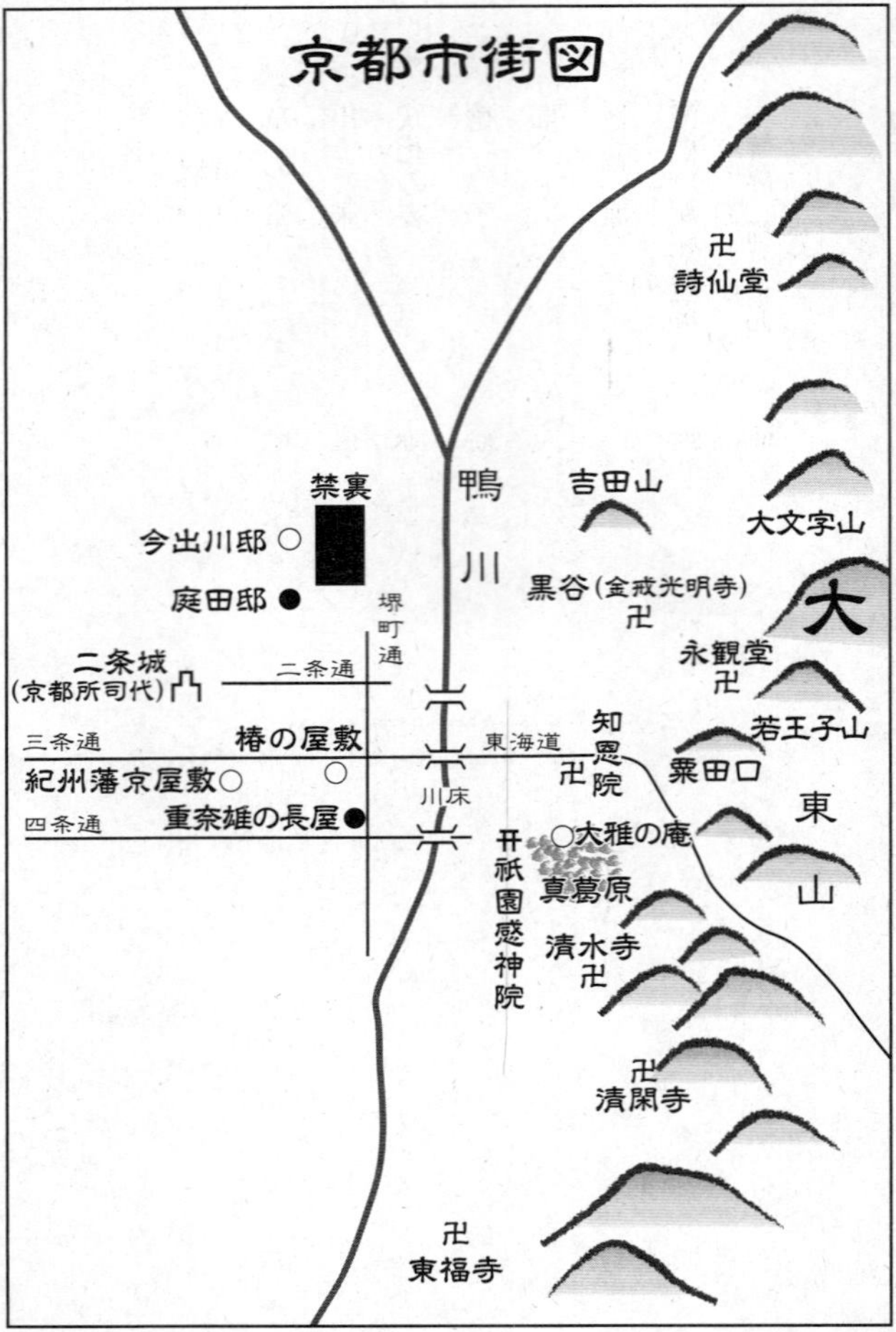
京都市街図
卍
詩仙堂
禁裏
鴨
川
吉田山
大文字山
今出川邸
庭田邸
黒谷（金戒光明寺）
卍
大
堺
町
通
永観堂
卍
二条城
（京都所司代）
二条通
若王子山
三条通
椿の屋敷
東海道
知
恩
院
卍
粟田口
紀州藩京屋敷
川床
東
四条通
重奈雄の長屋
大雅の庵
開
祇
園
感
神
院
真葛原
山
清水寺
卍
卍
清閑寺
卍
東福寺

真《ま》葛《くず》原《がはら》

「何や——草履《ぞうり》買うんやないの」

木戸番の男は、鋭い目つきで、池大雅《いけのたいが》のぼろぼろの草履を見下した。

余計なお世話だと思う。

草履も商う木戸番は、洛中《らくちゅう》で大雅が道を尋ねる度に、くたくたの草履を引っかけた足元に目線を下げる。

何人もの木戸番に草履の新調をすすめられた。

だが大雅は、この草履が絶対直せなくなるまでつかい切るつもりなのだ。

大雅は、穏やかに笑い、

「この古草履——えろうわしの足の裏になじんどるさかい。新しいのはいらん。あの……庭田重奈雄《にわたしげなお》はんゆう人の家、知りまへんか？」

「知らん」

木戸番は、にべもなく答えている。早く行けというふうに荒く手を振ると、後はもう、四条通のにぎやかな人の動きを見ていた。

大雅の背後――四条通は、

米俵を三つ背負った黒い馬。

その馬を引きながらやはり自身も米俵を背負った破れ笠の男。

藍色《あいいろ》の違い矢羽根模様の小袖を着た母親に背負われて、ぐっすり、眠っている童女。

その童女と同い年くらいなのに、すぐ前をゆく、二つの麦俵を背負った父親からはぐれまいと、歯を食いしばって歩く麻衣の少年。

少年の背には父親のより一回り小さな、重い麦俵があった。馬を引きながら米俵を背負う編笠の男の喉からは、ぽたぽたと絶え間ない汗が流れている。

宝暦《ほうれき》七年四月中旬（一七五七年、六月はじめ）。

初夏の、京都。

梅雨の合間の、蒸し暑い晴れの日だった。

池大雅はふーっと小さな溜息をもらすや、手拭いで喉をごしごしこすりつつ、開かれた木戸を通った。

広い四条通と、直角にまじわる、道幅の狭い堺町《さかいまち》通に足を踏み入れる。

閑静《しずか》な日陰の道に入った大雅は、

（ふう。生き返った）

粉塵《ふんじん》の四条通から一歩踏み込んだだけの堺町通には炎暑を寄せつけぬ清らかな涼しさが在《あ》った。

青簾《あおすだれ》の料理屋や、品のよさそうな蒔絵師《まきえし》の工房が左右に立ち並び、町屋の紅殻格子《べんがらごうし》の手前で二人の少女が子守歌を歌いながら、行ったりきたりしている。

大雅は、

「なあ、庭田重奈雄ゆう人の家、この辺か」

赤子の世話をまかされている十歳くらいの童女たちに訊《たず》ねた。近所の、あるいは奉公先の、赤ん坊をおんぶした可憐《かれん》な二人は、目をぱちぱちさせて、顔を見合わせている。

青《あお》っ洟《ばな》がはみ出た背の高い少女が、大雅にではなく友達の方に言った。

「シゲさんのこと……やろか。庭木のお医者さんみたいなことしてはる人」

「そう。その人や！　万福寺《まんぷくじ》の坊《ぼん》さんの紹介できたのや」

背の低い方の、童女が、

「そこに但馬屋《たじまや》ゆう玩具屋《おもちゃや》が見えるやろ。但馬屋の角を左にまがるのや。路地《ろーじ》に出る。どんつきに紫陽花《あじさい》地蔵さんがある路地や。その紫陽花地蔵さんの路地の左側が、シゲさんの長屋や」

「すぐわかるで。戸の前になあ、ソテツ、サボテン、いろいろ鉢植え置いてはるのがシゲさんの家」

「おおきに。ありがとう。ありがとう」

丁重に礼をのべ目印の玩具屋に歩きだした大雅の背後で、小柄な童女の声がした。

「あの、お藤《ふじ》ちゃん、言おうか言うまいか迷ってたんやけど、あんた……鼻汁出とるで。よかったら、このちり紙で、拭きぃ」

「………おおきに。そやけど、お菊《きく》ちゃん。うち、そういうのもっと早めに言うてほしいわ」

＊

（この家やろか）

右手に、祠《ほこら》がある。青紫の額紫陽花がひっそりと咲いていた。

正面に、長屋がある。

表通りの商家で働く奉公人や、職人の弟子が間借りする平屋だ。

大雅がかつて旅した江戸の裏長屋と同じくらい粗末な建物だが、何処《どこ》かそこはかとない雅《みやび》さが漂うのは……破れ障子の代りに古びた格子戸が、安板《やすいた》の無双窓の代りに小さな雨除《あまよ》けに守られて、竹の連子窓《れんじまど》がついているからか……。

沢山の鉢植えが置かれた長屋にむかって問いかけると、

「もぉし。庭田はん、おりますかぁ」

「――おらん！　帰れ」

中で、鋭い男の声がする。

「おらんて……おるやないか」

さすがにぼそりと呟《つぶや》いた大雅は、今からこの長屋の医者《せんせい》に、重大な相談をしなければならないのを思い出し、あわてて口をおさえた。

いぶし銀のような色合いになった竹の連子窓に近づき、そっとのぞいてみる。

暗い屋内。格子戸から入る無数に分かたれた光の線に照らされて、一人の男が寝ていた。

ブーン、ブーン……という音がして、時折、寝ている男の長い髪がふわふわと揺れている。

「わし知恩院《ちおんいん》袋町《ふくろちょう》で待賈堂《たいかどう》ゆう扇屋やっとる、」

「おらん、帰れ！」

「池大雅いいます」

「池……大雅？」

室内の男がむっくりと起き上がっている。厳しい声で、訊《き》いてきた。

「たしかに池大雅で間違いないか？」

「……はい」

「お前、絵師か？……絵も描くんじゃろ？　扇屋の片手間に」

「片手間ゆう言い方はよくないな。扇に絵ぇ描くのも、絵師として立派な……」

（怒ったらあかん怒ったらあかん！）

自分に言い聞かせた大雅は、いそいで青空を見上げ深々と息を吸った。

「……画業一本でやっていきたいゆう思いはあるんやけど、わしの絵、まだよう売れんさかい……扇屋・待賈堂の方、しめるわけにはいきまへんのや」

画家・池大雅——この時、三十五歳。一部の通人は大雅を高く評価し、その存在を知っていた。が、まだ天下に画名を轟《とどろ》かせるにはいたっていない。大雅が与謝蕪村《よさぶそん》と並ぶ中国文人画の巨匠として、次々に傑作を発表し天下にその名を轟かせるのは四十代。これより、数年後のことである。

中の男は大雅の述懐を聞くと、

「まあそれでいいんじゃないのか。庭田はおらんが、とにかく、上がれ！」

——厳しい声で命じてきた。

大雅は「庭田はおらんが、とにかく、上がれ」という言葉の意味を怪しみつつも、庭田重奈雄が住むらしいその家の格子戸を引き中に入った。

とたんに大雅は——

「な、な、なっ、何やぁこの草はぁ————」

四畳半の奥、暗がりに……不思議な草があった。

ヨモギに近い。

植木鉢に植わっている。

三株、あった。

それだけでは別に怪しむに値しないのだが……この三株の草、いずれもブゥゥ——ンという奇音を発しつつ、体を激しく、上下動させているのである。

したがって、蒸し暑い初夏の京都盆地、堺町四条上《あが》ルの棟割長屋の一室に、世にも涼やかな秋の夕方と錯覚するくらい心地よい清風が湧き起こっていた。

つまり室内の男は三本の不思議な草から生ずる爽《さわ》やかな風を体に当て涼んでいたのだ……。

ブゥーン。

ブゥーン。

大雅の体にも、心地よい風がかかる。火照《ほて》った体が、ふるえるほど——気持ちがいい。うっとりと目を細めた大雅だが、ヨモギが、自発的に体を動かすなどあってはならないことに思え、

「お、おかしいん違《ちゃ》いますか。ヨモギが勝手に風起こすなんておかしいん違いますか」

体を上から下、下から上へ、目にもとまらぬ速さで激震させる三本の草から、男の方へ顔をまわした。

と、

「いやヨモギではなく——蓬扇《ほうせん》というようじゃ」

「ホウセン？」

「うむ。俺ではなく、重奈雄の草なので……詳《つまび》らかには知らぬが、何でも延喜式《えんぎしき》に出てくる妖《あや》しの草らしい」

延喜式、二十一巻に云う。

蓬扇……その形蓬《よもぎ》に似て枝多く葉少し。……自ら動転して風生ず。

風に吹かれるのでも、獣がさわって動いたのでもない。

自発的に運動して風を起こす妖しの草の名が、古《いにしえ》の朝廷の官製文書にのこされている。

教えてくれた男の年齢は不詳。髪は長く、ぼさぼさ。嵐の如《ごと》き髭《ひげ》が口まわりをおおい、両眼は——鉄刀より鋭い。手と足の爪がのび垢《あか》じみた衣を着ている。

「あんたはんは一体……」

「俺は蕭白《しょうはく》。重奈雄の、隣人じゃ」

「その隣人が今日は何でここに？」

蕭白と名乗った男は、わかりきったことを訊ねてくれるなよという顔で笑い、

「決っておる！　涼しいからよ。蓬扇のおかげでこの部屋は、帝《みかど》の御所よりも涼しいわ。徳川将軍の江戸城よりも涼しいわ。ぐわはははははっ」

格子戸のあわいから入るいくつもの光線に筋状に照らされた、ぼさぼさ髪で髭の濃い男の笑顔は、鬼気迫るものがあった……。

おまけに四畳半の奥では鉢に植わった三株の蓬扇が、物凄《ものすご》い勢いで、体を上下動させている。

大雅は腰がぬけたまま戸外にまろび出ようとしている。

「また……きます。では」

だが大雅の後ろ首は、強く蕭白につかまれ、逃走のもくろみは阻止された。

「おいおい大雅。何を草如きに驚いている。何も煮て喰おうと言ってるわけではない。俺が話を聞こう。何、長いこと隣に住んでいる内に重奈雄《やつ》の仕事についてわかってきたのじゃ」

なおも出て行こうとする大雅に蕭白は、

「俺も——絵師なのじゃ。曾我《そが》蕭白。お前よりも名が知られていない売り出し中の絵師よ」

「あんたも……絵を?」

「そうじゃ。だが、お主と俺は描きたいものが違う……。

大雅。そなたが描きたいものは……楽園。

俗世間の下らぬ足の引っ張り合いや、怒り、嫉妬《しっと》から解放された隠者たちが暮らすのどかな田園よ。

鶴にのって天を舞う仙人、ありそうでどこにもない、世にも美しい山や川が、遥《はる》かなる奥行きで広がる世界。それがお主の描きたいものじゃろう？　だが、俺は違う」

蕭白の双眸《そうぼう》から凄《すさ》まじい殺気の波が――ほとばしり出た。

「俺は――もっと別のものを描きたい」

大雅を、無理矢理抱き起こした蕭白は、

「まあそこに座れ。蓬扇の涼風に当たりながら、ゆるりと話を聞かせてくれよ」

大雅にも蓬扇が心地よい風を起こすだけで、たとえば人に害を及ぼしたりしない――とわかった。絵師と自称する蕭白への警戒も次第に薄まって、

「ほな……お話しします」

池大雅の話は、次のようなものであった。

大雅は妻の町《まち》と、祇園感神院《ぎおんかんじいん》と東山の間に広がる田園地帯・真葛原《まくずがはら》の草庵《そうあん》に二人で暮らしている。二人の間に子はない。そして少しはなれた知恩院の門前、扇屋・待賈堂には

大雅の母が暮らしている。

その若夫婦が暮らす真葛原の草庵に……さる問題が起こっているという。

「三日前のことだす。玉瀾《ぎょくらん》が壁に赤い苔《こけ》生えとるの見つけたんだす」

「待て。玉瀾とは誰だ？」

「ああ、町のことだす。妻の町も絵ぇ描きよりましてな、絵師としての号を玉瀾言います」

「ややこしい。――町で統一してくれ」

池玉瀾こと町は、三日前、草庵の土壁に珍しい――紅《くれない》の苔を見つけた。むしり取ろうとしたが、町の力ではどうしても壁に生えた苔を取れなかった。帰宅した大雅に告げると、

『家に苔生えるなんて、絵描き冥利《みょうり》につきるやん。どう広がるか見たい。このまま抜かずにおこー』

と言い、町も夫の言う通りだと思ってしまったので……二人は床に入って寝てしまった。

しかし翌朝目覚めてみれば――赤苔は内壁のほとんどをおおいつくし、二人の夜具にまで小さな苔が芽吹いている始末であった。

青ざめた大雅と町は必死に抜こうとしたが――非常にしぶとい。何とか数本除去するも、すぐにまた……。

「抜いた所《とこ》から新しいのが生えてきよるんですわ。そしてその新しいのは、前のより強いんです」

「強いとはどういうことだ。前よりもっと、容易に抜けないということか？」

「はい」

心配になった大雅は昵懇《じっこん》にしている万福寺の僧に相談した。すると、僧は、言った。

『その道の人に訊ねてみた方がええなあ。――庭田重奈雄ゆう人がおるのや。元々、堂上方（公家《くげ》）の出のお人やが、今は市井《しせい》に住んで庭木や草花の病をなおしておられる。いわば……草木の医者』

『草木の医者……そないな人いやはるんですか』

『うむ。京の寺家社家では、知らん者がおらんゆうお人や。だが庭田はんができるのは草木の病をなおすことだけやない』

万福寺の僧は深刻な面差《おもざ》しで訊ねた。

『あんた――妖草師《ようそうし》、ゆう言葉聞いた覚えあるか』

『…………妖草師？　聞いたことありまへん』

『ほうか。池はん、この世にはなあ、時々――人の世のものではない草の種が芽吹くことがあるのや。庭田はんは、その妖草の刈り方を知っとるお人や。いそいで堺町四条のお宅に相談に行った方がええ』

池大雅は、ここまでの顚末《てんまつ》を、曾我蕭白に語った。

蓬扇の起こす涼風で蕭白の長い髪がさらさらと浮いている。先ほどから蕭白の手は、鬚《ひげ》がぼうぼうに生えた顎《あご》に当てられていた。

抜こうとしても抜けない赤い苔の話に触発されたか、蕭白の指は、自分の鬚を抜こうとしている。

蕭白は、

「話は大体わかった。重奈雄は今、清閑寺《せいかんじ》におる」

大雅は、

「歌の中山？」

歌の中山、清閑寺は清水寺《きよみずでら》の南東に位置する。京の町を見下す東山の高台にあり紅葉《もみじ》の名所として知られる。

「清閑寺の僧が今朝迎えにきたのよ」

清閑寺の青紅葉が病にでもなったと思ったが、どうもそうではないらしい。

「清閑寺にも――得体の知れぬ草が現れたようでな」

大雅の目は、丸くなっている。

「何？　赤い苔やろか」

「わからん。だがこういう時は、すぐに知らせてくれと重奈雄に言われている。方角的にも、まあ……お主の家の方じゃ。行ってみよう」

＊

東山の高台にある清閑寺から西を見下すと――京の町が、扇形に開ける。

松林の斜面の下方に、まず清閑寺の山門がある。山門のずっと下方に東本願寺《ひがしほんがんじ》など下《しも》京《ぎょう》の甍《いらか》の海がどっと展開する。

庭田重奈雄は、犬黄楊《いぬつげ》の生垣を背にして、松と芝の斜面に腰かけていた。

月代《さかやき》を剃《そ》っておらず一ヶ所でたばねた髷《まげ》は上に立っている。まだ若い。白磁に似た肌は、日に焼けにくいようだ。傍らで酒を飲む寺男のように浅黒く焼けていない。

重奈雄の左右に、十人ばかり、清閑寺の僧や、寺男が、座っていた。

いずれも山門方向、つまり都を見下す姿で、地べたに腰かけている。

大人の僧は般若湯《はんにゃとう》（寺院の隠語で酒）を口にし、寺男も相伴《しょうばん》にあずかり、小僧たちは篳篥《ひちりき》や羯鼓《かっこ》などを楽しげに鳴らしている。

重奈雄が真紅の唇に盃《さかずき》を運んだ刹那《せつな》、

「おーい、重奈雄ぉ」

山門の下の方で、蕭白の怒鳴り声がした。

山門前で駕籠《かご》からおりた蕭白は、大雅が止めるのも聞かず、荒々しく、芝の斜面に踏み入った――。正規の参道ではなく、直接、最短距離を重奈雄のいる所まで登ろうとしている。

駆け上る蕭白から、山の頂方向を見ると、まず斜面を登りきった所に、重奈雄と僧たちがいる。横一線に並んだ彼らの向うに犬黄楊の生垣が茂り、その先が本堂のある、山上の台地になる。

「貴様、仕事できたのではなかったか！」

駆ける蕭白が怒鳴ると、

「仕事をしている。これもまた仕事の一環だ」

庭田重奈雄は余裕の表情で答えた。

「何が仕事じゃ！　酒盛りしているだけではないか」

「待て、蕭白。その黄色い花を踏んではならん！」

上から、重奈雄の声がする。僧たちもさすがに驚き皆、腰を上げていた。

見れば芝の斜面に、黄色い花が、鈴なりに咲いている。ナルコユリに似ていた。

つまり——鳥の羽のように葉を両側につけた茎が、鎌首をもたげた蛇の形に曲がっている。すらっとした茎からは釣鐘形の可愛らしい花が列になって下がっている。ナルコユリの花は、緑白色で小さい。が、今、蕭白の足元に佇立《ちょりつ》する草の花は、黄色く大きい。

芝からにょっきり突き出たその草は全部で十本ほど。元気をなくしたように、しおれている。

「お前のせいで舞をやめてしまったではないか。舞草《ぶそう》という」

「……舞草？」

明るい緑一色の小袖に、濃い深緑の帯をしめた重奈雄は静かな足取りで斜面を下りてきた。蕭白の傍らにやってきた大雅をみとめ、

「蕭白、その人は？」

涼しげな眼《まなこ》を細めて訊ねている。

「池大雅言います。知恩院袋町で、待賈堂ゆう扇屋やっとります」

重奈雄の切れ長の目が、輝き、

「おぉ……あの扇屋さんですか。貴方《あなた》の扇をもっている。大変素晴らしい扇だ」

重奈雄は帯から扇を一つ取り出すと、開いてみせた。表に風に吹かれた柳と竹、そして下草が、中国風に墨一色で描かれている。扇の裏には漢詩が書かれている。大雅の書だ。


京に生れた池大雅は、四歳で父親を亡くし、六歳で寺子屋に入った。七歳の時、習字を万福寺で披露する機会を得た。この大雅の書を目にした万福寺第十二代住職の中国人僧、杲堂元昶《こうどうげんちょう》から——神童と激賞される。

この一件で運命が開けるかと思いきや、なかなか順風満帆にはいかなかった。

十五歳で扇屋・待賈堂を開店した大雅は、長崎の出島を通してもたらされた中国文人画に魅せられる。自分の好きな絵を描いた扇を都で売ろうとした。

だが、当時の売れ筋の絵は、幕府の御用絵師、狩野《かのうは》派、俵屋宗達《たわらやそうたつ》や尾形光琳《おがたこうりん》の流れをくむ琳派《りんぱ》、伝統的な大和絵《やまとえ》……この三つであり大雅の好きな文人画を描いた扇は……全く売れなかった。

狩野派も中国風の絵だが、風景を何処までも、繊細に、綺麗に、細やかに切り取ろうとする。

対して文人画家は——雑だと思われても、拙《つたな》いと思われても気にしない。田園なら田園、山なら山、その風景の根底に流れている空気のようなものを大胆につかみ取ろうとする。だが、大雅が十五歳の頃、左様な文人画の心は、まだ当時の人々に理解されていなかった。

自分が絵を描いた扇を背負って、尾張《おわり》、美濃《みの》、近江《おうみ》まで行商に出かけた大雅少年……。大量の売れ残りを運んで都に帰るのがあまりにも切なくて、瀬田《せた》の唐橋《からはし》から、「竜王を祭る！」と叫んで、売れ残り全てを投げ捨てた――という逸話がのこされているほどなのである。

かつて神童と呼ばれた男はもがいていた。

自分の画業を成立させるべく、苦闘していた。

そのような状況にある池大雅に、庭田重奈雄は言った。

「詩書画三絶。貴方の扇は、詩も、書も、絵も、どれをとっても素晴らしい。どれか一つが抜きん出ているというわけではない。三つの峰が並び立つように、いずれも力強く――美しい」

大雅は眼を最大に開き、唇をぴくぴく、痙攣《けいれん》させている。重奈雄、扇を大切そうに閉じ、

「大好きな扇です。はじめは何気なく手に取ったのだ。だがつかう内に、愛着がわいてきた。大切に……つかわせてもらっています」

「ありがとう！　おおきに。ありがとうっ」

黄色い花を跳躍してこえる。重奈雄の腕を、つかんでいる。

「詩書画三絶――こう言ってくれはった。その境地目指しとるんです。一生かけて詩書画三絶に行ければええ！　こない思うとります。ああ……わし貴方のこと何とお呼びしたらええんやろ。庭田はんですか？　庭田先生でっしゃろか？」

「シゲさんでいいですよ。あの辺の子供らには、そう、呼ばれている」

「いや……シゲさんなんて、そんな。庭田はん、これでいかせてもらいます。庭田はん、やっぱりさっきの言葉取り消してもらえんやろか？　一生かけて詩書画三絶に行ければええ思うとる男に、もう詩書画三絶に達したゆう言葉は、あまりに勿体《もったい》ない。勿体なすぎる！」

重奈雄、高く笑い、

「いや。撤回する必要はないでしょう。真《まこと》に思ったことを伝えたまでだから」

瞳をうるうるさせた大雅に、蕭白の罵声《ばせい》がふりかかる。

「おい、お前。そんなことを話しにきたんじゃないだろう」

苦虫で口がいっぱいになった顔で、腕組みしていた蕭白は、

「この男の庵《いおり》に――紅の苔が生えたようじゃ」

「……紅の苔だと」

　重奈雄の目の色が変っている。鋭利な眼差《まなざ》しで、大雅に訊ねた。

「その苔は抜こうと思ってもなかなか抜けず……力いっぱい抜いても、新しいのが出てきて、」

「その新しいのは古いのより、ずっと抜きにくいんですわ」

「……まずいな」

　重奈雄は深刻な表情になっている。

「ここの妖草は早めに妖草刈《くさか》りし、貴方の庵に行かねばならぬようだ」

　斜面の上へむき、

「和尚」

「はい」

　先刻の生垣の前にいる老僧にきびきびとした声で告げた。

「そろそろ、この妖草、供養したく思う！　小僧たちにさっきより一層にぎにぎしく、音曲をかなでるよう言ってもらいたいっ」

「かしこまりました」

　和尚の合図で、小僧たちが力をこめて、篳篥、羯鼓を鳴らしはじめた。

すると——どうだろう。

重奈雄、蕭白、大雅の足元にある黄花の草が……はじめは、ゆらり、ゆらりと緩慢に……そして、一拍の沈黙の後——俄《にわ》かに勢いよく、軟体動物に近いなめらかな動きで茎葉をくねらせはじめたではないか——。

重奈雄の長屋にあった蓬扇は一種類の運動——体を下げて、上げる——をくり返しているだけだった。

しかし重奈雄が舞草と呼ぶこの草たちは、上下動は勿論《もちろん》、右に左に、まわすように、痙攣するように、小僧たちが奏でる音曲に合わせ……自在に動いている。

まさに——草が踊っているのである。

「これは夢か。風を起こす草に、踊る草。今日という日そのものが大きな夢なんやろか」

呆然《ぼうぜん》とする大雅の頬が蕭白に引っ張られる。

「夢ではない。現実じゃ」

「くっ……痛っ。現実やったんか。しかしこの草……楽しそうやなあ」

舞う草の姿は、家にはびこる赤い苔、画業にまつわるもやもやした不安などを、一時的に取り払ってくれるほど陽気なものだった。

「仙境に咲く黄色い花・瑶草《ようそう》とはこの草のことなんやろか」

重奈雄は薄く微笑《ほほえ》むと、大雅に教えた。

「貴方の言う瑶草とは神農《しんのう》の娘が化身したという花ですな」

神農とは、中国の神である。

「その瑶草とは、意味の違う妖草だ。舞草は——妖しの草と書く、妖草の一つ」

言うなり重奈雄は待賈堂で買った扇を開き、猿楽師が舞台を歩むが如き姿で——二間《けん》（一間は約一・八メートル）ほど動いた。すると全ての舞草がぴたりと静止し黄色い花は重奈雄にむけられた。まるで観客となって重奈雄の一挙手一投足を見守っているようだ。

緑一色の小袖を着た重奈雄は、すっと立ち止った。そして、今度は、扇を高々とかかげ、軽やかに踊りながら、元いた方へもどってくる。

幸若舞《こうわかまい》の、所作である。

溜息がもれるほど見事な体さばきだった。

重奈雄が舞い終った刹那——あっという間に、舞草は萎《しお》れている。

物凄い勢いで、悉《ことごと》く、枯れている。

扇を帯に差しつつ、重奈雄は、

「舞草は自分よりすぐれた舞を見ると枯れてしまう。こんな可憐な妖草でも、無理矢理抜けば舞いたいという思いを打ち切られた怨《うら》みから……障《さわ》りをなす。正式なやり方で刈らねばならない」

「一体、妖草ゆうんは……何なんですか？」

大雅は、万福寺ではじめて「妖草師」なる言葉を聞いた時から胸にあった疑問を、ぶつけた。

「歩きながら説明しよう。急ぎ、貴方の庵にむかわねば」

重奈雄は和尚に枯れた舞草の始末の仕方を手早くつたえると、二人と一緒に急ぎ足で山門に下りながら説明した。

「妖草は——常世《とこよ》に生える草。常世とは人の世と重なり合うもう一つの世界」

「あの世のことやろか」

「それも含みます。常世の深みに、魔界と冥界《めいかい》という、二つの世界が在る。つまり常世とは、魔界冥界をひっくるめた異界の総称」

「そんな遠い所の草が何で人の世に出てくるんやろ」

「決して……遠くはないがね」

重奈雄は冷気に似たものを瞳から放ち、別人の如き低い声で、言った。すぐにまたいつ

もの重奈雄にもどり、

「妖草の種は、人の世と常世の境を、たえず漂っている。種子《しゅうじ》の多くは境をこえられない。だが、例外がある。苗床を見つけた時だ」

「な、何が……妖草の苗床になるんです」

「――心」

重奈雄は、言った。

「心？　わしやあんたの……」

「そう。妖草は自分と波長の合った人の心を苗床に、この世に芽吹く。例えばさっきの舞草。清閑寺の和尚は厳しいお人でね。本人はそれでよいのだが、若い僧や小僧たちは、たまにはハメを外したい、読経三昧《ざんまい》、修行三昧の日から解放され、町衆と同じように思い切り踊ったり、騒いだりしたいという思いがたまっていたのだ。抑圧された思いがね。だから――蕭白」

山門にほど近い所まで下りてきた重奈雄は、斜面に佇《たたず》む赤松に手をかけると、蕭白の方にむいた。

「仕事の一環と言ったのは、そういう意味だ」

「僧たちにハメを外させる必要があった？」

　蕭白の言に、重奈雄はうなずいた。

「うむ。清閑寺の僧から……『寺の近くに妙な花が咲いている。読経の度に、踊るように体をくねらせ、修行の妨げになる。抜くのも薄気味悪いので診《み》にきてほしい』と、頼まれた時、俺がまず考えたのは――何故《なぜ》、舞草が生えたかだった」

　再び駕籠を待たせてある山門の方に歩きだし、

「和尚に会い、この人に原因があるなと思った。なので先ほどの宴で、二度と舞草が生えてこぬようにしたのさ。勿論、和尚にも、二人だけになった時、釘《くぎ》を刺しておいた」

　舞草の陽気な姿が心にのこっている大雅は、少し寂しい気持ちになり、清閑寺の方を仰いだ。

「そやけど舞草やったら……清閑寺さんにあってもええん違《ちゃ》いますか。何か見ていて、えらい幸せな気持ちにさせてくれる花やったし……」

「――いけません」

　重奈雄は、断言している。

「砂地に草木を植えるにはどうすればよいか。

まず、砂の上でも育ち、日差しに強い草を植える。

その草が枯れ、骸《むくろ》になる。腐った草の骸と砂が混じり合い——土ができる。

そうやってできた土に、今度ははじめの草より湿気のある場所を好む草を幾種類か植える。

それらの草も腐り、より、豊かな土ができます。

その土の上に今度は、木を植えるのだ。

そう。真に長い時がかかる。

だが、草には——荒れ地を森に変える力が在るのだ。

妖草も……同じなのです」

重奈雄は深刻な相貌で語った。

「妖草には、他の妖草を呼ぶ力が在る。成程《なるほど》、舞草は見ていて楽しい妖草だ。だが妖草の中には、人間の負の想念、暗い心を苗床にするものがある……。そうした妖草は、恐ろしい力をもつのです。

中には、人の世にとてつもない災いを……引き起こすものまである。

だから、こちら側に、はびこらせるわけにはいかない」

「蓬扇はどうなのじゃ！　自分で育てて、涼んでおるではないかっ」

蕭白の鋭い指摘に、重奈雄は、

「あれは、我ら妖草師の力で他の草を呼ばぬよう処置したもの。暑熱を厭《いと》う人の気持ちに芽生えたもので、涼風を送る以外、妖しの力をもたぬ。俺は暑がりゆえ……蒸し暑い京の夏をのり切るのに蓬扇はかかせん。お主も、頻繁に、涼みにくるではないか」

「ちっ。そんなことより赤い苔だ！　赤い苔。行くぞ」

重奈雄の体は、蕭白の乱暴な手で、駕籠に押しこまれている。大雅と蕭白は自分たちがのってきた駕籠の他に一つ、空《から》駕籠をつれてきた。つまり重奈雄がのる駕籠をちゃんと用意していた。

先頭は大雅、次に重奈雄、最後尾に蕭白。

三人をのせた駕籠は初夏の青い葉漏れ日がそそぐ東山の木の下道を「エイ、ほ。エイ、ほ」と北西へ駆けてゆく――。

＊

知恩院の鐘が八ツ（午後二時）を知らせた時、重奈雄たちは真葛原についた。猛速で疾駆する三つの駕籠に驚いた雄の雉《きじ》が、バサバサと野の奥に逃げる羽音を聞いた重奈雄は、乗物を止めている。

土埃《つちぼこり》を立て道に降り立つと、

「歩いて庵まで行こう。……途中に妖草が生えていないか、たしかめたい」

大雅が勘定をすます横で、重奈雄は左右に鋭い視線を走らせている。蕭白も真似してしかめ面《つら》で辺りを見まわしている。

左に、田があった。

まだ幼い稲が整然と並び大空と白雲が水にうつっている。田の面《も》にうつった雲を歪《ゆが》めて、つがいの雁《かり》がゆったり泳いでいる。

蕭白は、鳥が好きらしい。

田の面の雁を目にした蕭白は……ぼろぼろの衣をもぞもぞさぐっている。駕籠舁《か》きを帰した大雅は、同じ絵師なだけに、

(何かに描きとめたいんや。わかるわ。この男、鳥の絵が好きなんや。何か意外やな)

つづいて大雅は、重奈雄に視線をうつしている。

重奈雄は、氷のように静かな面差しで、田んぼとは反対側、葛原の方へ歩みよった。

真葛原に生えているのは葛だけではない。

大きな葉の蔓草《つるくさ》、葛の一群の横に、綿菓子に似た純白の花穂をつけた浅茅《あさじ》が沢山生えている。かと思うと、青ススキも顔をのぞかせる。

重奈雄は道端にしゃがんだ。ほとんど綿に近い、ふんわりとした浅茅の花穂を、指でつまみ、鼻に当てている。

――妖草の匂いの有無を、あらためているらしい。

蕭白が、集中する重奈雄に、

「おい、ありそうか」

言ったものだから、大雅は、蕭白の肩を急いで引っ張って指を口に当てた。青い野の縁にしゃがむ緑の衣をまとった妖草師に、大雅は、声をかけるのをはばからせるものを感じたのだ……。

日輪は雲に隠れていて、真葛原は全体的に薄い日陰になっていた。雲から日がのぞき、幾筋かの光線が下界にそそぐと、それに照らされた何百もの浅茅の花は、真っ白い焔《ほむら》に包まれたように光った。緑色の葛の塊の先で、この世の存在《もの》と思えぬほど、眩《まばゆ》く透き通った光につつまれた浅茅が、どっと風に吹かれた時、重奈雄は立ち上がっている。

「広がってはいない」

厳しい目で、ずいずい歩きだした。まるで目的の庵は知っているというふうに――。先頭を行く重奈雄を追って大雅と蕭白は、所々、葛蔓が這《は》い出た道をすすんだ。

大雅の口は、あんぐりと開いている。

遠目に見た草庵は——赤かった。

今朝、家を出た時、内側の壁を侵食していた紅の苔は、今や全外壁、さらに萱葺《かやぶき》屋根の三分の二くらいまでおおっている。

重奈雄は冷えた眼光の灯《とも》った瞳で、赤くなった庵をにらんでいる。

「あんた！ うち、もうくたくたやぁぁ——」

女の声が、した。

砂埃上げて、庵の方から駆けてくるのは、どうも、妻の、町らしい。「らしい」というのは——大雅は相当すっとぼけた男で、散歩中、買物に出てきた妻と、偶然出くわした時など、それが自分の妻であることがしばらくわからなかったりするのだ。

「おお……やっぱり玉瀾！ 生きてたんか」

「うん。生きてるわっ。そやけど、うち、もうくたくたなんや。ねえ、あんた、見てこれ」

「うわぁぁ——」

妻に赤いものを突きつけられ、大雅は大騒ぎしている。

「包丁や。包丁。包丁にまでなぁ苔が生えてたんや。水甕《みずがめ》や鍋《なべ》にも生えてきよるねん！

極め付きは琴。うちの大切な琴にまで生えてきたさかい、琴だけは勘弁してぇ、琴だけは勘弁してぇってずっとむしってたんやけど、もう埒《らち》があかん。真っ赤や。うちの琴」

「お前の琴まで……。なあ、わしの、三味線大丈夫か？」

「知らんわ。あんたの三味線のことまで。あ……いつもうちの亭主がお世話になってますぅ」

はじめて、重奈雄、蕭白に気づいた町は慇懃《いんぎん》に頭を下げた。蕭白が、

「いやいや、今日はじめて会ったのじゃ」

これだけの変事が起こっているのに町は、何処か図太い余裕のようなものを、底の方にもっている女であった。歳《とし》は大雅より少し下。

一つにたばねた髪をぐるりと前に巻き倒し簪《かんざし》で留めている。

きわめて簡単な髪型で……五体付《ごたいづけ》という。

元々、正式な結髪の途中の「仮結い」の一つであったが、面倒くさがりの女たちの間で普段の髪型として広まった。対して衣の方は——質素で、渋い色味だが、品がある。着倒れの町の女として恥ずかしくない配色の妙がある。

つまり、大雅の妻、町は、着物をえらびに行った時の審美眼には優れるが、毎日髪の手入れをする余裕はない、他にもっと大切なものが在る、という種類の女だった。

一通り重奈雄について妻に説明した大雅は、

「やっぱわしの三味線見てくるわ」

「ええの！　あんたの、三味線は」

大雅の腕が、町に猛然と引かれる。

「――ご内儀」

重奈雄は庵の土壁に密生する杉苔に似た血色の植物を凝視したまま、

「他に気づかれたことは？」

町のぎょろりと大きく、やや外側に吊り上がった眼が思い出すようにぐるぐるまわる。

「そう言えば……さっきまでは……凄い勢いで広がってたんやけど、四半刻《しはんとき》ほど前やろか
……ぴたりと、広がるのが止ったんや」

重奈雄の瞳で、厳しい眼火が燃えた。

「その後は、少しずつ色が鮮やかになっている気がする」

「……思った通りです」

壁一面に隙間《すきま》なく繁殖した、きつい血色のふさふさした苔に、指でふれつつ、

「これは――火車苔《かしゃごけ》というものだ」

「……火車苔？」

「亡者を冥府までのせてゆく、燃える車を、火車という。人の世に出てきた火車苔は、おそろしい勢いで版図を広げる。その拡大が止ると、より一層、色が濃くなってゆき極みまで濃くなった瞬間――精を放つとか」

重奈雄は胞子の意味で、精という言葉をつかっている。

「その精がかかった家屋敷、田畑、野山は……恐るべき業火につつまれる。焼け跡からは、夥《おびただ》しい火車苔が育つ。火車苔はこれをくり返し、世の中を焼き払いながら凄まじい勢いで己の領分を広げてゆく妖草なのだ」

大雅は、開いた口がふさがらない。

「つまり、火車苔を放っておくと……」

「京の都が……大火につつまれる。おまけに、火車苔の炎は、人の世の水ではなかなか消えぬ。余程の大雨でもふらねば――鎮火も容易ではない」

「どうすればいい！　どうすれば抜ける」

蕭白は苛立《いらだ》たしげに、土壁に着生した一房の火車苔を思い切り引っ張った。強靭《きょうじん》な火車苔は、ふてぶてしく反発。一本も抜けていない。

重奈雄は、言った。

「待賈堂さん。よい香りがするが梅の木でもあるのかな？」

大雅は、今まで見た妖草、蓬扇や舞草に比して、あまりに強大な力をもつ火車苔の威容に打たれ、口をあんぐり開けて茫然《ぼうぜん》と立ち尽くしている。

「待賈堂さん」

「…………」

「梅ならあります！　裏の畑に」

切羽詰まった様子で町が答える。気丈な彼女も、住みなれた都が炎につつまれると聞いて、動揺していた。

「よし！　なら皆で手分けしてありったけの梅をもぎ取ろうぞ」

裏の畑で、半分は黄色に熟し、半分はまだ青いままだった梅の実を、一人冷静な重奈雄の指揮の下、四人でもぎ取った。わけもわからず、重奈雄に言われるまま、梅もぎしている。たわわに実った梅を手でもぎ籠《かご》に入れてゆく。

「こらっ、大雅！　こぼすな」

「あっ……すんまへん」

「おい蕭白。その口のきき方は何だ。待賈堂さん、この男、まだ二十八。へりくだって話す必要はありませんよ」

　雪夜よりも静かな様子で語りつつ、重奈雄の手は誰よりも機敏に動き、実に手際よく沢山の梅を籠に入れてゆく。対して他の三人は気ばかり焦るものの、一気に大量にとろうとしたのが裏目に出てぼとぼとこぼしたりしていた。

　今の重奈雄の一言に苛立った様子の蕭白は、

「おい重奈雄」

「何だ蕭白」

「貴様、雛《ひな》人形の公達《きんだち》が悟りを開いたような訳知り顔で、よくもまあ落ち着いて梅もぎできるものよ。都が燃えるかもしれんのだぞ！」

「だからこそ静かに手を動かせ。あわててもいで、こぼしたら全く意味がない」

「ぬう！　我らの住む長屋、お前の生れた庭田邸が、燃え尽きるかもしれんというのに……何とまあ」

　大雅は重奈雄を見た。生れた庭田邸という所で、一瞬、重奈雄の白い手は止ったが……すぐに、

「……黙って手を動かせ」

　低く、言った。

「新年のはじめに喫する北野《きたの》の大福梅には——邪気を祓《はら》う力があるとか。あながち迷信とは言い切れまい。現に——」

重奈雄はもいだばかりの黄梅と青梅をひたした水甕に柄杓《ひしゃく》を入れた。

「——梅で枯れる妖草もある」

ぶっかけた。水を。

と……

シュワァァーシュワァーシュウウッ……グジュウゥ。

白煙を立てて、火車苔が枯れてゆく。

「おおぉぉぉ——！」

「俺と待賈堂さんで水をかける！　蕭白と、町さんは井戸まで行って……」

「水くんでくればええのやな」

町、そして蕭白が空の桶《おけ》をもって——井戸まで駆けてゆく。

重奈雄、大雅で手分けして水をかけた。丁度水甕が空になった所で蕭白たちがもどってきて、ザブザブと水が、そそぎこまれる。

梯子《はしご》に上って、屋根の上にもかけ、外回りは一通り終った。

梅水に萎れた火車苔は灰色になり、手でふれただけで、ぼろぼろと粉状になって崩落してゆく――。

汗をぬぐって梯子を下りた重奈雄が大雅に歩みよる。

「待賈堂さん。家の中のものにも……水をかけねばならん。よろしいか」

念を押すように訊ねた。

大雅は、さっぱりと答えた。

「ええですよ。水かけられて困るもん、盗人《ぬすっと》にとられて困るもんは……今描いている絵だけや。その絵は玉瀾が逃がしてくれた。好きなだけかけてもらってええです」

何の気負いもなく自然体で言い切った。大雅の答に、重奈雄が少し微笑んだ刹那、

「おい重奈雄！　今、中で火花が散ったぞ」

桶を運んできた蕭白が、下地窓《したじまど》の方を指す。

重奈雄の、面持《おもも》ちが、硬くなった。駆け込んでいる――。

バチバチバチバチィ！

恐ろしい音がした。草庵の中で、赤い閃光《せんこう》が、走った気がする。

あわてた大雅は町に駆けよった。水桶を、ふんだくる。

大雅が庵に入るや、一足先に蕭白の桶をもって中に踏み込んでいた重奈雄が——炎上する琴の形をした赤い苔塊《たいかい》、布団の形の苔塊、三味線の形の苔塊に——思い切り水をおんまけた。

紅蓮《ぐれん》の炎に梅水が当たる——。

ドシャーッと蒸気が上がり三尺（一尺は約三十センチ）ばかりも燃え上がっていた室内の炎が掻《か》き消えた。

同時に、大雅は、手にもった桶の水を、内壁にびっしりこびりついた火車苔に力いっぱい叩き当てた。

すぐにでも燃えだしそうなほど赤く色づいていた苔どもが、一瞬の内に、灰色に萎《しぼ》んでゆく。

そこら中に、灰色の粉末、それととけ合った汚れ水、黄梅と青梅が、散乱している。

「どうやら——終ったようだ」

重奈雄の声がした。

大雅は……五体からどっと力が抜け落ちてゆく気がした。

「庭田はん。ほんまに、助かりました」

「いえいえ。さあ待賈堂さん、一緒に後片付けしましょう。苔を払い落とさねば……寝るに寝られんでしょう」

大雅は、強く頭《かぶり》を振り、

「そんな……いけまへん。ここまでしていただいて、後片付けまで手伝っていただくわけにはいきまへん」

町もやってきて大雅の隣で素早くうなずいている。

重奈雄は答えた。

「そこまでしての——妖草師ゆえ。まだまだ生きのこった奴がいるかもしれない。油断は禁物です。好きでやっていることゆえ……どうぞお気になさらず」

涼しげな眼を細め、爽やかに笑った。蕭白の方に重奈雄の顔がむき、

「おい蕭白。お前も体力がありあまっているだろう。掃除してゆくぞ」

「勿論。ただ大雅……俺への礼に、貴様の下手な絵を描いた扇を、一つ所望」

ぼさぼさ髪がふりかかった目が、悪戯《いたずら》っぽく笑っている。大雅も負けじと、

「まず庭田はんには掛け軸に梅の絵と詩ぃ書いて、贈らせていただきます！　そして蕭白——あんたには。下手でない絵を描いた扇、必ず贈ったる」

「楽しみにしている」

池大雅と曾我蕭白――画風も性格も違う二人の絵師は、この宝暦七年四月十九日以降、生涯の友になるのである。

同じ町に住むのに、今まで一度も会ったことがなかった二人の絵師は、妖草の取りもつ縁で出会い、腹の底から笑い合っている。

重奈雄もまた薄く笑んでいた。と、大雅はちらりと妻を見やって、微細な驚きを覚えた。明るい町だけが――笑いの輪に入っていない。小さくうつむき頬がこわばっている。両の目は、虚《うつ》ろだった。

（苔が出た時から、何度か見た表情や）

大雅の視界の端で、重奈雄もまた町に一瞥《いちべつ》をくれている。町の変化に気づいたのか気づいていないのか。白面の妖草師は何か言った蕭白に相槌《あいづち》を打ち、やわらかく微笑んでいるだけだった。

「庭田はん」

棕櫚箒《しゅろぼうき》で壁にこびりついた火車苔の残骸をはたき落としていた大雅は、同じ作業をしていた重奈雄に声をかけた。

重奈雄と大雅で内回りの掃除。

蕭白は、長めの熊手で、外壁にこびりついたのを、搔《か》き落としている。

町は琴や三味線など大切なものを表に出し汚れを拭いていた。

「何でしょう」

重奈雄の棕櫚箒が止る。

大雅は戸口から表をうかがった。誰もいないのをたしかめてから、押し殺した声で、

「妖草は人の心、苗床にしますのやろ？」

「……ええ」

「そやったら……火車苔は……どうして生えてきたんやろ。わしか、玉瀾の心ぉ、苗床にしたんやろか」

「……それを……はじめに考えました」

重奈雄の鋭い視線が、大雅に、そそがれる。大雅は重奈雄がそこをたしかめるために、妖草の駆除が終っても庵にのこった気がした。柔和な物腰の下に、底知れぬものを秘めた男である気がした。

重奈雄の、桜桃《ゆすらうめ》の如き唇が、開く。

「火車苔は――激しい憤怒の情を苗床にする妖草」

「激しい……憤怒やと」

「そう。例えばこの世を焼き滅ぼしたいと願うほどの、怒りの念」

「そ、そんな……大それたこと」

重奈雄は重くうなずき、

「わかっている。貴方やご内儀と話し、人柄に接し、左様な情を胸中に秘めた人でないのは十分に、わかっている。だから問うのだが、待賈堂さん……この庵を頻繁に訪ねてくる人で……何かに強く憤っている人物、心に深く期する所があるような者は、いませんか？」

厳格な目で、問うてきた。

大雅は首をひねっている。

「…………どうやろ、心当り、ありまへん。友と飲むのも大抵外やしなぁ……」

その時である。

「あんた、それ、ほんまなの？　あの苔、人の心から芽ぇ出すん？」

町の声が、戸口の方でした。

さっと重奈雄、大雅がそっちにむくと、青白い外光を背に受けて、町が遣戸《やりど》のすぐ内側に立っていた。

逆光が眩《まぶ》しく、町の面《おもて》は、影になっている。

大雅は町に歩みよると手をにぎった。

「どないした町。何か心当りでもあるんか」

画家である町を友人に紹介する時は玉瀾と呼んでいた。だが今はつい、出会った頃、口にしていた名で、呼んでいる。

重奈雄の視線が、後ろからじっとそそがれている気がする。

「いや……何でもないんや。気にせんといて」

「何でもないことないやろっ」

町の手を強く振った時、表で、

「大変だっ重奈雄！　すぐきてくれ」

——蕭白の声がした。

風の如く走る重奈雄、大雅が、蕭白の許《もと》に駆けよると、

「見よ。萎れた火車苔の下から……新しいのが生えている」

萱葺屋根で雀《すずめ》が鳴いている。雀のあまりにものどかな声が、大雅には……逆に不気味であった。

熊手が、壁を、削った跡がある。壁にくっついた苔の残骸を蕭白が取ろうとしたわけだ。

熊手の跡は、壁の中ほどで終っている。蕭白のためらいが見て取れる。

ぐじぐじぐじ……。

赤いものが蠢《うごめ》いている。

まだ薄赤の、幼い火車苔だ。

古い火車苔の骸の下で芽吹いていた所を、蕭白の熊手によって、白日の下にさらされた。

直径三寸（一寸は約三センチ）くらいの円形に広がっている。

重奈雄は、

「……梅水がかけたりなかったのかもしれん」

硬い顔様で口を開いた。

桶に梅と水を入れて大雅がもってくると、重奈雄はきわめて慎重に、第二世代の火車苔に水をかけている。

白い蒸気が、上る。

「――」

だが、火車苔は、枯れてくれない。

梅水がかかっても……萎むどころかじわじわと領域を広げているようなのだ。

「どういうことじゃ？」

蕭白の目が丸くなっている。町も、やってきた。

重奈雄は考えこんでいる。やがて、杉苔に似た薄赤の火車苔を指で掻きわけるようにして——それを見出《みいだ》した。

「成程。……こやつが悪さをしているのか。見えぬか？　火車苔の下に……別の妖草があるのだ」

蕭白がのぞきこんでみると確かに黒いゼニ苔のような妖草《もの》が火車苔の下で発達している。

杉苔は杉の葉に似た体を上へ佇立させる。対してゼニ苔は、まるで緑の敷物のような丸っこい膜状の体を、土の上に広げてゆく。この常世の二種類目の苔は、色こそ漆黒《しっこく》だが形状はゼニ苔とほとんど変りない。

今、相対している火車苔は、この黒い新種の苔の——膜状の体から伸びているのだ。

「清閑寺で言ったろう？　妖草には……他の妖草を呼ぶ力がある。火車苔が、常世から二種類目の妖草、この黒い苔を呼んだ。そしてこの二種類目の妖草が……火車苔に力を与え、梅水を、きかなくしているようだ」

蕭白が、黒苔を、つんつん指で押し、

「こやつの名は？」

「――わからん」

蕭白、大雅、町の目が、丸くなっている。

「お前でも知らん妖草があるのか！」

「ある。常世とは、恐ろしい場所だ」

重奈雄は凄絶《せいぜつ》な表情で語った。

「妖草師《おれたち》は人の世にきた妖草しか知らん」

大雅の方に、真剣な眼差しでむいて、

「一刻待っていてほしい。一刻でもどらない場合……この家はあきらめてほしい。待賈堂さん――よろしいですか」

大雅が強く首肯《しゅこう》すると重奈雄は、

「よし、付近の草も、延焼をふせぐため、刈り倒す。その作業は、もうやりはじめられる。蕭白。頼む」

「お、おう。待て……お前は何処に！」

蕭白の叫びに答えず、重奈雄は、北へ駆けだした――。

草の堂

御所の西南、蛤御門《はまぐりごもん》のすぐ横に、公家《くげ》・庭田家の屋敷がある。

当代の当主は庭田重熙《しげひろ》。

この辺りは——公家屋敷街で、禁裏を取りかこむように、公卿《くぎょう》たちの邸宅が並ぶ。例えば庭田邸から御所の築地塀《ついじべい》を右に眺めながら北へすすめば、穂波《ほなみ》家、勧修寺《かじゅうじ》家、日野《ひの》家、通りを一本挟んで、今出川《いまでがわ》家の邸宅がある。逆に南に行くと、六条《ろくじょう》家、徳大寺《とくだいじ》家、石山《いしやま》家などがつらなる。

その日、花道の滝坊《たきのぼう》家の当主・滝坊舜海《しゅんかい》と娘の椿《つばき》は、蛤御門南、庭田邸を訪れていた。

滝坊家とは、下京の古刹《こさつ》で町衆の会所、五台院《ごだいいん》の執行《しぎょう》である。つまり町人たちの集会所を代々管理している僧の家であるが……沢山の花道の門人をかかえているため、経済力の大きさは——貧乏貴族と、比較にならない。

この「花」というものがなければ、滝坊は、古い町によくある、代々、お堂を守っている家の一つとして、終ったかもしれない。

その舜海の一人娘、椿はまだ十代後半。八重歯が可憐《かれん》な、利発げな目をした娘で、肌は透き通るように白い。ややふっくらした頰は桜色だった。

（なるほど……これが当代の庭田様の花か。滝坊《うち》の生花《しょうか》と全く違う）

宮中での花飾りについて打ち合わせる父の後ろから、椿は自分の前に出された大好物の菓子には手をつけず、床の間の古伊賀に生けられた花をうかがっている。

滝坊では生け花を生花と呼ぶ。

その生花は、今、父と打ち合わせしている庭田家当主・重熈の手によるものなのだろう。

（滝坊《うち》の生花には真《しん》があり、庭田様の生け花には真がない……。つまり、中心となる存在《もの》が、無い。そやけど…………見事や。溜息が出るほどに）

三年前、椿は父に呼ばれた。

『椿。残念ながらわしはいまだ男子にめぐまれぬ。場合によっては、そなたの夫になる男が……滝坊をつがねばならぬ』

『……はい』

『門人の中でもっとも腕の立つ者を婿にしようとも思った』

『しかし、それは果たしてそなたの幸せなのか』

舜海は目を閉じて語っている。父は、この時代のほとんどの男親が口にしない思いを、娘に打ち明けた。

『そなたはわしの、たった一人の娘。わしはよく…………そなたの幸せというものを考える』

椿は、うつむいた。

『椿にとっての幸せとは、やはりそなたが慕う男と添い遂げることだろう。だが………その相手が、花の道を知らぬ者なら滝坊の立花《りっか》は絶えてしまうのではないか』

『…………』

『滝坊は幕府御華司《おはなつかさ》を任じられし家』

舜海の両眼がかっと開き、

『時には関東に下り、江戸城黒書院で――将軍家、御老中の方々に立花を上覧せねばならぬ。滝坊の花の道を……絶やすわけにはゆかぬ！　我らの花道を絶やさぬためにも、わしは当家の立花、生花の蘊奥《うんのう》の一切を――そなたに、そそぎこまねばならぬという思いに達した。さすれば、そなたの夫になる男が、仮に花の道をわきまえなくとも、そなたからそなたの子へ、我らが守り伝えてきたものは受けつがれる』

『――承知しました』

舜海の瞳でギラリと眼火が燃え、

『それでは……本日よりわしのことを父と呼んではならん。――家元と呼ぶように』

『い……家元？』

家元という言葉は、まだ巷間《こうかん》に流布していない。

『うむ。扇の要《かなめ》の如《ごと》く、一つの流派、一つの家の軸となる人物を――わしは家元と呼ぼうと思う。乃《すなわ》ち花道における真が家元じゃ』

その日から特訓がはじまった。

今、椿は目の前の菓子にも手を出さず……重奈雄の兄、庭田重熙が生けた花を観察している。

「庭田様の花は、御所の花」

花道の源には、いくつかの流れがある。

一つ、立花。

一つ、茶人の茶花。

一つ、足利《あしかが》将軍家につかえる同朋衆の飾り花。

一つ、公卿による御所の花。

などである。今、あげた四つはそれぞれ見た目も大きさもまるで違う。

例えばホテルや旅館のロビーなどで巨大な花器に桜や楓《かえで》が枝ごと入れられ沢山の華麗な花が立てられている光景を目にする。それが、立花だ。室町時代——下京町衆の拠点であった寺院で——仏前の供花から、進化した。

対して茶人の花は……千利休《せんのりきゅう》がまだ蕾《つぼみ》の椿を青竹の筒にさしたのに代表される。もっと小さく、静かで、それでいて光るものがある花なのだ。

（はんなりした立花とさっぱりした茶花が混じり合い……今、町衆がならっている生花が生れた。滝坊も生花に進出し、沢山の門人を得た。そやけど庭田様の生け花は……滝坊《うち》の生花と、全く別の所から生れてきたもの）

簡素な、それでいてしっとりと品のある書院の奥に、床の間がある。

掛け軸の下に——花がある。

白い梔子《くちなし》の花とみずみずしい花菖蒲《はなしょうぶ》が、古伊賀の種壺《たねつぼ》に生けられていた。丁度、目のさめるような藍染《あいぞめ》に、紺と白で、花菖蒲、流水の描かれた着物を着た椿。釣舟《つりふね》という、まことに結うのが大変で……しかもすぐに崩れてしまうが——どの男も振り返らざるを得ないくらい可憐な髪型に結った頭が、ほのかに、かしげられている。

(真も副《そえ》もないいんやけど、崩れてない。全ての花が——一つの目的をもっているように思えるからや)

椿の瞳をとらえてはなさない床の間の生け花。左上からきた風に、梔子と花菖蒲が押し倒され、崩れかかっているけれど……右上に這《は》い上がってゆこうとしている。曲線的な力の動きを感じる。

「……ばき。椿」

父の声に椿ははっとした。法体《ほってい》の滝坊舜海、上座に座った庭田重奈雄の兄で、庭田家当主・重熈が椿を見ている。

「庭田様がそなたにお訊《たず》ねなのじゃ」

家元、舜海は髪を剃《そ》っている。墨色の上着に、水色の袴《はかま》。自ら山で草木を探すのが好きなため、大きな体は真っ黒に焼けている。我が父ながら、両の目に強い迫力のある人だと思う。

対して、上座に座った庭田重熙は、細身細面《ほそおもて》の気のよさげな男で、丸い目は下に垂れている。

「椿殿。氷餅《こおりかちん》も召し上がられず、ずっとわしの花、見ておられましたな。何ぞご意見でもあらしゃいますか。庭田の家は代々、御所の花飾りをつとめておるが……時には、貴女《あなた》のような若く潑剌《はつらつ》とした方のご意見もおうかがいしたい」

舜海は、椿がどう答えるか、心配らしい。まだ壮年なのに雪よりも白い二つの眉がよせられる。父の視線は、青畳に落ちていた。

「うち……意見なんてありまへん」

舜海の白眉が――ぴくり、と動く。

「庭田様の花に意見ができるほど……滝坊の立花をきわめておりまへん」

開眼した、舜海は、

「――椿」

突き刺さる眼光で椿をにらみ、たしなめるが如く、呟《つぶや》いている。

花道の門人は一人もいない庭田重熙（御所の中だけで花を飾る作法ゆえ町方には伝授できない）だが、身分的には、滝坊家より上である。

しかし経済力、発言力においては……京都所司代から三百五十石の扶持米《ふちまい》をもらって暮らす庭田重熙より——京坂の豪商層を中心に諸国に数知れぬ門人をもち、時の最高権力・徳川将軍の御華司をつとめる滝坊舜海の方が、はるかに上だった。

しかし舜海は、いわば貧乏貴族である庭田重熙に会う際も終始相手を立て、丁重な態度を崩していない。

その舜海が今……娘が何か無礼なことを言い出さないかという目で椿をにらんでいる。

重熙は鷹揚《おうよう》な声調で、

「そうかな。それにしては…………随分長い間、わしの生けた花を眺めておられた」

「……はい。逆に……一つ訊《き》いてよろしいでしょうか？」

相手はこくりとうなずいた。

椿は、ゆっくりと床の間の方に体をまわし、

「庭田様。うちには……この花たち、何かをしようとしているように、思えます。この花たち——何をしようとしとるんどす？」

重熙は、しばしの沈黙の後、言った。

「滝坊殿には………よい娘御がおわしゃる。うちの、ぼぉっとした娘と、えらい違い」

舜海、深々と礼をし、

「恐れ入ります」

「椿殿。まことに炯眼《けいがん》であらしゃる。されど、その問いには答えられぬ。庭田流の深奥にかかわる問題ゆえのう」

剣よりも光る目で重熈は告げた。

（あの目——何処《どこ》かで見たことがある。そうか……あの人の目や）

椿は庭田邸を追放されたある一人の男を思い出している。椿の頰は、何故《なぜ》か、紅に染まった。

その椿の表情を誤解したらしい重熈は、

「う、ううむ。されど……そなた、よくぞそこまで気づいた。よし！　一つ機会を与えましょう」

重熈はおもむろに扇を取り出し……舞うような所作で自分で生けた花を指した。庭田家は花の他に、神楽《かぐら》、書道も家業とする。

椿は——あの人の所作にも舞の優雅さがあったと思い出し——さらに赤くなっている。

「花が何をしようとしているか。そなたの心にある答を言ってみい！　もし正しければ、正しいと、たしかにお答えしよう」

その時、舜海が、

「我が娘、いまだ花の道の奥に達しておりませぬゆえ——わたしが答えてもよろしいでしょうか」

重やかな、声だった。

重煕は滝坊父子を眺めつつ自筆の見事な書をしたためた扇で薄く微笑《ほほえ》んだ唇を隠している。

諾の、意だった。

舜海は雷《らい》の如き両眼で床の間を見据えたまま言い切った。

「この花は、何かを懸命に探し、つかもうとしている。一寸先もわからぬ暗闇の中で——何物かをさがす手と、見ました」

「…………」

茫然《ぼうぜん》とした様子の重煕の唇が開かれ、何か言葉がもれようとした瞬間、明り障子がドン！と開かれ——男が一人、入ってきた。

「重奈雄様！　貴方は勘当された身！　これより先は……これより先は困ります」

と、すがりつく家人の腕を乱暴に振りほどきながら座敷に闖入《ちんにゅう》した重奈雄は、

「兄上！　急ぎ草堂《そうどう》に入る許しを得たいっ」

扇片手に立っていた重熈に叫んだ。

最早《もはや》、茫然を通りこし唖然《あぜん》の境地にまで行ってしまった重熈だったが……そこはすぐ、家長の厳格を取りもどし、

「――ならぬ」

「人の命がかかっている！　人が死んでも平気なのかっ」

「な……。と、時と場所をわきまえよ！　御所で花の会があらしゃり、滝坊殿がお見えになっていろいろと相談事をしておったのじゃぞ」

重奈雄は、はじめて、舜海と椿に気づき、

「これは五台院のご住持」

静かに一礼する父の後ろで、椿は、一瞬目の合った重奈雄の汗ばんだ横顔を――唇をかすかに開けて、見つめている。ふと……釣舟が崩れていないか気になった。

「とにかく草堂に入れろ」

「ならん！　父上の遺言にそむく。そちは屋敷に入るのも許されておらぬ」

重奈雄は怒りに燃えた目で兄をにらみ、言った。

「なら、ここで教えろ。火車苔《かしゃごけ》が出た。火車苔を支えておる俺の知らぬ黒い苔が、あり、

駆除できん。その黒苔の刈り方を教えろ！」

「まず……火車苔とは何だ」

重奈雄の双眸《そうぼう》が――冷光を発している。

「兄上……俺は『妖草経《ようそうきょう》』全十一巻の内、七巻まで読んだ所でこの家を出された。あんたは俺より長くこの屋敷にいながら第六巻に出てくる火車苔も知らんのかっ。――話にならん」

踵《きびす》を、返している。

「ま、待て！　重奈雄」

追いすがろうとする重熈と家人たちに重奈雄は――大喝した。

「火車苔をすておくと都中が火の海になるぞ！　花会どころではあるまい――」

この一言で全員が追う気をなくし、へなへなと、座りこんでいる。

「椿。そろそろお暇《いとま》しよう」

そっとささやいた舜海と、椿は、腰を上げている。

先程の答を訊けるような状況でなかったので、手短に暇乞《ご》いすると濡《ぬ》れ縁をすすんだ。

少し行った所で椿が、

「家元。急にお腹《なか》が……。おちょうずに、」

厳烈な眼火を燃やした舜海。暇乞いしてから、厠《かわや》を借りようとする娘を、叱ろうとした。が、

「先程は、当家も見苦しい所をお見せしました。あれでは……ご気分も害されましょう。どうぞご遠慮なさらず」

と、庭田家の老女の助け舟が出たので舜海も承知してくれた。


何度か言葉をかわした覚えのある、お亀《かめ》という先刻の老女の案内で、椿は、縁側をすすんでゆく。父から大分はなれた所で、

「お亀さん。さっきはありがとう」

「いえいえ。さ、さ、こちらにございます」

椿の白い足袋《たび》が、止る。

「あの……うち、本当はおちょうずに行きたいんやないの」

「え?」

驚いて振り返った老女に、

「草堂……ゆう所《とこ》に行きたいんやけど」

するとお亀は、はっきりと言った。

「草堂は、我らも立ち入ることを禁じられておりまする。ご当主の許しを得た方しか、入れませぬ」

お亀の目には反駁《はんばく》しがたい拒絶の情がある。

「……そうやった。重奈雄はんも言うてた」

椿はさみしそうに、二度、首を縦に振ると、視線を庭へ流した。

苔の褥《しとね》に、飛び石がある。

涼しげな毛氈《もうせん》苔の先に、柿の老樹と白花を咲かせた梔子がある。深緑の柿の葉のそこかしこに、とても小さな、親指の半分ほどの実がついていた。薄黄緑の子供の実だ。まだ、ヘタよりも小さい。

(所々、ヘタだけになっとる。小鳥が……ついばんだんやろか。

何か、頭巾《ずきん》かぶった子供の顔に思えてきたわ)

柿のヘタが頭巾に、ヘタより小さい薄黄緑の実が、童《わらべ》の頰に見えた。と、鼻に梔子の甘い香りがとどいて椿の胸は……子供の頃の思い出でいっぱいになった。

「子供の頃なあ……この庭で重奈雄はんが遊んでくれたんや。梔子の傍《そば》に大きな石があるやろ？　あそこに隠れたりして……。大人の目を盗んでよう遊んだ。……本当に楽しかった」

「聞いております」

「重奈雄はんが屋敷出られて、もう会えんのかと思った。そやけど——庭木のお医者さんになりはって、五台院のサルスベリの木、治しにきてくれはったの。あ、それやったら、これからは重奈雄はんに沢山会えるって、うちは思ったんよ。何でだか……わかる？」

「いえ」

「滝坊には沢山の花の咲く木、実のなる木がある。これだけ沢山、木があるさかい——月に一本くらい病になるやろ。うちはそう思った。……罰当《ばちあた》りかな」

椿は、きゅっと唇を噛《か》みしめ、

「そやけど三年前から家元についてなあ……花の道学んどるさかい、たまに重奈雄はんがこられても、会えんことがあった……」

椿はほつれた釣舟に手を当てて微笑した。

「さっき、ふと重奈雄はんを思い出したら、丁度入ってこられて、どうしても話してみたい思うて、我がまま言うてしまったみたい。お亀さん、本当にごめんなさい」

お亀は——ぽろぽろと涙をこぼしている。

「そこまで……重奈雄様を深く思われている娘御寮人がおられたとは……。たった今、この亀、いかなる懲罰でも甘んじて受けようと覚悟を決めました。――こちらにございます」

草堂は、土橋の向うにあった。

庭園の一角は幅三間《けん》ほどの湿地帯になっており、橋は、そこにかかっている。

土の橋ゆえ草ぼうぼう。

堂は橋の向うにあり、檜皮葺《ひわだぶき》の屋根は、シダ、苔にびっしりおおわれている。

小さな堂の後背は――密に高い木立だった。

草堂に入るにあたって、お亀は、椿に、一つの条件を出している。

「椿様。土橋の上に草が生えておりますね?――屈軼草《くってつそう》と申します」

「くってつそう?」

斎諧俗談《さいかいぞくだん》に……こうある。

この草、佞人《ねいじん》を見る時は是《これ》を指す。号《なづ》けて屈軼草と云ふ。

「もし椿様が佞人、つまり邪心を隠しもたれた方だと、あの草は——さっと体を倒して貴女様を指します。その場合、草堂に入ってはいけません。お亀が椿様を引きもどし速やかに帰っていただきます。また逆に、屈軼草が、すっくと立ったままならば、最早、何をお止めしましょうか。堂内で存分にご歓談下さいますよう」

「…………わかりました」

椿はしっかりと首肯《しゅこう》すると、草堂にむかって歩きだした……。

屈軼草が青々と茂る土橋への第一歩。さすがに、緊張する。自分が悪人だと、指摘されるというのだから。意を決した椿は——屈軼草を見据えたまま踏み込んだ。

「……」

踏んづけたのはさすがに倒れたが、他の屈軼草は、まっすぐに立ったままだった。

お亀の方に振り返る。

にっこりと、うなずいてくれた。

嬉しくなった椿は先を急いだ——。

ふさ、ふさ、ふさ。屈軼草を踏みつつ、土橋をわたる。

橋の半ばまできた時、椿は、前方から強い風に吹きつけられた。

甘ったるい香りで——鼻孔が満ちる。

栗《くり》の花の匂いだ。

(堂の裏の木立に、栗があるんやな)

と思った椿にさらにけだるく濃い栗の花の香りが襲いかかる。

頭がくらくらして——目を、つむってしまう。

花香に敏感な椿の嗅覚、鬱勃《うっぼっ》たる重奈雄への思い、妖しいほど濃密な栗の香り、三つが重なり……椿は、痺《しび》れるほど鮮やかな白日夢に陥った。

「——」

それは……例の芳香をかもし出す白花の穂を、白滝の如く際限なく垂らした栗林で、庭田重奈雄に後ろから、抱きすくめられている幻影だった。

目を開けるのが——怖い。

椿は屈軼草がぼうぼうと茂った橋に棒立ちになっている。今、明らかに椿は後ろめたさがまとわりつく甘美な気持ちになっていた。

その気持ちを——屈軼草が「邪心」とみなす気がして、目を、開けない。

「椿様?」

後ろからお亀の声がして、はっと、開眼する。

屈軼草は――直立していた。

屈軼草は、殿方を慕う女心まで、邪心とはみなさぬようである。

椿は佞人と認定されることなく無事、草堂の前まで行けた。

古い木の扉を、静かに開けると、重奈雄がいた。

連子窓からもれ入るわずかな陽光で、夢中になって漢文の経典を読んでいる。

「重奈雄はん」

はっと振り返った重奈雄は、

「何故ここに入れた？……まあ、かく言う俺も本来ここにいてはいけない人間だ」

再び「妖草経」なる書物を、調べはじめている。夢中で走ってきたのだろう。髪は逆立ち、額は汗に濡れている。

「うちに何かできること……」

「今――話しかけないでほしい」

厳しく言われた椿は、扉の近くで萎縮《いしゅく》してしまった。

するると重奈雄が、

「声を荒げてすまなかった」

優しい声で言った。椿に背をむけ凄《すご》い勢いで調べ物をしながら、

「椿に怒っているわけではない。兄に、怒っている。そもそも庭田の本業は――妖草師なのだ。花道、書道、舞楽などは副業にすぎん。それをあの男……どうやら、副業の方にうつつをぬかしすぎるようだな」

椿は庭田家が妖草師であると重奈雄から一度も教えられたことはなかったが、

「……妖草師ゆう人がおるゆう話は、父……家元から聞いたことがあります」

「そもそも妖草は、場所をえらんで生えてくるわけではない。だがいつしか妖草師は、宮中、公家屋敷、大名の城などに生えた妖草しか相手にしなくなった。だが妖草は、町の井戸だろうが、百姓の裏山だろうが、いろいろな所に姿を現す。俺は――そうした場所に出てくる妖草と戦っているのだ。その俺に、経典を見てはならぬとは、何事かっ。彼らの家は、どうなってもいいのか！　都あっての公家、百姓の村々あっての武家ではないのか。馬鹿もたいがいにせい！」

重奈雄の気持ちを、理解した椿は、

「黒い苔が出てくる本を探せばええのね？」

「そうだ。俺の見ていない八巻以降に、その黒苔について出ていればと思ってな」

「もし出ていなかったら？」

「それは——常世《とこよ》からはじめてきた、新しき妖草。類似の妖草を刈る法を……悉《ことごと》くためしてみるしかない」

「わかった。うち、この十一巻見てみる」

「うむ」

椿は急いで「妖草経」十一巻を手に取った。

巻物ではなく、ちゃんと製本されている。古びて所々かすれているが——表紙は緑色だった。

（漢籍は読めん。そやけど、漢字は読める。何とかなるやろ）

急いで経典を引きよせたため、親指が本の中ほどに入っている。自分の前に置いた時、真ん中あたりの頁《ページ》が、バッと開いた。

何気なく、たまたま開いた所を、のぞきこんだ椿の目が、丸くなっている。

黒苔という単語が、そこかしこに散見できた。

「ねえ……これやないの？」

九巻の速読をしていた重奈雄が、いぶかしみつつにじりよってくる。

椿の指す箇所を、眺めた重奈雄の眼色が、変っている。

「――これだ」

椿は嬉しくて、自分の膝《ひざ》を叩いた。

重奈雄は輝く目で、

「凄いぞっ椿！　はじめにめくった所で、見つけるとは……助かったぞ、椿」

椿の両手が重奈雄ににぎられ――勢いよく、上、下に振られる。椿は、

「よかった。よかった。……重奈雄はん、早く、」

「――うむ」

重奈雄はすぐにまじめな面持《おもも》ちになり例の黒苔について書かれた所を読みはじめている。

読了すると、

「阿鼻苔《あびごけ》。主に苔の体《てい》をした他の妖草を……不死身にし……人の世を阿鼻叫喚に突き落とす妖草。ただならぬ、草のようだな」

ばたんと本を閉じ、硬い顔つきで、

「椿のおかげで刈り方がわかった。礼を言う」

それだけ言うと、風のように疾《と》く、堂外に飛び出し――屈軼草の橋がかかった湿地に駆

け入っている。

裾《すそ》が濡れるのを厭《いと》わず、泥の中に生えた里芋に似た葉を、小刀で切り取っている。黒と紫の葉脈がおびただしく入った里芋的な植物で……見るからに人の世のものではない。

そう言えば、この湿地にある草の名を、椿は一つも知らない。悉く――妖草師の役に立つ「水辺の常世の草」が植えられているらしい。

「何やの……それ」

泥の中から上がってきた重奈雄に問うた。

「曼荼羅華《まんだらけ》だ。根を抜いてはいけない。根にも……様々な効能があるが、根の叫びを聞いた者は――必ず死ぬ」

「……………根の叫び？」

「口が、あるのだ。曼荼羅華の根には。抜かれると必ず悲鳴を上げ……抜こうとする者を、殺す」

重奈雄は――何か思い出したくない過去にふれたような目つきで、椿から、視線をそらしている。

「葉をつむ分には大丈夫だが。では、俺は行く」

泥で汚れた足が、屈軼草の橋上に行った時、椿は叫んだ。

「重奈雄はん、待って！」

　重奈雄は止っている。

「うち……これからは時々、重奈雄はんの長屋に行ってええ？　今みたいに、力になりたいんや。うちにも何か……できることあると思う」

　ゆっくりと振り返った重奈雄は首を横に振っている。

「——駄目だ」

　椿は、顔を歪《ゆが》めて言った。

「どうして？」

　さとすような表情で、重奈雄は、

「椿は、滝坊を、背負って立つ者。俺などにかかわる暇《いとま》はないはず」

　椿は一歩、屈軼草の橋に歩みよっている。

「鎌倉や都に幕府があった頃、女が跡目つぐゆう話はありました。そやけど江戸に幕府ができてから……そないなことはできへんようになった。うちに求められているのは、滝坊をつぐ男子を産むことだけ。重奈雄はん、うちな……滝坊ではなく、椿として生きたいんや」

　重奈雄は、告げた。

「ご住持はそれを望んでいないはず。そこまでは望んでいないはずだ」

椿に背をむけ、

「そなたは花の道を歩め。俺は——常世の謎をさぐる道をすすもう。……妖草にかかわってはならん」

——走りはじめた。

重奈雄を追って橋の中ほどまで行った椿は、橋向うまで行った重奈雄が、傍らの藪椿《やぶつばき》の木陰に何かをみとめ立ち止るのを目にした。

暗がりに、ひっそりと、都忘れが咲いている。薄紫のその花に、視線がからめ捕られた重奈雄の横顔には、遠目にもわかる哀しみが漂っている。

（……都忘れ）

再び駆けだした重奈雄と対照的に、椿は力をなくし悄然《しょうぜん》と橋の欄干《らんかん》に手をかけた。

「まだ——あの女《ひと》が忘れられんのやな。江戸にいる、あのお人が、忘れられんのやな」

椿は激しい怒りの炎が燃えた瞳で、呟いた。

次の瞬間——橋中《じゅう》の屈軼草が、勢いよく、椿を指している。

重奈雄は——駆けている。

都大路を。

京土産・みすや針の、暖簾《のれん》前を、通過。

大八車と、旅人でごった返す、三条大橋を、足元が泥にまみれた重奈雄が、人々を押しわけて、走る。

曼荼羅華の葉を真葛原にとどけるべく疾走する重奈雄は、鴨川《かもがわ》をわたった所で、右に折れた。

真葛原についたのは、長い夏の日もようやくかたむきかけ、西の空の蒼《あお》が段々と色褪《いろあ》せて柿色に変る下準備をはじめた頃だった。

葛の葉の裏や、剣形の青ススキの縁が、金色《こんじき》に輝いている。

そのような原の先に、庵《いおり》が、見えた。

さっき実をつんだ梅の枝が重奈雄の腕で掻《か》きわけられる。

畑に出た。

大豆が、ある。飛びこす。

庵の裏の小さな畑を土埃《つちぼこり》上げて走りながら、

「もどったぞ！」

既に火災が起きているのではないか、阿鼻苔、火車苔が、異様なほど、増殖しているのではないかと危ぶみつつ——正面へまわった。

——意外な光景が、彼を待っていた。

「……どういうことだ」

町が地べたに座りこんでさめざめと泣いている。大雅は、妻をなぐさめていた。

そして、肝心の苔は——綺麗さっぱりと、土壁から消えていた。

喉をぽりぽり掻きながら、不思議そうな目で土壁をにらみ、行ったりきたりしている蕭白に、

「何があったのだ」

と、訊ねた。

「うむ。実はついさっきのことなのじゃ……」

蕭白は重奈雄のもつものに目をとめ、

「おお……その草じゃ。その草っ。その草の葉をもった尼が……ついさっき訪ねてきたのじゃ」

「——何」

重奈雄は、眉をひそめている。

「苔はお前が行った後、一気にふえてのう。外壁に一畳くらいの広さで群がり……今にも火を噴くかという勢いで、いよいよ毒々しい紅に色づいておった」

「うむ」

「黒い苔も、火車苔のそこかしこから、顔を出しておった。火が、出た時のために、人数を呼ぼうかと相談していた所――その尼がやってきたのじゃ」

「……」

年の頃、三十くらい。細身。

ととのった顔つきの尼で、両の目は、頭巾の陰に隠れていた。

杖《つえ》と、野の草花の入った、籠《かご》をもっていたという。

「尼は『これは火車苔、阿鼻苔というもの。吾《こなた》にまかせよ』と言って、お前のもっているその葉を黒苔に押しつけた」

「曼荼羅華の葉には、阿鼻苔をとかす力がある」

――滝坊椿が、「妖草経」十一巻から見つけた情報だ。

「黒い苔は、跡形もなく消え、後は火車苔じゃな。全くありがたい尼さんだよ。お前と違って大いに段取りがいい」

「どういうことだ？」

「梅の絞り汁と水を混ぜたのを、瓢簞《ひょうたん》に入れてもっていたのじゃ。そいつを振りかけて、火車苔もやっつけ、骸《むくろ》は今しがたわしの熊手が掻き落とした所よ」

「その尼はどこに行ったのだ？」

重奈雄が問うと、蕭白は知恩院の方を指している。重奈雄の眼差《まなざ》しは尼が消えたという方角にからめ捕られていた。

と、蕭白が、

「なあ重奈雄……俺は間違えていなかったよな？　というのもその尼僧……『済世《さいせい》のために一つまみの苔をおゆずり願いたい』とか言い、弱まっていた二つの苔を、竹の小刀でこそげ落としてもち去ったのじゃ。ほんの……一摑《ひとつか》みじゃが」

重奈雄の瞳で——眼火が、燃えている。

「済世……つまり世を救うために、火車苔、阿鼻苔をもち帰るだと？」

「こちらがすすめても、他の礼は何もいりませんと言うし、あまりにおごそかに微笑んで……言うものじゃから……つい」

蕭白はぽりぽり頭を掻き、

「後学のため、つまり二度と妖草が出てこぬようにするため、もち去りたいのだと思ったのじゃ。大体、お前が遅いのが悪いっ」

「……その尼僧、探そうと思う。一緒にきてくれ」

重奈雄と蕭白が、知恩院方向にむかおうとした瞬間――

「あぁっ……また出たっ！　また出た。やっぱり、うちがいけないんや。うちがいる限り――苔は出るんや」

町が悲鳴を上げている。

何たる――こと。

はっと壁にむいた重奈雄の目に……グジグジグジグジィ……

尼が、綺麗に除去してくれたのと、全然別の所から、赤い火車苔、黒い阿鼻苔が、ぽつぽつぽつといくつもいくつも芽吹き出したではないか――。

「ご安心を」

急行した重奈雄が黒い所に曼荼羅華を押しつける。赤い所には、蕭白が梅水を、柄杓《ひしゃく》でかけた。

人の世に出てこようとする妖草・阿鼻苔を、妖草・曼荼羅華の葉で封じる重奈雄は――謎の尼について考えている。

（……その尼を、追わねばならぬ気がする。だが今、ここをはなれれば、また苔が出てくるかもしれん。少なくとも町殿が落ち着くまでここをはなれられんな）

ちなみに重奈雄がつかう妖草は、他の常世の草を呼ぶ力を、おさえられていた。

壁の怪異がおさまると重奈雄は大雅夫妻に歩みよった。

涙の乾いた町は夕空の赤い光の中、大雅の胸に、額を押しつけている。

(この人の何処に………妖草を呼ぶような所があろうか。だが、この人が呼んでいると
しか考えられない)

重奈雄は夫妻に、むき合うように腰を下すと、優しく語りかけた。

「町殿。——話してもらえませんか」

こくりとうなずいた町の口が開く。

「うちは祇園さんの門前、松屋《まつや》ゆう茶屋の娘だす。八歳の時まで父がおりました。父は
………物見遊山《ゆさん》が好きで、よくうちの手ぇ引いて旅に出ました」

夕日に照らされた町は、なつかしそうな表情で三人の男に語った。

「松屋をしめるわけにはいかんので、そないな時は母が店をまわしました。うちが八歳の
夏やった思います」

町の声が、硬くなっている。

「天橋立《あまのはしだて》見に行った帰りやった思う。丹後《たんご》の旅籠《はたご》で、父がとある藩の侍に無礼討ちにさ

れました……。酒席の口論が原因やったと、聞いてます」

　ぶるぶると首をふるわした町は、絞り出すような声で言った。

「迎えにきた母が聞いた話では、双方に非があったゆうことや。そやけど……侍に、お咎《とが》めはなし。町人の父だけが悪者にされました。その頃からや……うちなぁ……夏が近づくとな、夢を見るようになったんや」

　町は黙りこくってしまった。

　重奈雄は静かな声で、

「どんな夢です？」

「火ぃ燃える夢」

「その炎は、何を燃やします？」

「町や。城下町。その侍の藩の——城下町が、全部燃える」

　重奈雄は深くうなずいた。東山の、ねぐらに帰る烏《からす》が鳴く下で、町は、

「何年かして、その夢ぇ全く見んようになった。もう一度見るようになったのは………

この人と一緒になってからや」

　大雅は驚いたように目を丸くしている。

「ほら、この人も旅が好きやから……夫婦《めおと》になる前は、江戸、日光、松島、北陸。夫婦に

なってからは熊野《くまの》、伊勢《いせ》、出雲《いずも》……もういろいろな所に友達と出かけてゆきます。一度出たら何ヶ月も帰ってきまへん」

大雅の頰を一筋の涙がつたってゆく。

町は、やわらかく微笑んで、言った。

「池大雅は、明るい男や。そやから、うちも旅に出る夫見送る時は泣き顔だけはつくらんよう気つけてます。精一杯の笑顔で、見送ってきた。そやけど本当は……本当は……」

町は、吠《ほ》えるように泣き叫んで、

「――心配やったっ。うちは心配やった。旅先で……お父はんみたいに無礼討ちされぬか、うちはそれだけが心配やったんやっ！」

両手で大地をつかみ、土くれを掻きむしる姿で、

「そやけど、庭田はん。うちの悪夢《ゆめ》が――都を燃やす妖草を呼ぶんやろ？」

重奈雄の首が縦に振られる。

「うち、どうすればええ？　もう夢を見んようにすればええの？　わかった。朝まで起きて、気絶するまで寝るの我慢すれば――眠りが深くなって、夢見ないんやないの。そうすればええの？　それとも……坊《ぼん》さんみたいに悟りを開けばええのか。憎しみも、怨《うら》みも、あの侍への怒りも全っ部すて、綺麗な心になれば――あの苔は二度と生えてこんのや

な！　庭田はん、そうすればええのやなっ、うち」

　鬼気迫る形相で見つめてくる町に──重奈雄は、ゆっくりと、首を横に振っている。

　途方に暮れたような目で、口を半開きにした町に重奈雄は言った。

「その必要はない。町さん、憎しみも怨みも怒りも、血肉の一部。大切な父御が生きた証《あかし》でもある」

「そやったら、また……出てきてしまうやん」

「そのために──妖草師《われら》がいる」

　重奈雄が言い終ると、今まで黙っていた大雅が町を自分の方に強く引いた。

「いや、町！　お前は──その夢二度と見たらあかん。仇《かたき》の住む町を燃やしたいゆう思い、これからは全っ部、絵で燃やせ」

「……絵で？」

「そや。お前の憎悪や憤怒を全てそそぎこんだ絵でもええ。わしの如く──左様《さよ》な感情から解き放たれた絵でもええ。燃やし方がわからんのなら、わしが教えたるっ」

「…………」

　町の体が、大雅にきつく抱きしめられた。

「一幅の掛け軸、一双の屏風《びょうぶ》の絵を、なめたらあかん！　絵はな、お前を苦しめる情を呑みこめるほど、広いものや」

蕭白が、重奈雄の肩を引いている。

嗚咽《おえつ》する町、妻をつつみこむ大雅から少しはなれた所で、

「二人きりにした方が……妖草は出てこんぞ」

蕭白は鬚《ひげ》もじゃの顎《あご》で二人を指した。口の悪い蕭白には珍しく、深い哀感と慈しみの情のこもった、面差《おもざ》しだった。重奈雄は妖草師の目で町がもう大丈夫かどうか——見切ろうとした。やがて、

「………そのようだな」

蕭白の耳に小声でささやいた。

「蕭白、もう少しつき合ってくれ」

「知恩院か?」

「うむ。——お前のせいだ」

「いや。お前のせいじゃ。お前が遅いゆえ」

二人の男は、音もなく、真葛原の庵をはなれた。

＊

それから十日後のことである。

祇園感神院門前。

茶屋・松屋の二階に――

庭田重奈雄、池大雅、町、そして滝坊椿の姿があった。

古びて黄色い畳の上に、酒、豆腐田楽ののった朱塗りの皿がある。

こんがりと焼き目をつけた串刺しの豆腐に、たっぷりと甘いたれをつけていただく豆腐田楽は、祇園の南楼門内、中村屋《なかむらや》の名物である。松屋の女主人・百合《ゆり》、つまり町の母親は――中村屋の豆腐田楽が人気を博するや……すかさず味を盗み取り自分の店でも出していた。

「ほなシゲさんの掛け軸は、後で松屋《うち》で箱詰めして送らせてもらいますぅ」

重奈雄はさっき会った百合から、早くも「シゲさん」呼ばわりされている。町をそのまま皺《しわ》深くしたような顔の、百合が、掛け軸を受け取った。大雅が重奈雄のために描いたものだった。

「よし。次は蕭白の扇やな」

「蕭白じゃと？　お前も随分と偉くなったものだな大雅」

黄畳の上、腕まくりした大雅の手に押されて、扇の入った木箱がすすむ。あの後、妖草は出ておらず、大雅も、町も、明るさを取りもどしていた。

「どや。蕭白はん」

町が目をきらきらさせて訊ねると、蕭白は、

「……ふむ」

大雅の絵が描かれた扇をしげしげと眺めている。

大雅と町、重奈雄と椿が、顔を見合わせた。椿は阿鼻苔の刈り方を探し出したため重奈雄に呼ばれている。今日の椿は夏草模様が散らされた、若緑色の着物を着ていて、髪は釣舟――前から見ると、簪《かんざし》の上にまこと、愛《あい》ずかわしい髪の毛の輪がのっているように思える――だった。

「寒山拾得《かんざんじっとく》だな」

呟いた蕭白の後ろから、娘の亭主のつくった扇をのぞきこんでいた百合が、

「唐土《むこう》の禅寺の、えらい坊さんやな？」

「えらい坊さんではない。風顚《ふうてん》じゃ、風顚。奇僧と言うべきか。まっ……お前にしては、よく描けてるんじゃないのか、大雅」

蕭白はふんと鼻で笑って、扇を帯に差そうとした。

「ん？――待てぃ蕭白」

下戸《げこ》の大雅はいつも……雰囲気で、酔う。

「何か今、含む所があるような言い方やったなぁ」

「いや……別に」

「もう言ったってえ蕭白はん！　うちの人にがつんと言ったってぇ」

大雅の三味線をジャカジャンと鳴らした町は、夫を助ける妻の目ではなく……二人の男絵師の散らす火花を見たいという、女流画家の目になっている。

「なら、言おう」

「やめておけ蕭白」

重奈雄がたしなめるのも聞かず、

「成程《なるほど》、お前の寒山拾得はよく描けておる。しかし所詮《しょせん》……お前の理想の中の絵じゃな。わしなら、こうは描かんということじゃ」

「ほう。――お前ならどう描く？」

大雅の眼《まなこ》が、ちろりと燃えた。

「そもそも俺は禅坊主の如く、寒山拾得を聖人のように崇《あが》めておらん。ただの、おかしな奴らだったと思っておる！　だから、そう描く。もっと、野卑で荒く、半分妖人のような寒山拾得を描いてやる」

「もっと……野卑で荒く、半分妖人のような寒山拾得？……み、見たくないっ！　見たくないぞ、そんな絵」

「ぐわっはっははは！」

大笑いする蕭白に、大雅は——

「糞《くそ》……っ。わしの理想の人を……」

蕭白は嬉しげに叫んだ。

「ほら、きた！　そこじゃ大雅。お前は仙人も好きじゃろうが………ことさら自分の理想とする人を美化するきらいがあるっ」

「何やと」

「例えば仙人などというのは——」

蕭白、自信たっぷりに胸をはり、

「——俺みたいな人間だったのだ。俺のような、フケだらけ、垢《あか》だらけ、目が血走り、鬚もじゃ、髪がぼうぼうという男が世の中に憤り……山に入った。それを見た里人が、あっ……聖人が深山に住んでおると……勘違いをし、仙人と呼んだ。それが始まりじゃ」

町が、ケタケタと笑い、顔を真っ赤にした大雅は、

「——違う！　そんなわけないっ」

「いや。きっとそうじゃ」

蕭白の腕が大雅をつかまえ、

「大雅……わしはお前に感謝しておる。純粋無垢《むく》に寒山拾得や仙人を崇めておるお前の顔を見ておるとな……お前の理想とするものに一石を投じる絵を描かねばならんのではないのかと、五体にふつふつと、力が漲《みなぎ》ってくるのじゃ」

「感謝されたくない！　本来、人に感謝されるのは凄く気持ちがええものや。そやけど、お前に感謝されると………わしの理想壊す絵が生れてくるんやろ？　感謝されたくないっ！　はなせ、蕭白。近いぞ、蕭白。近いぞ！」

後に曾我蕭白は……「寒山拾得図」で恐竜の遺伝子が人と混ざったとしか思えない寒山拾得を描いている。

また最高傑作として名高い「群仙図屛風《ぐんせんずびょうぶ》」には——

ほとんど妖怪化してしまった蝦蟇《がま》仙人。

深草《ふかくさ》辺りの、水茶屋の、莫連女《ばくれんおんな》よりけばけばしく、淫《みだ》らな女仙たちが描きこまれている……。

口角泡飛ばして議論する大雅、蕭白を愉快げに眺めていた重奈雄は、ふっと目をそらすや、簾《すだれ》越しに京の町を見下した。

夕闇が立ちこめ、茶店の娘たちが客引きをしている。

(む……尼僧だ)

松屋二階の重奈雄は一人の尼を目で追った。

あの後、知恩院方面にむかった重奈雄と蕭白だったが、尼の行方は——杳《よう》として知れなかった。

翌日も、翌々日も、知恩院から銀閣寺《ぎんかくじ》の方までまわったが、手掛りはつかめていない。

(蕭白が言っていた尼とは違うな)

今、重奈雄の眼下をゆく尼は、蕭白に教わった外見と明らかに異なる。

(妖草刈《くさか》りの確かな知識から見て——妖草師に違いない)

問題は……。

(その者が、正か邪か。どちらの側の、術者か)

「重奈雄はん」

椿に呼ばれた、重奈雄は振り返った。

他の者に聞こえぬよう、ささやく形で、

「……えらいこわい顔してはったけど、大丈夫？　何か心配事でもあるん？」

問うた椿は釣舟のかすかなほつれが気になるのか無意識に簪に手をそえている。

「心配事があるとすれば——祇園にそなたを呼び出したことを、家元に叱られないかという心配だ」

「そんなん心配することやない」

ふくれ面《つら》になった椿があまりに可憐で、重奈雄はつい、

「そなた——美しくなったな」

妹の成長に気づいた兄のような気持ちで、深く考えずに言った。

真っ赤になった椿は、ぷいっと斜め下をむいている。

「知らん」

まだのこっていた豆腐田楽に手をのばすや、かぶりついた。

かすかに微笑した重奈雄は、再び、簾の方にむいている。

眼下の雑踏の底に常世が広がっている気がした。

重奈雄の心胆には——一摑みの妖草をもち去ったという尼が、黒く、重い影の如く、のしかかっていた。

川《かわ》床《ゆか》

都忘れの花を見ながら――その女は言った。

『江戸にいる大名の正室や嫡男は、己の国に帰るのも堅く禁じられているそうです。……将軍家への人質にならねばいけないの』

重奈雄は、都忘れの花を黙視する、三つ年上の女の腕をきつくつかまえ――

『それでいいのか？　この庭は五月……白砂の海を、桃色のツツジの島が取りかこむ。咲き乱れたツツジの奥には……背の高い青紅葉《あおもみじ》が、ぐるりと立っている』

木陰にしゃがみ暗がりに咲く都忘れと相対していた女の瞳が、悲しげに閉じられた。

『秋になると今度は――紅葉が一斉に紅に燃える。逆に、その下のツツジは、青々と茂っている。

都に庭園は数あれど――ここの庭が一番好きだと、貴女は言っていた。

その庭に二度とこられなくなる。いいのか？』

女は、首を、横に振っている。

木陰に立つ重奈雄は日なたに立つ女の供の方に、注意を走らせた。

女の供は、随分遠くに立っている。

二人の会話が聞こえている様子はない。

（十二の餓鬼が、狼藉《ろうぜき》に及ぶとは思っていないのか。………俺としては幸運な話だが、随分、なめられたものだな）

低く、押し殺した声で、

『徳子《とくこ》。俺と逃げよう』

『――何処《どこ》に』

『都の外。日本の何処かに』

重奈雄が、徳子と呼んだ女の目が、ゆっくりと開く。

次の瞬間――徳子は、思わぬ行動に出た。

重奈雄の手を引っ張るや、家人たちから見えない青紅葉の木立の中につれこんだのだ。

重奈雄は――十五の徳子が、自分と逃げる決意をかためてくれた気がした――。

誰からも見えない、樹木の壁の内に隠れると、徳子は、立ち止った。不意に重奈雄に振り返るや、強く、唇を重ねてきた。

徳子の衣に焚《た》き染《し》められた甘い香の匂いが、重奈雄の胸いっぱいに広がる。

――はじめての口づけだった。

胸がどくどくと高鳴ってきた時、徳子の唇ははなれた。またきつく、目を閉じている。

……涙をこらえているらしい。

そして目を閉じたまま、徳子はふるえる声で言った。

『我が人生でただ一つ……絶望というものがあれば……それは貴方と、結ばれなかったこと』

『ならば、』

言おうとした重奈雄に、徳子はさとすように言いかぶせている。

『重奈雄。わたしは……御三家の一つ、紀州徳川に嫁ぐのですよ』

『徳川がどうした。俺は――おそれない。俺には、関係ない』

潤んで、光る眼を開いた徳子は、貴方の意地が通じる相手ではないというふうに、頭《かぶり》を振り、

『此度《こたび》の縁談……関東では幕府のお年寄衆』

乃《すなわ》ち、江戸幕府の老中たちである。

『京都にあっては、我が伯父御、伏見宮《ふしみのみや》様がすすめておられるとのこと。もし二人で逃げ

れば――天下の兵が我らを追います』

　重奈雄は「では海の外に逃げよう」と言おうとした。だが、日本人の渡航が禁じられている状況、徳子が……日本と全く風土の異なる地で生きていけるのかを考え合わせると、現実的な意見とは言い難かった。

『わたしは………二度と都にもどれない。わたしを忘れて下さい。重奈雄』

と告げるや徳子は、鉄槌《てっつい》でぶちのめされたような衝撃に陥った重奈雄からはなれ、足早に立ち去っている。

　重奈雄は、しばし動けなかった。

　都忘れがそこかしこに咲く暗がりだった。

『徳子！』

　木陰で叫んだ重奈雄は――走りだした。

　日なたに、出る。

　白い砂が大海の如《ごと》く広がり、その向うに、くらくらと眩暈《めまい》がするほど鮮明な……桃色の島があった。

　満開のサツキツツジだ。

　ツツジの後ろには何本もの青紅葉が寡黙に佇《たたず》んでいる。

徳子と、供の者たちは、既にいなかった。


十三年前。

洛北《らくほく》・詩仙堂《しせんどう》。

庭田重奈雄、十二の、夏だった。

＊

亥《い》の刻下がり（午後十時過ぎ）。

提灯《ちょうちん》はつけていない。宗八《そうはち》は、向うの番小屋からもれる明りを頼りに、寝静まった
──夜の京を歩いている。

京の町には辻（大きな交差点）ごとに木戸が存在する。洛中全体で五千三百に達する木戸は……四つ（午後十時）をすぎると全て閉ざされる。では深夜、京雀《きょうすずめ》は一切出入りできないかと言えば、そんなこともない。

──袖の下をもちいれば潜《くぐ》り戸は開く。

島原《しまばら》辺りで、夜遊びしすぎた若旦那《わかだんな》などは、帰路に立ちふさがる、いくつもの木戸を悉《ことごと》く袖の下でくぐり抜け……家にもどるのだ。

今、宗八と彼の隣を歩む、隠居の吉兵衛《きちべえ》の前方で、三条両替町《りょうがえまち》にある木戸の、潜り戸が、音もなく開いた。

左側に、床屋もいとなむ番小屋。

右側に、千總《ちそう》という呉服の大店《おおだな》がある。

番小屋の向う、北（左）からくる両替町通は千總に突き当たる形で終っている。

前方、開いた木戸から、二つの人影がひょこひょこやってくる。祇園の水茶屋で夜更かししすぎた商人と従者だろう。宗八と吉兵衛は、その二人とすれ違うように、閉じかけた木戸にすべりこみ銭をわたしている。

「おや。今夜もだすか。お元気ですなぁ」

初老の木戸番の顔に下卑た笑みが浮かんだため、

「――違うんや」

宗八は押し殺した声で言ったが、

「行くぞ」

吉兵衛の低い声がしたため、宗八は戸をくぐった。

（大体、ご隠居様が……悪い。何故《なぜ》、毎晩毎晩、東山などに……）

毎夜、二十近い木戸をくぐって、東山は若王子山《にゃくおうじやま》まで行く。

吉兵衛は元々、西洞院《にしのとういん》三条下ル《さが》（西洞院通と三条通の交差点を南下した所）の紀州藩京屋敷の隣で、黒田屋《くろだや》という数珠屋《じゅずや》をいとなんでいた。

数珠屋になる前は、武士であったという。

紀州藩士で、京屋敷につとめていた。

だが、何か思う所があり、所帯をもつ形で、武士をやめた。つまり、藩邸の横の数珠屋に婿養子に入った。

今は、店を長男にゆずり、近所、と言っても別の町内で隠居している。

妻は既に亡く、隠居所には、吉兵衛の他に、宗八しかいない。

（五日前からや……。ご隠居が、東山に行かれるようになったのは）

五日前からはじまった東山への夜行で、吉兵衛の両眼は血走っている。もともと痩せている頰は骸骨《がいこつ》の如くこけてきた気がする。宗八自身も、寝不足気味だ。

（今日こそ……訊《き》いてみようか。若王子山に――何があるのか。あの林の中で……何を、されているのか）

もう一つ木戸をくぐり五台院の前を通っている時、不意に、吉兵衛が、

「――まだ、軍兵衛《ぐんべえ》を許してくれませぬか」

ぼそりと呟《つぶや》いた。

（軍兵衛……たしか侍やった頃は、軍兵衛ゆう名やったって……若旦那様から聞いた）

宗八は、ぐるりと見まわした。

二人の他に人影はない。

吉兵衛が宗八につかうには明らかに丁寧すぎる言葉だったし、軍兵衛という名乗りも奇妙だ。

宗八の手で、京を出た所でつけるためにもっている提灯が、カタカタふるえている。

吉兵衛が自分には見えないものを見ている気がしたのだ。宗八のただならぬ視線に気づいたか、吉兵衛は首を振り、

「何でもない」

（何でもない訳ないっ）

宗八は、思った。一晩に、二回、二十人近い木戸番に銭をわたしている。それが、五日つづいている。

――相当な額になる。

黒田屋はそれほどの大店でもない。小さな、数珠屋だ。吉兵衛に、豊富な貯《たくわ》えがあるとは思えない。夜行がはじまった時、宗八の心配は、金子《きんす》のことだけだった。実に長く泰平の世がつづいており町奉行所も昔ほど厳しくないのだ。だが今さっきの、ご隠居の一言で、

宗八の胸中に、別の心配が湧き起こっている。

吉兵衛が――魔魅に魅入られているのではないかという不安だ。

（黒田屋の方には、黙っていた。誰にも言うなって、ご隠居が言わはるから……店の方には黙っていた）

宗八自身も、黒田屋で数珠職人の見習いを、していた。しかし……力はあるが不器用で、人当りはよいが繊細な作業はむかないということで、今は、ご隠居の世話をまかされている。

（そやけどもう駄目や。誰かに、言わんとあかん）

一人の娘の顔が、浮かんだ。

（お加代《かよ》さん）

吉兵衛の娘、お加代は兄のついだ数珠屋を手伝っている。お加代の人なつっこい笑顔が、胸奥に浮かんだ宗八は、彼女なら何らかの答に導いてくれるのではないか、という思いにとらわれた。

そう言えばお加代は……花を習っていると言っていた。すぐ横にそびえる五台院で、滝坊の花を習っていると、言っていた。

現代、鴨川の川床《かわゆか》は、何ヶ月もの間、開かれる。

しかし江戸の頃は六月七日から十八日……わずか十二日間の真《まこと》にみじかい夏の風物詩だった。

庭田重奈雄と、祇園の松屋で会ってから一ヶ月以上後——六月七日（今の暦で七月末）。

椿は四条の中洲にもうけられた、川床にいた。

夜である。

滝坊家から十町（一町は約百九メートル）ほど南東、鴨川の中洲には、沢山の縁台が据えられている。川床開きの日とあって数知れぬ町人と侍でごった返していた。

松本屋、井筒屋《いづつや》などと書かれた子供の背丈ほどの行燈《あんどん》や、屋号入りの置き提灯が、各縁台で一つずつ、ぼんやりと光っている。

その儚《はかな》い光に照らされて、川岸の料理屋から、板橋をわたってきた女中たちが、鮎《あゆ》の塩焼きのお膳《ぜん》や、茶湯、徳利ののった丸盆などを、自分の店の縁台まで運んでいた。

風鈴の屋台や、団扇《うちわ》の屋台。

西瓜《すいか》売りに、瓜《うり》売り。

広い中洲には——木戸番を据えた芝居小屋まで出ている。

「あれは何やろ」

「覗《のぞ》きからくりかと思います」

椿が訊くと、江戸生れの呉服屋の娘が、答える。

「箱の中の絵が興行師の口上と一緒に動くんです」

今、京都本店を取り仕切る父親が、江戸店《だな》をまかされていた時にもうけたという、娘は、
説明した。

大きな箱の前に、六人の子供が座っている。

箱の側面に、覗き穴が六つあるらしく、ぴったりと、小さな顔をくっつけてのぞきこんでいた。

隣に立った興行師が、

「地獄の迎えは、火の車よ」

三人くらいの子供がびくんと身震いする。

興行師が、さらに低い声で、

「賽《さい》の河原は……子供の地獄じゃ！」

絵が――変ったらしい。

二人の女の子が大声で泣きだした。それでも、次の絵を見逃すまいと、食い入るように箱にしがみついている。

眼を細め、子供らを見つめていた椿に、

「滝坊では……毎年このように女子《おなご》だけで川床に出るのですか」

さっきの娘が訊いてきた。

椿は、頭《かぶり》を振り、

「いや。今年がはじめてどす。そもそもついこの間まで、滝坊の門人は男衆ばかりやったの」

「そうなんですか？」

椿は、子供の泣き声、喧嘩《けんか》の怒号、女の嬌声《きょうせい》が轟《とどろ》きとなっている夜の中洲で、やや声を張り、

「そや。何年か前から、ちらほらと女子の門人が入ってきはって……去年どんとふえたのや」

はじめは公家娘、次に京都町奉行（所司代の配下で、民政を担当する）の妻や娘などが入門し、去年からは商家の妻女や娘たちがどっと入門してきた。

それを受けた家元・舜海は、今年の春、椿を呼び、

『椿。そろそろわしに教わるばかりでなく、人に教える方も、覚えねばならん。女子の門人は、そなたに、まかせてみようと思う』

と、言ったのである。

そのような次第で……今日は椿発案で、男衆抜き、女衆だけで親睦《しんぼく》を深めるべく……四

条河原にくり出してきたのだった。

三十人くらいの滝坊一行。

大体六名ずつの、小集団に、わかれている。

(もっと……上手《うま》く混ざり合ってほしいのやけど)

椿の思いをよそに、滝坊の女門人たちは……何となく、身分、富力が近い者同士の小集団にわかたれていた。

椿は今、置き提灯に照らされて、町方の娘たちの縁台にいる。全ての縁台をまわらねばならぬ椿だが、ここが一番落ち着く気がする。すぐ隣には、井筒屋の大行燈に照らされて、町方のやや年かさの女たちが座る縁台がある。

その奥には……

「万里小路《までのこうじ》さんは…………であらしゃいますなあ」

「いえいえ甘露寺《かんろじ》さんこそ…………であらしゃいますなあ」

もっとも静かで、ゆったりと時の流れる縁台が……在《あ》った。

椿がやわらかい生麩《なまふ》に醤油《しょうゆ》をつけて口に運んだ時、

「おまっとうさん。鮎の塩焼きどすえ」

前かけをした料理屋の女がほくほくと焼けた鮎を運んできた。椿らが座る六畳の縁台には、他にも、京野菜の煮浸し、紅白蒲鉾《かまぼこ》などが置かれている。

まったりとした生麩が――椿の胃に、落ちる。

(おいしい)

紅白蒲鉾か、鮎の塩焼きか、どちらに箸《はし》をのばそうか迷った椿は、ふと、門人の一人であるお加代という娘に目をとめた。

お加代は、小柄で、おしゃべりな娘である。

だが今日はどうしたわけか元気がない。ぼんやりした目付きで行く川の流れを見つめ、時折団扇を振るだけで、箸もあまり動いていない。心配になった椿は、

「……どないしたん？　お加代ちゃん。具合でも悪いん」

「……いえ。大事おへん(大丈夫です)」

曖昧《あいまい》に微笑した。すると、おうたという紙屋の娘が、

「お加代ちゃん家《ち》の隣は、紀州様の京屋敷や。和歌山から御学問にきやはった若いお侍さんに……」

「おうたちゃん！」

紀州という言葉に、かすかにうつむいた椿に、おうたもお加代も気づいていない。

おうたはかまわず、つづけた。

「一目惚《ほ》れしやはったん違《ちゃ》いますか？　それで悩んどるん……違いますか」

真っ赤になったお加代は、

「違う」

「あっ、わかったっ。あの人や」

「誰」

「お加代ちゃんの、お父はんの、隠居所の……」

「違います」

「名前何て言《ゆ》うた。ほらあの……」

「たいがいにしいや。違う言うとるやんっ」

お加代の語気が強まる。

が、煙管《きせる》で、煙草を吸っていたおうたは、とんとんと、余裕の仕草で、煙草盆に灰を落としている。

「その人が違うんやったら、やっぱり紀州の人なんかなあ」

「お加代ちゃん。水臭いわ」

「うちらが、相談のるわ」

他の娘たちも便乗したので、椿は釘《くぎ》を刺した。

「こら、みんな。そんなふうに一遍に言われたら、お加代ちゃんかて答えられなくなるやん」

お加代の様子がやはり心配な椿は、少し時間がたってから小声でささやいた。

「お加代ちゃん。お土産《みや》に、組紐《くみひも》買《こ》うてきてって言われとるから、ちょっとつき合って」

お加代のみ連れ出している。

川涼みの人でごった返す、夜の中洲を、西へすすんだ。

白い地に、緑、青の模様が入った、着流しの男たちと肩がぶつかる。西瓜を食べていた法体《ほってい》の男がピュッと吹き出した種が椿の草履《ぞうり》に当たる。

人、人、人。

そして、色とりどりの、扇、扇、扇。

左方の見せ物小屋には「幻術師之雲舞」と書かれた赤提灯がでかでかとかかっていた。

提灯の横に、赤いシャグマをかぶり刀をくわえた軽業師が、細縄の上をわたっている絵が描かれている。

その小屋の横では、

「われ！　生意気《なま》言うとったら、いわすぞ！」

両肌《もろはだ》脱ぎの男たちが——喧嘩をおっぱじめていた。激しい殴り合いで、流血している者すら、ある。

椿が組紐の屋台を通りすぎたのを不審に思ったお加代が、

「椿さん……組紐」

「ええの」

中洲の椿は、流れの西側、ずらりと料理屋の並んだ四条河原を指した。

「少しなあ、二人だけで、話そう思うて」

と、その時、

「――どこや！　どこやっ。喧嘩はどこやぁぁ――」

板橋の上、目つきの鋭い男たちが、こちらに駆けてくる。

（東町《ひがしまち》奉行所の岡っ引きやな）

「喧嘩、あっちやで」

教えた椿はお加代と共に、中洲から四条河原の方へ、短い手すり付きの木の橋を、わたった。川岸の料理屋からも鴨川にむかって縁台が突き出ている。しかし、夜店や芝居小屋まで立ち並ぶ中洲の縁台が、満席だったのに対し、料理屋本体に付設された川床は、空席が目立つ。すいた縁台には、若い男の話を真剣に聞く二十歳《はたち》くらいの娘や、俳句を詠《よ》みながらちびりちびり酒をやっている三人の老人など……静かに語り合いたい人たちが座っていた。

椿とお加代は、井筒屋の縁台に腰かけた。今、この店の中洲の方にある縁台に、滝坊の他の女たちが、いる。

　椿は隣に座ったお加代に、

「お加代ちゃん。正月に立てる門松は、何で真っ直ぐなのかわかる？」

「……」

「信州に御柱祭《おんばしらさい》ゆうのがあるやろ？　あれと一緒や。神様は、真っ直ぐで一際高い場所を好む。年神様が下りてくる場所やさかい……正月の門松は真っ直ぐに立てるのや」

お加代に話す椿の傍らを、母親に手を引かれた、三つくらいの子が歩いてゆく。子供はムクロジの灰を水にとかしたものに、竹の細い管をつけ、空中に吹きつけた。すると――

五色の玉がぷくぷくと空中に飛んでは、われた。

「生花《しょうか》の真《しん》も……そや。うちらは花を生ける時なあ、必ず真ん中に、神様、仏様が下りてくる場所をこさえとるのや。今はおれまがった真もあるんやけど、元々はそないな意味やった。そやさかい、お加代ちゃん。花を生ける人の心は――真っ直ぐでなければあかんよね」

「……はい」

　西洞院三条下ルの数珠屋の娘、お加代は、かすれ声で答えた。

「うちは……未熟者や」

　頭を振るお加代に、

「そやから、お加代ちゃんと一緒に悩んだり一緒に泣いたりすることくらいしかできひんと思う。そやけど、あんたに花教える者として、花生けるあんたの心がそぞろなのはみすごせん。何か、悩みがあるんなら、打ち明けてほしい」

「…………わかりました」

お加代は――語りはじめた。

「ふむ。でぇ……そのお加代という娘は、隠居所の宗八と恋仲で……」

曾我蕭白は蓬扇《ほうせん》の涼風に当たりつつ、顎《あご》を、ぽりぽり掻《か》いている。椿が、

「ちょっと待って。恋仲ゆうんは早すぎる気がする。お互い気になるんやけど……一歩踏み出せてないのや。わかります？　蕭白はん」

大雅が、

「その宗八はんはお加代はんのお父はんにつれ出され――毎晩、東山に出かけとる。木戸番には銭わたして、こっそり潜り戸を抜けてゆく。何か悪いことにお父はんが巻きこまれねばええと、お加代はんは、心配しとる。そいでええですな？」

川床の翌日。

椿は重奈雄の長屋を訪ねた。

重奈雄は、留守であった。

留守番と称して蓬扇の涼風をあびていた曾我蕭白と、あれから重奈雄宅の、ひんやりした過ごしやすさに魅せられ……何だかんだ理由を見つけてはやってくる池大雅が重奈雄の代りに、話を聞いたわけである。

宗八はお加代に相談し、お加代は椿に打ち明け、その椿ははじめは幽霊か狐狸《こり》のしわざかと思った。だが次第に、

(……妖草がからんどる気がしたのや)

『椿は、滝坊を、背負って立つ者。俺などにかかわる暇《いとま》はないはず』

重奈雄の声が——胸臆《きょうおく》でひびく。

(そやけど………妖草で人が困っとるゆう話をしにくる分には、重奈雄はん怒らないはずや)

勇気を出して訪問した椿だったが……いたのは、鬚《ひげ》もじゃ、ぼさぼさ髪の蕭白と、妻帯者の大雅だった。

二人は蓬扇の実に心地よい冷風に打たれ碁《ご》を打っていたのだった。

「ねえ蕭白はん。重奈雄はん、何処に行かはったん」

蕭白はニヤリと笑い、

「──気になるのじゃな？　やはり椿殿は妖草がどうのこうの言いながら、重奈雄に会いたいだけじゃないのか」

「違うて言うてるでしょ！　ほんまに妖草がかかわってるの。うちの勘がぴりぴり騒ぐのやっ」

椿が叫んだ時──

「椿の勘は鋭いからな……。あるいは本当に妖草がかかわっているのかもしれんな」

背後で庭田重奈雄の声がしたかと思うと、ガラガラと格子戸が開く音がした。

口を半開きにした椿がすっと顧みると、夏の日差しを後ろからあびた重奈雄が、微笑を浮かべて立っていた。

「三十三間堂《さんじゅうさんげんどう》の方に行っていたのだ」

椿は、

「何で？　また……草木の病？」

「いや。恩人が、その近くに住んでいてな。大分お年をめした方なのだが……胡瓜《きゅうり》が好物なのだ。美味なる胡瓜が手に入ったゆえ、とどけに行っていた」

草履をぬぎながら説明すると、大雅に気づき、

「おや待賈堂さんも。その後、大丈夫ですか？」

（お年をめされた恩人……どないな恩人なんやろ）

自ずと首がかしいでしまった椿に畳の上へ上がった重奈雄は言った。

「十六の時、庭田屋敷を出されて、相国寺《しょうこくじ》の門前にぶっ倒れていた俺に茶をくれて生き返らせてくれた人だ。……売茶翁《ばいさおう》という。庭木などを診《み》る仕事も、その人のおかげではじめたのだ」

（そないな人が……おったんや。うち、はじめて知ったわ）

「で、椿」

「はい」

「何ゆえ――妖草がかかわっていると思ったのかな？」

椿はまず、お加代の父、吉兵衛が侍をやめ、数珠屋になった経緯《いきさつ》から語りはじめた。

京には各藩の藩邸があるが、それは江戸屋敷に比して、ずっと小規模で町屋の中に点在する。

「江戸では、神田《かんだ》ゆう所や日本橋ゆう所に、町人がかたまっていて、大名屋敷は、全然別の、例えば山の手ゆう所に大名屋敷だけでかたまっとるんやろ？　そやけど京都では――米屋や八百屋、魚屋や蠟燭屋《ろうそくや》、紙屋のすぐ傍《そば》に、小さな大名屋敷があるやん。数珠屋・黒田屋の南には、紀州藩京屋敷があったのや」

紀州藩の名を言った時、椿はちらりと重奈雄をうかがうも、彼の様子に変化は見られなかった。静かな声で、

「それは、そうだろう。戦国の動乱が終った時、京には町屋がごった返し、広い大名屋敷を建てる土地がなかった。だが昔の京には……今、椿が言った様々な町屋にかこまれて、空き地が、あったのだ。井戸、洗濯場、厠《かわや》などのある空き地が、町中にあった。その空き地に大名屋敷を埋めこんだゆえ——商家にかこまれた、京都藩邸なるものができたのだな」

さて、京屋敷に常駐している武士の数は、江戸の藩邸にくらべて、ずっと少ない。数人、もしくは十人くらいという藩が多い。そもそも国元から京にきた武士たちが何をしているかと言えば……

藩主が官位をもらった時の朝廷への返礼。

京都での学問（若手藩士の、官費留学）。

江戸にいる——江戸から出られない——藩主の奥方の要望を聞き、京都で化粧品、呉服、帯などを買って江戸に送る。

——この三つである。

お加代の父、吉兵衛は侍だった頃、安藤《あんどう》軍兵衛といい、紀州藩京屋敷につとめていた。

侍の人数が圧倒的に少ない京屋敷では、付近の町人が、業務の一部を委託されている場合が多い。つまりバイト代をもらって町人が堂々と出入りし、財務など重要な部分にたずさわっているのが……京屋敷と江戸の藩邸の大きな違いである。

また基本は、自炊や外食ですましている京屋敷の侍たちだったが、時には町の女が炊事を頼まれることもある。そうした機会に軍兵衛と後に彼の妻になるお加代の母は出会ったという。

昨日、川床で、お加代は言った。

『そやけど、うち一つ、不思議に思うんです。隣なので紀州藩邸のお侍様とよくお話しします』

『うん』

『あるお侍が言わはったんどす。うちの父……殿様の覚えもめでたく、そのまま紀州様にお仕えしていれば……京都留守居役は、間違いなかったって』

『京都留守居役？』

椿の目は丸くなっている。

京都留守居役――朝廷と、大名をつなぐ、重要な職だった。

『……そやな。普通に考えれば、お加代ちゃんのお母はん、お嫁さんにして、紀州様につかえつづけることもできたんやな』

『はい。………数珠つくる父の目は……とても怖いものがありました。父には……数珠をつくらねばならん理由《わけ》みたいなもんが、あった気がします』

『数珠つくらねばあかん理由？』

『はい。いつか訊いてみよう、思うてます』

椿の話を静かに聞いていた重奈雄は、口を開いた。

「その数珠をつくらねばならなかった理由と………今、夜の東山に行く理由は……つながっていそうな気がするな」

「うちもそんな気がする」

「若王子山中で何をしているか、宗八は知らんのか？」

椿は蓬扇の風がよく当たる所にちょっと動いて、

「永観堂《えいかんどう》の裏から若王子山に登るらしいんやけど」

山道の入り口に、宗八を待たせ、吉兵衛だけが鬱蒼《うっそう》とした木立に消えてゆくという。

義理堅い性質の宗八は「そこで待て」と言われたらてこでも動かない。

一人で入山する老齢の吉兵衛が、下りてくるのは、大体、明け方近く。夜が白みかけてからという日もあったという。

「吉兵衛はん………日増しに衰弱しとるらしいの。つき合わされる宗八はんも、たまったもんではないわ」

「宗八とお加代が慕い合っているというのは？」

「それは……うちの勘みたいなもん」


夜の鴨川をぼんやりと眺めるお加代に椿が、

『宗八はんって、どないな人なん？』

と訊《たず》ねると、少しはにかんだ様子で、

『不器用な人どす。力はあるんやけど……。薪《まき》わったり、米俵運んだりするのは得意どす。あんまり、数珠屋には、関係あらへんけど……』

『他には？』

『実直な、人。お年寄の話聞くのが上手いんです。あと、お風呂屋さんで、すぐに人と仲良くなります。お寺さんだけやのうて、町の人たちも数珠屋の大切なお客さんどす。兄は、宗八はつかえん奴やとか言うて、父の世話まかしたんやけど……うちは、うちは、宗八はんみたいな数珠屋さんがいたってええと思う』

にっこりと笑った椿は、

『お加代ちゃん。宗八はんのこと、好きなんやね』

『ち、違いますっ……』

あわてて、手を、振っている。

「お加代としては、吉兵衛も心配だし、それにつき合わされる宗八も心配という所か」

重奈雄は考えこんでいる。

三日前、宗八から打ち明けられたお加代は、隠居所に泊りこもうとした。が、吉兵衛に激しく拒絶された。そうなるとお加代は父親の夜行を止められない。黒田屋と、隠居所は目と鼻の先の距離とはいえ、別の町内だ。

夜になると――木戸が閉ざされてしまう。

「宗八はん、吉兵衛はんに、何で夜の東山登るか一度も訊いておらんのですか?」

大雅は自作の扇をぱたぱたと振っている。夏の、四畳半に、四人。蓬扇があっても、蒸し暑くなってきた。

椿は、

「一度、夢うつつな目つきで東山へむかおうとする吉兵衛はんに訊ねたそうや。すると……この花の匂いが、お前はわからんのかっ……って言うたんやて」

「――花の匂い、となー」

重奈雄の眼が光っている。

やはり今日きてよかったと嬉しくなった椿だが、宗八、お加代は、真剣に悩んでいるのだと思い直し、面差《おもざ》しを引きしめた。

腕組みして考えこむ重奈雄に、蕭白が言う。

「若王子山に行ってみようではないか」

重奈雄は――強くうなずき、

「うむ。椿の言う通り――どうも、妖草がからんでいる気がする。その場合、夜、東山へ行くのは闇雲に敵地に突っ込むにひとしい。事前にしらべておくべきだろうな」

「よし！　では今から、四人で物見に行こうぞ」

蕭白が提案すると、重奈雄は難色をしめしている。

「常世の草には、人の気配に敏感な奴もいる。大人数でどしどし押しかけたら……すっと隠れてしまう奴もいる」

「く、草が隠れるんですかっ？　人から」

だが大雅は、パタパタ運動する蓬扇を見、踊り狂っていた舞草《ぶそう》を思い出し――納得した。

「小人数《こにんず》で昼の東山をあらためるべきだろう。また、どうも近頃、しきりに都で妖草が出ておる。俺の留守中、誰かに長屋にいてほしいという思いもある」

「では誰がお前と行く？」

重奈雄は、此度の話を、もってきた人を見た。

「椿。悪いが……きてくれぬか」

椿の目は――輝いている。


「与作《よさく》」

紫陽花《あじさい》地蔵の前で待っていた、滝坊家の下男、与作に、

「うち、かくかくしかじかで東山に行かねばあかんの。小人数で行かねばあかんから、お前は、先に、五台院に、もどるんや」

「へえへ、え？……いや、それは困りますぅ」

「帰りは重奈雄はんが送ってくれるさかい大丈夫」

「いや、わしが旦那様に叱られますぅ」

なおも食い下がろうとする老いた下男、与作に、

「もしついてきたら、うちが今、お前を叱るわ」

与作が帰ると、重奈雄は懐から一枚の人相画を取り出した。蕭白の筆で、例の尼僧が描かれている。

「四条大橋、祇園、知恩院と抜けて、若王子山まで行く。もし道中でこの尼を見かけたら、俺にそれとなく教えてほしい。勿論《もちろん》、俺も探す」

重奈雄は吉兵衛が夜行する経路ではなく、二種類の妖草をもち去った尼が消えた辺りを捜索しつつ東山へむかいたいようだ。

椿が尼の面相を脳裏に焼きつけると——二人は出発した。

蕭白と、大雅は、留守番だ。

昨夜の川床を横目に四条の橋をわたる。四条の橋は、中洲を飛びこえる形の一本の長い橋ではなく、岸から中洲、中洲から岸という、二つの橋からなる。

祇園感神院を左、真葛原を右に見て北に行く道に差しかかったのは、もう昼近い。祇園の黒々とした森からかまびすしい蟬《せみ》の声が聞こえた。

頰が汗ばんだ椿は——ふと前方に、いもぼう平野屋《ひらのや》をみとめた。

近くの円山《まるやま》の麓《ふもと》で採れる海老芋《えびいも》を、棒鱈《ぼうだら》とたき合わせた料理を振る舞う名店である。旨《うま》味《み》の濃縮された海老芋は、椿の大好物だ。ぐぅーっとお腹《なか》が鳴って、

「なあ重奈雄はん。お腹……へらんの？」

平野屋に入ってゆく商家の内儀たちの中に尼がまぎれていないか注視していた重奈雄は、

「飯よりも、若王子山が先であろう」

椿が唇を噛《か》みしめてうつむいてしまうと、ふーっと小さく溜息をもらした重奈雄は、

「山をあらためたら、粟田口《あわたぐち》辺りで、何か美味《うま》いものをおごろう」

暑さのせいだけではなく、頬が熱くなった椿は、路上の牛糞《ぎゅうふん》を踏みそうになりながら答えた。

「……はい」

だが、そんな椿の目の前で、

「ここが……いもぼうの」

近江か、丹波《たんば》から出てきたらしい武家の若妻が立ち止り、夫らしき二本差しの立派な身なりの男が、

「お前がここで昼を食べたがると思い、宿の者をあらかじめ走らせておいたよ」

「あら。何と手回しのよろしい」

などと語らいながら、唐傘をもった下女、山のように大きな荷を背負った従僕と一緒に平野屋の暖簾《のれん》をくぐっていくのを見ると……椿は暗澹《あんたん》たる気持ちに陥った。

(綺麗な女《ひと》やったなあ、今の人。あの女《ひと》も……うちより、ずっと綺麗やった)

庭田屋敷で二、三度毬《まり》を教えてくれた——今出川徳子の、なよやかな姿が——まざまざと、椿の胸中に浮かぶ。重奈雄をちらりとうかがい、

(徳子はんが……いもぼう食べてかへんみたいなこと言《ゆ》うたら、重奈雄はん、すっとお入りになったんやろか)

不意にあまり思い出したくなかった過去の情景が椿の胸底に浮かんだ。

——七つの時で、あったと思う。

池の傍で椿は遊んでいた。

五台院横、滝坊邸。

サザンカの下に、薄紫の都忘れが、咲き乱れている。下働きの娘に、まだ幼い椿は訊ねた。

『この菊に似たお花、何て言うん』

娘は、

『都忘れ言います』

大いに驚いた椿は、

『京の都にあるのに……都忘れ？　何で』

娘は、ほがらかに笑って、教えている。

『五百年前の話どすえ。順徳《じゅんとく》天皇ゆう方がいらっしゃいました。関東《あずま》の幕府との戦《いくさ》に敗れ、佐渡島《さどがしま》に流された方どす。島にはこの花が仰山《ぎょうさん》咲いとりましてなあ、ご覧になった帝《みかど》は、この花を見た時だけ都を忘れられる、言わはったんどす。そやさかい……都忘れ言います』

『その人は………都に帰れたん？』

娘の首がゆっくりと横に振られた時——ドーンと音がして背後の障子が開き、重奈雄が飛び出てきた。

重奈雄は、同日、滝坊邸に呼ばれていた。

江戸の将軍夫妻、御三家と御簾中《ごれんじゅう》（御三家の内室）に、花を上覧しに行った滝坊舜海は、関東で——ある女《ひと》から一通の文を託されている。

重奈雄への、文だった。

その女、徳子から重奈雄への文は、とどかないらしい。

——庭田邸で妨げられるのだ。

なので徳子は江戸にきた滝坊舜海に、重奈雄への手紙を託したのである。さて、託された舜海だが、狂恋でやつれた少年の面差しを見るや、手紙をわたすのに、ためらいを覚えている。

しかし約束は、約束だ。

文をわたすと制動がきかない様子の重奈雄は舜海の目の前で、開封している。出てきた都忘れの花の意味がわかったとたん、『あっ！』と一声叫んだ重奈雄は、同封された和歌に目もくれず、椿のいる庭に、飛び出たのだった――。

『シゲ……さん』

七歳の椿は、シゲさんと、呼んでいた。

重奈雄は荒く呼吸している。池をにらみ、手には、萎《しお》れた都忘れの花と、短冊らしきものがあった。

重奈雄がもっているのが、さっき自分が名を覚えた花だとわかった椿は、

『あっ！　都忘れの花や。シゲさんも……都忘れ好きなん？』

あどけなく――笑った。

次の瞬間、重奈雄の面《おもて》は、鬼の如く歪《ゆが》み、手にあった都忘れと短冊は……見るも無残なほど引き千切られた。

都忘れの花が――鯉《こい》のいる池へ、投げられる。

重奈雄は茫然《ぼうぜん》となった椿をのこし足早に立ち去った。

ぐちゃぐちゃになって水面《みなも》に浮いた都忘れから、どうしても目がはなせない、椿は、

(うちが……シゲさんを怒らせた。シゲさん、都忘れが嫌いなのに、うちが好きないん？ なんて言うたから怒ってしまったのや。シゲさんが嫌いな花なら——うちも嫌い。あの花が、悪いのや！)

冷めた声で先ほどの侍女に告げた。

『なあ、滝坊《うち》にある都忘れ……全部抜いてくれへん？』

『な、何言うたはります。いけまへん！』

『ならうちが抜くっ』

都忘れに歩みよる椿の手が、つかまえられ、

『椿様。いけまへんっ』

『——いかがいたした』

父、舜海の黒く大きな影が、椿の体に差した。水色の袴《はかま》にしがみつく格好で椿は、

『お父はん！ シゲさん、都忘れ嫌いなんや。うちも嫌いなんや！』

泣きじゃくる椿を軽々と抱き上げた舜海は、しばしの間、都忘れを厳しい目でにらんでいたが、やがて、椿に優しく頰ずりすると、

『椿。何でも思い通りになると思ったらいけない。お父はん、お前の我がまま、一年に一度しか認めん』

『うん』

『一年に一度の我がまま――都忘れにつかうんか?』

『うん』

『………わかった。全て摘ませよう。そなたに言われるまでもなく、明日、南禅寺《なんぜんじ》の立《りっ》花《か》の会で都忘れをつかい切ろうと思っておったのじゃ』

あれから十一年。今も滝坊邸に、一輪の都忘れも、咲いていない。また椿は、重奈雄がその後、兄の金で悪所に入り浸り……庭田家を放逐されたのを聞いていた。

永観堂の裏から――荒れた松林の目立つ、若王子山に入った。いつも宗八が待たされているという苔《こけ》むした石仏をたしかめ、吉兵衛が入ってゆくという山道を、木漏れ日をあびつつ、登る。

ひょこひょこと……人になれた狸《たぬき》が出てきて、物欲しげな目で、見つめてきた。

重奈雄がかちかちに乾いた餅《もち》を投げ与えると、夢中で貪《むさぼ》り喰っている。

こういう男がいるから人の気配がすると出てくるのだろう。

食べ終った狸が、まだついてこようとしたため、椿は棒で追い払おうとした。が、重奈雄が、

「妖草も狐狸の類《たぐい》は気にしない。すておこう」

「……ええの？　ほんまに」

「うむ」

ふうんとうなずいた椿が、棒を放す。次の瞬間、椿の足は松の根に引っかかり——すっ転びそうになった。

「大丈夫か？」

重奈雄に、抱きとめられている。

「…………」

「……椿？」

涼しい声で訊ねてきた重奈雄に椿は返答しなかった。

狸が、じっと、凝視している。抱きとめてくれた重奈雄の自分に対する気持ちは皆目わからず、極めつきに……重奈雄の胸中には、まだ……紀州藩主・徳川宗直《むねなお》の嫡男、徳川宗《むね》将《のぶ》の正室となった、今出川徳子の影が色濃くのこっている気がする。

狸が執拗《しつよう》に見つめてきた。

椿は、重奈雄から、素早くはなれている。

夏の日差しで二人は汗ばんでいる。

立ち上がると、重奈雄の手が差し出された。

「手をにぎってゆくか？……何を赤くなっている。ただ俺の方が野山をほっつき歩くのになれていて、椿の山歩きは見ていて危ないから、手をかそうかと言ったまで。いらないなら……別にいいが」

手が引っこめられようとしたため椿は語気を荒げ、

「——つないでくっ」

先頭に重奈雄、次に手を引かれた椿、最後尾に……ひょこひょこと狸がくっつき、東山の一つ、若王子山の松林を、登ってゆく。

椿は時々、狸に、シィーッシィーッとやっている。だが狸は平気の平左《へいざ》で椿らについてきた。へらへらと舌を出し、まるで揶揄《やゆ》するかの如き顔つきなのが、半分面白く、半分小憎らしくもある。

「なあ、椿」

「何？」

「何ゆえ東山に松林が多いかわかるか？」

「んん……考えたことないなあ。松茸《まつたけ》が仰山採れるさかい、ええなあ思うとったけど、何でやろ？」

重奈雄は教えた。

「町や村の者がさかんに薪《たきぎ》を取ると、山が荒れ、松がふえるのだ」

椿は松の林床を見わたした。日当りがよく、おひしばという雑草が地面をおおっており、他の草はほとんど見当たらない。花道の家に生れた者の目から見ると寂しい気がした。

「では重奈雄はんは、どうすればええと思うん？」

「薪を取ってよい山。半分、薪を取ってよい山。全く、薪を取ってはならぬ山。全ての山を三つにわける法度《はっと》が必要であろう」

「左様《さよ》なこといつも考えてはるん」

重奈雄はうなずき、

「そうすれば……町衆や村人は一番目の山に薪を取りに入ればよく、薬草や床の間に飾る花を探す者は二番目の山に入ればいい。そして三番目の山には……誰も入らなければよいのだ」

椿は当然、滝坊の、男の門人と話した覚えがある。しかし、京坂の富商の息子で、滝坊に立花や生花を習いにきている者の中には、

（床の間に飾る花を愛《め》でられても、野や山に、当り前に咲く草花を慈しめん人も……おる）

今は金のある男が花道を習うのがはやっていた。だが一度《ひとたび》、その風潮がすたれれば……すっと滝坊から去っていくような門人が、大勢いる。

椿は、真《しん》に花を愛し野山に自生《じしょう》（自然）の姿であるものを慈しめる人と、花を立てたいと思っている。

（左様な人でなければ、狭い床の間を……雄大な山河に変えられん。お城や町屋に住む人たちの魂を――春の野原や、夏の渓流《かわ》や、真紅の楓《かえで》にかこまれた秋の湖や、樅《もみ》の上に雪が仰山のった……声が凍えてしまいそうな冬の山に、つれてゆくことはできん）

今、重奈雄と話して思っていた通りの人だと思った。

（元服前の重奈雄はんの立てた花は見た覚えがある。こんなこと言うたらあれやけど……庭田流の花、重熈様より重奈雄はんの方が……）

生花の場合は生ける、立花の場合は、立てるという。

（今の重奈雄はんが立てた花、見たいなあ）

ふっと口元のほころんだ椿の前方に黒々とした木立が見えてきた。

「あれより先は、薪取りの者も入らぬようだな」

電戟《でんげき》に似た眼光が――重奈雄の瞳から放たれ、

「……見ろ。樫《かし》、栗の木立を掻きわけ、人が中に入った跡がある。………吉兵衛が、入った跡かな」

今まで二人と一匹は、薪取りの者がつくった山道を、登ってきた。しかし松林が終り一切、薪拾いがおこなわれていない密林がはじまる以上、道がつづくのは不自然だ。

しかし鬱蒼とした樫、栗の大木、臭木《くさぎ》や藪椿《やぶつばき》の中木、腰まで迫る得体の知れぬ野草群がびっしり展開する森に……明らかに人が、立ち入った痕跡があるのであった。

椿は、重奈雄と、顔を見合わせた。

毎夜の如く、幾多の木戸をくぐり抜け、若王子山まで行くという、数珠屋の隠居。供の宗八を下に待たせ、ここまで登って……密林内で何をしているのか。

椿は恐怖の混じった好奇心がざわざわと起こってくる気がした。だが一方で、毒蛇、毒虫、トゲのある蔓草《つるくさ》が、うじゃうじゃ生息していそうな密林には、都育ちの椿に侵入をためらわせる、不敵な気配があった。

ミンミン蟬が鳴く下で重奈雄が、

「どうする椿。何だったらここで、待っていても……」

言いかけた重奈雄と、椿の間で、ブーンという音がした。——物凄《ものすご》い勢いの黒い影が横切っている。

「スズメ蜂《ばち》か。何だったらここで待っていてもいいんだぞ」

「………」

椿の横で狸も……立ち止っている。

「何でうちが狸と待ってなきゃあかんの！」

懐紙で、汗にまみれた首をぬぐい、

「当然行きます。うちも」

かすかに笑んだ重奈雄の唇に、指が、当てられ、

「大きな声を出すな。妖草に気取《けど》られるわ」

「人の声が、聞こえる草もおるん」

驚いた椿は、小声で問うた。

地面に真っ茶色になった栗の花穂が沢山落ちている。

先頭の重奈雄は、両腕で、栗の枝葉を掻きわけていった。最早《もはや》……男が女の手を引けるほど――やわな森ではない。

椿は栗が沢山のまだ小さな実をつけているのが気になり、しゃがんで、すすもうとした。

すると、前方の重奈雄が、

「どうした椿」

「だって、重奈雄はんみたいにすすんだら、栗の実が顔に当たるやろ」

蟬時雨《しぐれ》の下で告げた。

栗の実は、直径一寸ほど。黄緑色。針に似た、トゲに、おおわれている。

茶に枯れた栗の花を踏んでもどってきた重奈雄は、

「大丈夫だ。これくらいの栗の実はな……」

一寸くらいの栗の実を、手でつかんだ。掌でもんで、

「全く痛くない。やってみろ」

椿の顔の横に、枝が、伸びていて、黄緑色の実が三つついている。

「嫌や。……そないなこと言うて、どうせ痛いんやろ？　嫌やっ」

重奈雄は、ぶっと吹き出して、

「おいおい。どうして俺がそんな下らん嘘を吐《つ》く小人《しょうじん》と思うか」

重奈雄の手が動くや——椿の頬に、その三つの栗の実が枝ごと、押しつけられた。

「きゃあっ！………」

「痛くないだろ？」

「………」

椿は重奈雄がもっていた枝を自分でにぎってみた。――押しつける。

(全く、痛くない)

頬っぺたに当たった子供の栗のイガに、ちくりという痛みは、微塵《みじん》もない。やわらかな艶《つや》やかさがあるだけだった。

(……絹みたいや)

「栗の実って、はじめはこんな可愛《いとほ》いもんなんや」

「そうだ」

栗の木の向うに行った椿に、重奈雄が言った。

「すまん、椿。俺のせいでそなたの頭に………毛虫がのってしまったわ」

「――嫌ぁぁぁ――っ」

重奈雄の手が毛虫を取ってくれて、

「行くぞ」

重奈雄、椿、狸の順で、植物が密生する藪をすすんでゆく。狸はさっきの餅の味が忘れられないでついてきているようだ。

しばらく、行った所で、

「どうも、迷ったらしいな」

重奈雄は藪の中で立ち止っている。吉兵衛の足跡を見失ったようだ。下草がぼうぼうに茂っていて、無理もないのだが、椿は不安になってきた。この程度の山でも、猪《いのしし》に遭遇したり、夕立にふりこめられたりしたら大変危ない。

と、

カサカサカサッ。カサカサカサッ。

ぎょっとした椿だが、すぐに安堵《あんど》した。さっきの狸が枝の穴倉のような場所に潜ってゆく音だった。最初は敵視していた狸が、いつの間にか心強い道連れに思えていて、

「こら、お前、何処行くの」

四つん這《ば》いになってつかまえようとした椿、次の瞬間、瞳孔《どうこう》が丸くなっている。

「重奈雄はん」

「何だ」

「人が通ったような跡があるんやけど……」

重奈雄はすぐに椿と同じ姿勢になった。

一丈（約三メートル）ほどの、臭木という木が、林立している。

緑の葉群《はむら》のそこかしこに赤紫の蕾《つぼみ》がどっと密集してついていた。いくつかの蕾が開いており、白い花からは、臭木という名にふさわしくない、甘い芳香が漂っている。

「人が這いすすんだ跡だな」

かなり、奥行きがありそうな、細く、低い、臭木の木立。枝々の下部が洞穴状《ほらあな》になっている。

重奈雄と椿は、狸を追う形で、臭木の下を這いすすんだ。臭木林はまだまだつづきそうだったが、五間《けん》も行くと——視界が、開けた。

草地に、出た。

比較的、広い。

樹々にかこまれており狸の姿は見えない。

所々に、ウドが立っていて、はっとするほど可憐《かれん》な青紫の桔梗《ききょう》が、いくつも咲いている。

草地の真ん中にはツタでおおわれた樫の巨樹が立っていた。

天突くほど、高く、太い。

草地を踏みしだくようにしてすすんだ、人跡は、樫の方へすすんでいる。

そちらの方に、声も発さず、歩く。

道は樫の大樹のやや手前で唐突に終っていた。スズメ蜂や足長蜂が、さかんに、椿の体近くを、飛んでいる。

「この花が何だかわかるか？　椿」

道の終点を取りかこむように、奇妙な形の花がどっと群生していた。

ひょろりと長い茎の上で四枚の葉が四方に伸びている。葉同士で、しめし合わせ、お椀《わん》の形でも、つくろうかというふうに――。

葉のお椀にちょこんとのる形で、真に清楚《せいそ》な、白い花が、咲いている。葉の上の花は舞台に立って優雅に舞う、白拍子の娘に思えた。

椿は、指でそっとふれながら、

「一人静《ひとりしずか》。花名は勿論――静御前《しずかごぜん》はんの、はんなりした舞姿にちなんでつけられた。そやけど不思議」

周囲の木立で油蟬とミンミン蟬が轟々《ごうごう》と鳴いている。

「一人静は……春から、初夏まで咲く花。今咲いとるなんて――」

ごくりと生唾《なまつば》を呑んだ椿は、はっとした面差しで重奈雄を見た。

重奈雄は硬い顔つきでうなずいている。両眼に、妖しい眼火を、灯《とも》し、

「――いかにも。これは…………一人静と全く同じ姿をした、常世の花」

「と、常世の……花？」

重奈雄は、言い切った。

「誘静《さそいしずか》という名の、妖草だ」

重奈雄が語る所によると、「妖草経」第五巻——花神花妖ヲ生ズル妖花——なる章に登場する誘静は、人の世に現れた場合、一年中開花できる。

そして……夜にしか悪さをしないという。

いかなる悪さをこの妖草はするかというと……

「文字通り、誘う」

重奈雄は椿に語った。

「誘静は一本では何もできぬ。群れると……一本一本の、妖気が固まり、幻を成す。男なら絶世の美女、もしくは、終生の思い人」

「女なら？」

「抜群の美男子あるいは忘れられぬ男の幻が、狙った相手の枕元に、立つ」

そして狙った人間を自分が咲く所まで誘うのだという。誘われた人間は、魅惑的な麗人が、世にも甘い芳香を振りまきながら逃げてゆく……夢にとらわれている。

中国大陸には、花の精が化けた美女——花妖の伝承が数多く存在する。あるいは、誘静が、中国にも咲いていたのだろうか。

「つまり吉兵衛はんは三条室町西入《むろまちにしい》ルの隠居所から……」

隠居所は——三条室町西入ル。三条通を、室町通との交差点から、西に行った所にある。

「若王子山まで、毎晩、花の見せる幻……に誘われてるゆうわけ？」

「――そういうことだ」

「どないな理由《わけ》で、人を、」

「生気を吸うため」

重奈雄は、即答した。

「この花は、人間の生気を吸うことでしか……種子《しゅうじ》をつくれぬ」

重奈雄が冷えた瞳で言う。

椿は夏なのに、ぞわりと、寒気がした。あまりにも可憐な誘静にかくも恐るべき力があるとは……。しかし、誘静を前にも見た覚えがあるらしい重奈雄は、薄い唇を動かし淡々と、

「常世では、別のやり方でふえるのだろうが、こちらでは人を殺《あや》めて、繁殖するしかない。さて、」

重奈雄の胸から懐剣が取り出される。

鞘《さや》から出た小刀に、ギラリと、陽光が反射した。

「石見《いわみ》の銀でつくった刀だ」

(子供の頃聞いた。銀には、妖気を祓《はら》う力があるって)

重奈雄の小刀が、誘静の茶色くひょろ長い茎にあてがわれる。

優美な所作で――重奈雄は、小柄《こづか》を振った。二振りで、二人を取りかこんでいた、誘静群落は悉く、茎の下方で、切断されている。

（舞のような……）

椿が思うと同時に、白い花や小さな葉が、ハラハラと大地に落ちた。

が、次の刹那《せつな》――

グジュゥグジュゥグジグジグジ――――！

どうした――こと。

茎の切り口から黄緑の脂肪《あぶら》の如きものが現れとてつもない勢いで上へ膨張してゆくではないか。

つまり、猛速で、再生している。

「根から抜けんのっ」

ゆっくりと頭《かぶり》を振った重奈雄は、小柄を置くと、再生中の誘静を一本、右手でにぎった。力いっぱい、抜こうとする。抜けない。

椿もやってみたが無理だった。

小さな草である。だが、誘静の根は、予測以上の強さで抵抗し、全く抜き取れない。茎の再生といい、根の抵抗といい、相当な生命力を有するのだ……。

小さな妖草と格闘する椿の額に玉の汗が浮き出、頰を流れて下顎《おとがい》から、落ちる。

重奈雄が、

「人足でも呼ばねば抜けまい。鋤鍬《すきくわ》で掘り返さねば抜けぬほど……根を、張っておるな」

グジュグジュグジュグシュグシュウー……

さっき切った茎が、二人の周りで少しずつ伸びている。

「さすがに今夜は花が咲くまい。しかし、危なかったな。誘静は童《わらべ》なら三日、大人でも――十日ほどで生気を吸い尽くす。花をつまなければ、吉兵衛は……今夜あたり……」

生気を吸い尽くされる。――乃ち、息絶えるのであろう。

グジュグジュユッグジュ……

誘静は、懸命に、よみがえろうとしている。

「………明日の夜は?」

不安になった椿が訊ねると、重奈雄は、

「また花が咲くかもしれん」

「ほな、明日、日が暮れるまでに何とかせえへんかったら……」

「その元紀州藩士の、数珠屋の隠居、死んでしまうかもしれん」

きっとなった椿は、

「何でそんな他人事《ひとごと》なん。吉兵衛はんゆう人は、うちが花教えとる、お加代ちゃんのお父はんなのっ」

「しかし、元紀州藩士の数珠屋の隠居というのは、真であろう」

「だから何やの！　その言い方」

暑熱と、しぶとい妖草へのいら立ち。さらに重奈雄の「その元紀州藩士の数珠屋の隠居」という言い方の底に……紀州藩主の嫡子に最愛の女《ひと》を取られた、痛々しい過去からくるわだかまりが、ある気がした椿は、

（草堂で調べ物してはる重奈雄はん見て、うちはほんまに……この人の力になりたい、手伝いたい思うたんや。なのに……）

「今の言い方、重奈雄はんらしくないわ！」

（紀州の殿様の息子はんに、いくらわだかまりがあるゆうても……紀州の元お侍で妖草で困ってはる人に対して、今の言い方は、どうかと思うわ。妖草師として）

「まぁある意味、重奈雄はんらしいけどなぁ」

「椿……今、矛盾の塊になっているぞ」

「矛盾してまへん。ええですか。重奈雄はんは……草花に対してえろう優しい方や。頭、

下がります。そやけどあんた時々、人に、えらい冷たい時がおす（あります）」

「……そうか」

段々、何を言っているのかわからなくなってきた椿は、

「とにかく重奈雄はん、もう少し人に温かくなった方がええと思う、うち。この前、松屋から送ってくれた時に言わはった」

松屋で食事をした夜、重奈雄は椿を、五台院まで送った。

「『妖草は――人の心を苗床にする』言わはりましたなあ」

「言ったな、しかと」

「そやったら……もう少し温かみゆうもんをおもちになった方がええと思います」

「わかった。俺の言い方に至らぬ部分があり、妖草で苦しんでいる人に対してつれないと思われたのなら………それは完全に俺が悪い。深く、詫《わ》びたい」

ここまで正々堂々とあやまられてしまうと……椿は、さらなる追及ができず、「うん」と大きくうなずくしかなかった。重奈雄はつづけて言った。

「昔、キノコの化物が出るという寺があった。正体がキノコだとわかると、怪異はやんだという。――幻の麗人をつむぎ出す、妖草も同じ」

「……」

「吉兵衛……さんの、心の中に巣食う幻を斬れば、こやつらは」

銀の小刀で茎を切った誘静を指す。

「枯れてしまう」

重奈雄によると、体を傷つけられた誘静の個体は、惑わされている者の心中の幻が解ければ、容易に、枯死するという。

土に落ちた白い妖花が、重奈雄の指でひろわれ、

「この花をつかい、吉兵衛さんの幻を解く手立ては、なかろうか。椿の知恵が、かりたい」

急にさんづけしはじめたのは椿への遠慮だろう。わざとらしいとは思いつつ、悪い気は、しない。

「……うちの知恵？」

「そうだ。下りながら、考えよう」

こくりとうなずいた椿は、重奈雄と一緒に、さっき切り落とした誘静をひろいあつめると、山上の野原を立ち去った。去り際に、ふと、野の中央に立つ樫の大木に目がいった。

びっしりと青葉におおわれた樫の樹上に……何者かの気配を感じた気がしたのだ。

（気のせいか）

椿は重奈雄に告げず、下山した。

妖花の宴

翌日。

「今朝、様子を見に行ったんどす。宗八はんに聞いたんやけど、昨夜は、何処にも出かけなかったようです。ほんまにありがとうございます！」

感謝するお加代に、椿は言った。

「うちの力というよりは、この庭田重奈雄はんのおかげやから」

「庭田はん。ありがとうございます」

お加代は深々と頭を下げている。

「うむ。だが、お加代さん。まだ油断はできんのだ。それで今日、我らは黒田屋にきたのだ」

「はい」

黒田屋は、典型的な京町屋の造りである。

細長い。

格子戸をくぐって、一番手前に、六畳間がある。ここが店、兼、数珠《じゅず》作りの工房だ。店の奥に居間と台所。さらに奥は、奥座敷、裏庭、とつづく。

居間には二階に上る階段が、裏庭には倉と厠《かわや》があった。

また表通と、裏庭は、通り庭で一直線につながれている。

今、お加代が先導し、重い花器をもった重奈雄、花桶《はなおけ》をもった椿で、通り庭を奥座敷の方へ、すすんでいる。

俗にウナギの寝床と呼ばれる短冊形の京町屋の深奥部まで光と空気を通すために工夫された細長い土間を歩みつつ重奈雄は、

「吉兵衛さんは、宗八さんがつれてくるんだね」

「はい。うちのお父はん……牡丹鱧《ぼたんはも》が大好物で……」

瀬戸内海の鱧は、桃山時代から、京の豊かな人々の間で食されるようになった。牡丹鱧は湯がいた鱧を、椀《わん》に入れ、出汁《だし》、じゅんさいをかける。青柚子《あおゆず》さらに、梅肉をのせて、いただく。

夏の京都のご馳走《ちそう》である。

「牡丹鱧つくったから黒田屋にこい言うたら、もう、必ず飛んできます。あ、こちらです」

牡丹鱧で吉兵衛を黒田屋につり、誘静《さそいしずか》の呪縛《じゅばく》から解く処置をほどこすというのが今日の作戦だった。

重奈雄、椿は、奥座敷に上がっている。

裏庭の半夏生《はんげしょう》には空蟬《うつせみ》が二つ三つついていて、倉の壁や、サザンカの枝で油蟬が鳴いていた。

お加代の兄の嫁が、茶と団子をもってきたので、一口だけすすり、

「ではじめさせていただく」

――作業に取りかかった。

床の間にあった生花《しょうか》を、重奈雄が片づける。代りにもってきた重い花器が置かれた。

椿の視線が、花桶の白い花で、止る。

昨日ひろった、誘静だ。二人になると、椿の不安がもれた。

「重奈雄はん。うち……妖草、立てるなんてはじめてや」

「そう言えば………俺もないな」

椿は、驚き、

「妖草師がやってないことを立花師《りっか》にやらせようとしとるわけ？　それやったら、誘静だけは、重奈雄はんが立てて」

重奈雄は、さっき五台院でとってきた栗の枝に、ちょきちょき鋏《はさみ》を入れている。

「立花師としての椿の誇りが――それを許すなら、別にそうしてもかまわない」

椿はぶすっとふくれた顔つきになっている。

今日おこなうのは、生花ではなく、立花。花桶には沢山の花材が入れてある。

「……………全部、うちが立てます」

昨日、椿は吉兵衛にまとわりつく誘静の妖気を祓《はら》う知恵を重奈雄にもとめられた時、

『若王子山の姿を、立花にするのはどうやろ。吉兵衛はんは……山に誘われる自分の姿、一歩ひいた所から見られるんやないかな』

妖草にあやつられた人の心を、正気に立ち返らせるには、相当な立花の腕が必要だろう。

が、椿には自信があった。

一つには家元・舜海の教え――

『椿。古書に、云う。……野山水辺を、自ずからなる姿を居上にあらわし……真の立花師とは、狭い床の間を、無限の広さの山河に生れ変らせる者よ』

もう一つには、昨日、若王子山でひらめいた、

(松林の……おひしば。田舎道がよう似合う、ほんまに地味な、花や。滝坊におひしばをつかう人なんておらん。そやけど………松の下におひしばがあるのが薪取《たきぎ》りで荒れた東山の姿や。この、おひしばをつかえば――ありのままの東山が、床の間によみがえるんやないの)

という着想。

この二つの思念から出た椿の提案に、昨日、重奈雄は、

『――面白そうだな。妙案だと、思う。いや本当に妙案だ』

喜びいさんで誘静をつんで下山。他の材料は、今朝、滝坊邸などで調達、黒田屋にのりこんできたのだった。ただ現在の椿は、

(何かうまくのせられた気がする。今、思うたんやけど……うちに何か案がないかと訊ねた時から、重奈雄はんの胸の中に、答があったんやないの?)

水を入れた、耳付の専好《せんこう》立花瓶に、藁束《わらたば》を麻紐《あさひも》で結んだ――込藁《こみわら》が入っている。

込藁に、まず最初に葉付きの樫枝《かしえだ》をさした椿は、助手、重奈雄が差し出すツタを細心の注意を払いながらからめた。樫の次は、

(栗)

思った時には、さっき鋏の入った栗の枝がわたされる。昨日、痛くなんかないと知った一寸にみたぬ幼い実が、いくつか、ついていた。

ふと、栗の実から、昨日二人で登った若王子山が思い出された。

下山すると重奈雄は、粟田口で、約束通り、昼飯をおごってくれた。

とろろ飯。胡瓜《きゅうり》の葛引《くずひ》き（黄色く熟した胡瓜のすまし汁で、葛でとろ味がつけてある。生姜《しょうが》を落として、いただく）。おこうこ。川雑魚《ごり》の佃煮《つくだに》。

という、実に安く、されど、美味《うま》い昼飯で、椿は大満足であった。

昨日食した胡瓜の葛引きの味が、口いっぱいに広がり幸せな気分になった椿は、

（――あ、あかん）

すーっと深息を吸い、気を引きしめた椿は、後はもう、水のように静かな心持ちで、花瓶の上の小さな空間と格闘した。

吉兵衛の瞳は――息子がつくった数珠にじっとそそがれている。店先に立ち、鬼のように険しい顔つきで、動こうともしない。

やつれていた。東山への、夜行のせいだろう。

しかし数珠をにらむ両眼には、強い凄気《せいき》が宿り、体の衰えが搔き消されてしまった感が

ある。

お加代は、こういう時の父が、一番苦手だと思う。

紀州藩士から数珠屋に転身し、天性の器用さで寺家筋から大いに評価された吉兵衛だったが……数珠作りに打ち込む横顔は、職人のそれではなかった。

斬り合いに赴く武士の顔ではないかとお加代は感じていた。

勿論《もちろん》、命のやり取りに行く侍など、お加代は見た覚えがない。子供心に感じたまでだ。

今、久しぶりに黒田屋にきた父は、己が数珠をつくっていた時と同じ形相で――兄のつくった数珠を、にらんでいる。

兄は気まずいのか一度言葉をかわしただけで後はもう今つくっている数珠に集中している。

「お父はん……」

吉兵衛の瞳は、動かない。

不意にお加代は、童女の頃から胸の内にある問いをぶつけてみたくなった。

どうして、侍をやめたのか。どうして、打ち込んだものは、数珠だったのか。

今まで聞いてきた、通り一遍の説明ではない。

本当の所が知りたいと切に思った。唇の所まで、問いが出そうになった。

だが、

「西瓜《すいか》ー西瓜ー、どーやー。西瓜ー西瓜ー、どーやー」

「宗八。西瓜二つ、買ってきてくれ」

宗八を、西瓜の大八車に行かせようとしたので、

「お父はん。西瓜もちゃんとあるんよ。牡丹鱧食べた後、一緒に食べよ」

「そうか。西瓜もあるのか」

お加代の方を見て朗らかに笑った吉兵衛の面《おもて》に、もうさっきまでの鬼に似た鋭さはない。温和な微笑と、父親の好みを知り抜いている娘がいることへの、小さな感謝があるだけだった。お加代は一度、宗八と目を見合わせて、

「さ、お父はん。そんな所に怖い顔して突っ立っているとなあ、お客さんがよりつかん。さ、こっち、こっち」

お加代は吉兵衛を奥へ誘《いざな》った。

草履《ぞうり》をぬいだ所で、吉兵衛はふらついている。急いで支えたお加代は、

（一気に老けこんでしまった……。椿さんが言っていた妖草の……せいなんやろか。そんなもんがあるのが、まだ信じられんけど、今日で、よくなってほしい）

先程まで、鬼気迫る眼光で目立たなかったけれど、注意深く見れば——父の面には、か

ってない弱々しさが漂っている。頬はこけ、生気のかけた肌は萎《しぼ》み、動きは緩慢で、静かになっていた。

左様な状態で夜の若王子山に登っていたというのが信じられない。

居間を通りこす。立ち止ったお加代は、咳払《せきばら》いした。

「どうぞ」

椿の声がしたので――沢山の瓢簞《ひょうたん》の描かれた襖《ふすま》を、開けた。

「――。……」

掛け軸の下、椿の立花をみとめた吉兵衛の足が、止っている。

娘のお加代の目も床の間に釘付《くぎづ》けになっている。

(こ……れが………椿はんの立花? な、な、何で、雑草が)

その雑草の名を――お加代は知らない。

ただ、夏によく、見る草だった。

毎日のように、よく見る草だった。

例えば、それは、堀川《ほりかわ》の水辺であったり、聖護院《しょうごいん》村の畦道《あぜみち》であったり、手入れしていない寺の庭や、他ならぬ黒田屋の裏庭に、頻繁に、茂っていた。

名前すら知られていないほどありふれた雑草・おひしばが高価な花器のすぐ上でわさわさと自己主張している。

おひしばから右下に、枝を張ったようにのびている「流枝《ながし》」と呼ばれる役枝に、

（松。……これはよくつかう）

流枝の上、空間の右上に伸びてゆこうとする枝は、

（んん、何やろ……よく東山や、北山で見る木なんやけど、名前が……）

細い枝に、宝珠に似た赤紫の蕾《つぼみ》、香りのよい白い花が、数え切れぬほどついている。

（あっ……。臭木《くさぎ》や）

他にも小さな実のついた栗などで――荒々しい生命力に溢《あふ》れた夏の山が、再現されていた。

茫然と見つめるお加代の隣に立つ吉兵衛に、椿は、

「滝坊椿言います。お加代ちゃんに、花を教えてます」

はじめに椿が立てたツタのまかれた樫は中心に――すっくと立っている。椿はお加代に無言で笑み、

（川床《かわゆか》で言うたよね。……山の神さんが、下りてくる所や）

真《しん》である樫と、おひしばの間、つまり立花の胴に当たる所に、青紫色の桔梗《ききょう》と妖しく白

い誘静が、飾られていた。

吉兵衛の目は誘静に固着されている。

「これは………若王子山そのものじゃ」

重奈雄が、

「ええ。真《まこと》の立花師の手にかかれば、床の間は広々とした山河に生れ変りまする」

薄く、笑み、

「申しおくれました。それがし滝坊の門人、庭田重奈雄と申しまする」

よくもまあという表情になった椿を横目に重奈雄は堂々とした態度で自己紹介している。

椿は、誘静を見据える吉兵衛の眼《まなこ》が、次第に、異様な輝きをおびはじめたような気がした。部屋にいる他の人間が全く目に入らないという面差しだ。お加代も、心配げに父親を、のぞいている。

重奈雄が、言った。

「いかがしました？　吉兵衛殿の目は、さっきから――ずっとこの花に、そそがれている」

重奈雄はつかつかと床の間に歩みよると全ての誘静を手に取った。その瞬間、吉兵衛か

ら、

「あぁっ……美和《みわ》殿っ！」

怒号がもれている。

吉兵衛は制止せんと、重奈雄に、歩みよっている。だが数歩すすんだ所で——人々の視線に気づき異様なほど目玉を剝《む》いて立ち止った。

椿には、吉兵衛という人の中で、二つの魂がせめぎ合っているふうに思えた。穏やかな隠居と、何かに憑《つ》かれた男の魂が。

重奈雄は、両眼に冷光を灯《とも》し、吉兵衛にじわじわと近づいてゆく。

「今、美和殿と、おっしゃいましたな」

「……」

吉兵衛の前で止ると、言い聞かせるが如く、

「これは美和殿ではありませんよ。只《ただ》の、花。いや、只の……ではないな」

不意に重奈雄は、手にもった誘静を、畳に投げすてた。

「何をするっ」

血走った目で怒鳴る吉兵衛の横で重奈雄は——銀の小刀を抜き払うや床の誘静に突き立てた。

当然、畳も傷ついている。

椿は、真っ青になっている。

お加代と宗八の面もこわばっていた。

重奈雄の小刀が、ゆっくりと誘静から抜かれる。

とたんに、
グジグジグジュジジジィッ……

穴の開いた妖《あや》しの葉から怪音がもれだした。

畳に、膝《ひざ》をつく形になっている重奈雄は、

「おわかりになったでしょう?」

吉兵衛は、啞然《あぜん》と、している。

「これは、妖草。人の世の草ではない。貴方は……妖草に惑わされていた」

「…………」

重奈雄がたたみかけるように、

「吉兵衛殿!」

吉兵衛の息差《いきざし》が——変っている。

「あっ……あっ……あぁぁ——」

真っ赤になった面を両手で押さえ、俄《にわ》かに崩れこんだ――。

「お父……お父はん！」

「御隠居」

お加代、宗八が、駆けよる。

嗚咽《おえつ》が聞えはじめた。

肩を撫《な》でる宗八は、重奈雄の方に、むいた。怒りすらこもった眼色で、

「申し訳ありませんが……」

はずしてくれと言うのだろう。だが、重奈雄は、

「いや。それはできん」

厳しい目で告げた。

椿は、重奈雄が今、吉兵衛を立ち直らさなければいけないと、考えている気がした。

すると、少し落ち着いた様子の吉兵衛が、

「……お加代、宗八」

この数日間の夜行ですっかり肉の落ちてしまった顔から弱々しい声がもれる。

「その人と、二人にしてくれ」

椿、お加代、宗八は退室した。

奥座敷に——重奈雄は、吉兵衛と二人きりになった。相手がずっと黙っているため、重奈雄の方から切り出した。

「それがし、妖草師と申し、古来、あの手の草を刈るのを職分としておる者。貴方を惑わす妖草を責任をもって刈りたく思う」

吉兵衛はすぐには答えず、めっきり白くなった頭《こうべ》を裏庭にむけた。

剪定《せんてい》された楠《くすのき》があり、木陰に井戸がある。

二本の蜜柑《みかん》の木が並んでいて白いユリが咲いていた。ユリの傍《そば》では、空蟬のくっついた半夏生が、枯れている。

その空蟬から出てきた奴かはわからぬが、倉の壁で鳴いていた油蟬が、騒々しく、楠の枝に移動した。

(紀州の田舎のような……。蜜柑があるからか)

重奈雄は思った。

裏庭を眺めていた吉兵衛は、

「黒田屋をついだ倅《せがれ》と、加代の母親……つまり、死んだ女房を娶《めと》る前に…………わしには……深く思うた女子《おなご》がおりましてな」

吉兵衛は何かを思い出すような眼差《まなざ》しで、ユリを眺めている。

「それが、美和殿です。わしが黒田屋吉兵衛ではなく紀州藩士・安藤軍兵衛という者だった頃の話です」

蝉の声が、一瞬、やんだ。やがて、また、ジリジリとやりだした。

「わしの、剣の師の、娘でした。道場は……丘の上にありましてな。大きな梛《なぎ》……紀州によくある樹ですが……梛の大木の木陰に、井戸があり、道場からは蜜柑畑が見下せた」

（だから……蜜柑を）

重奈雄の瞳が光っている。

「門人の稽古着《けいこぎ》を井戸端で洗い終えた美和殿と、梛の木陰で、よく語り合ったものです」

吉兵衛は目を細めている。

「夫婦《めおと》になる約束を、しておりました」

「だが……ならなかった？」

皺《しわ》深い顔が、苦しげに歪み、

「藩の、上の方から――人を一人、斬るよう命じられましてな……。わしと師が剣術の腕をかわれて命じられたのですが、わしが下命を受けたのに対し、師は義にもとると激しく異を唱えたのです」

「…………」

またも新しい蟬が、厠の壁にやってきた。

「藩の重臣は、二心なきことをしめすため、わしに…………師を斬るよう迫ってきました。さすがに反論しようとすると、釘を刺されました。――上意であると」

「…………」

「剣を教えてくれた師への義と、主君への忠の狭間《はざま》で、わしは悩みました。しかし……上意……その言葉は当時のわしにとって絶対だったのです」

重奈雄は、うつむいている。

――違うのだと言いたい。

徳川幕府は朱子学を支配原理としてもちいた。

朱子学の本も、その源にある孔子や孟子《もうし》の本も読んでいる重奈雄は、

(真の儒学は、主君が誤った時――主君に反抗し、正しい道を示すことこそ――忠だと教えている。主君の命令に盲目的にしたがうことが……忠ではないのだ)

だが、当代の侍には……自分の頭で物事を考えず、主君の命令を機械的に実行することが忠だと勘違いしている輩《やから》が、多い。

(主君がどれだけ間違えていても、臣下は鉄の忠誠をつくさねばならない――このような

思想は、儒教の本場、中国では異端の教え。隋《ずい》の時代につくられた、ろくでもない書物・古文孝経孔子伝の中に出てくる、ろくでもない思想なのだ)

　隋の時代——漢の時代の書物として捏造《ねつぞう》された、書物・古文孝経孔子伝には……次のような、思想が書かれている。

君君たらずとも臣は臣たらざるべからず——お前の主君が、どれだけ非道な人物、どれだけ残虐な暴君であっても、お前はその主《あるじ》に、絶対の忠誠をつくさねばならない。

父父たらずとも子は子たらざるべからず——お前の父親が、どれだけ異常な暴力をふるってきても、どれだけはちゃめちゃな父親であっても、お前はその父に、絶対の服従をしなければならない。

　この思想、儒教の本場、中国ではすぐに消えてなくなった。ところが何故か……江戸時代の日本の侍たちの間で、流行《はや》っていた。

(勿論、孔孟《こうもう》の書をちゃんと理解し、このようなまがい物の思想が儒学ではないとわかっている侍は、しかといる。だが……それがわかっていない侍、自分の頭で何も考えられん侍が、ふえてきているのだ。

これほど――命令を出す馬鹿殿連中に、都合のいい事態はあるまい！）

重奈雄は目の前の吉兵衛に、貴方の考えている忠は真の忠ではないと、つたえたかった。むしろ闇討ちは義にもとると、上意に反抗した吉兵衛の剣の師こそ……真の忠を理解している人でなかったか。だが今は彼の話を聞き出すのが肝要であった。重奈雄はじっと黙し、耳をかたむけている。

「わしは師との義よりも――主への忠を優先しました。我が剣の師を、許嫁《いいなずけ》の父を……斬ったのです」

「…………」

重奈雄は目をつむって話を聞いている。

吉兵衛の肩が、ふるえる気配が、した。

「美和殿に黙っていられなかった。わしは…………美和殿を訪ね、最早《もはや》夫婦になれませぬ、父御を斬りました、某《それがし》の扶持米《ふちまい》の中から美和殿が必要な分を終生送りつづけますとつたえました。だが……」

重奈雄はきつく目を閉じている。

「美和殿は――『美和は、上意より上の正義が在《あ》ることを識《し》る、真《まこと》の武人《もののふ》の娘。どうして左様な米や金子《きんす》など受け取れましょう。二度とこの家に近づかれませぬよう』――とだけおっしゃり、その夜、井戸端の棚の下で――」

相手の言葉がつまった。

（喉を突き……果てたのだな）

おそらく吉兵衛は師の暗殺、師が反発した闇討ちの実行、二つの暗い仕事を忠実にこなした功で――京都留守居役間違いなしという、出世の波にのったのだろう。だが……その波から、下りた。下りざるを得なかった。

「今でも思うのです。あの時、重臣たちに反し美和殿と師をつれて脱藩し、何処か遠くに逃げればよかったのではないかと……。京都藩邸にきて沢山の都の仏を見る内、その後悔は強まっていった。京屋敷の隣――つまり、ここですな。ここの主は………実に穏やかな顔で数珠をつくっていた。わしも、斯様《かよう》な、美しい数珠をつくれば……ぐっ……ぐっ……ぐっ」

言葉が、つまっている。

開眼した重奈雄は、

「二人の、供養になると思った」

「煩悩《ぼんのう》の数ですな」

「百八」

「百八の――美しい数珠を、心の底から納得できる数珠を、つくれば――二人に許してもらえると思った！」

吉兵衛の両眼からぼろぼろと涙がこぼれている。

「……納得のゆく百八の数珠、できましたか？」

「だから………隠居したのです。だが――美和殿は許してくれなかった。数日前のことです。枕元に立たれ、氷の如き目でじっと、見つめてくるのです。東山についてゆきました」

「許しを乞《こ》いに？」

吉兵衛は激しい口調で、

「まさか。許されるなど――と、思っていない！　訊きに行ったのだ。どうすれば、お気がすむのか。美和殿も、師も、あの御方も、わしを許すはずがないっ」

（――貴方はやはり、許しを乞いに行ったのだ。それに……あの御方とは誰だ？　確かに今、そう言った）

重奈雄は瞳を血走らせて叫ぶ吉兵衛に、告げた。

「吉兵衛殿。貴方が見た美和殿は、霊ではなく――妖草が見せた幻なのだ」

「幻だと……っ！　勝手なことを申すなっ。美和殿は、手のとどく所でわしの話を聞いていた！　一声も発さなかったが、確かに、聞いていたのじゃっ」

「それが――幻なのです！　現実の話を……しよう。――辛《つら》い現実の話を。美和殿は、いいか……二度と貴方の前に現れない。美和殿は、貴方の手のとどかぬ場所にいるのだ」

吉兵衛は――絶望の面持ちになっている。

重奈雄はさとすように、

「美和殿の前で己の悔いを打ち明け、直接裁きを下されたいと願う貴方の心を……妖草・誘静が苗床にした。今後、貴方が美和殿を見ても、それは全て……誘静の幻……だ」

「おおおぉぉ――っ」

けだもののうなり声と共に、老人の爪が、畳を掻きむしっている。鳴きやみかけた蝉が、まだしつこく、ジリジリ鳴いている。

「庭田はん！　もうこれ以上は」

途中から一人、襖の向うに立っていたお加代が、泣きながら、駆けこんできた。

黒田屋を出た重奈雄は、いろいろ話したそうな椿を五台院に帰らせた。

単身、若王子山に、赴いた重奈雄。

草地の誘静が、悉《ことごと》く枯れているのを、たしかめている。

重奈雄は、桔梗がひっそり咲く、夕焼けの野を歩きつつ、考えている。

（たしか……あの御方と言っていたな。一体、誰のことなのだ。……気になる）

かすかな不安が胸中に起こった。

（まだ吉兵衛からは目がはなせん。何故、吉兵衛の悔いで芽吹いた草が…………東山に生えていたかも、謎だ。幾日か間を置き、再度訪ね、いろいろ疑問に思う所を、ぶつけてみよう）

重奈雄は、何気なく、野の中央にある樫の古木を顧みた。

ツタが全身にからみついている。頭上の不吉なほど血色の空で、薄気味悪いほど夥《おびただ》しい烏《からす》が……黒い輪になって、飛んでいた。


その翌日。夜、である。

襖絵の仕事から帰ってきた蕭白に、

「一緒に晩飯を喰わんか」

「何があるのじゃ？」

「朝煮た茶粥《ちゃがゆ》と、加茂茄子《かもなす》の田楽。さらにこれから……伏見唐辛子を焼こうと思う」

「随分と豪勢ではないか」

「茄子と唐辛子は昨日、お加代からもらったのだ。兄のかみさんが、八百屋の出とか」

「かみさん……。お前もすっかり、町人になったのう」

などと語らい、重奈雄と蕭白で、紫陽花《あじさい》地蔵の前に置いた七輪で、伏見の青唐辛子を焼いていると、

「重奈雄はん！　大変なんやっ」

椿が飛んできた。後ろに、息を切らせかけた滝坊家下男・与作も、ついてきている。

「どうしたのだ？」

団扇《うちわ》をもった重奈雄は立ち上がった。

「吉兵衛はんの姿が隠居所から消えたそうや」

「——何？」

行き先は、一つしか考えられない。夕刻まで姿の見えた吉兵衛が、忽然《こつぜん》といなくなったのに気づいたのは、勿論、宗八である。

「お加代と宗八は？」

「お加代ちゃん……花をつみにいっとるの。ほらうちの花で、吉兵衛はん、少しよくなっ

たやん？　そやから、もっと元気にするんや言《ゆ》うて……愛宕《あたご》の方まで山の花つみに行ったみたい」

「………そうか」

「まだ、もどってないの。宗八はんは、さっき五台院にきやはって、『庭田様につたえて下さい』言うて東山に駆けていったわ」

重奈雄は、若王子山方向の夜空を、鋭くにらみ、

「まだ……木戸は閉まらんな。急いで行こう！」

重奈雄は風のように早く、蓬扇《ほうせん》の植木鉢の奥から草色の袋をもってきた。

「あっ椿様。どちらへ？」

椿が重奈雄と行こうとすると、追いすがる与作の足がもつれ——老いた下男は、転倒している。

「うわー痛《つ》っ！　あ、足くじいたわ……。いけまへん椿様。旦那様に、叱られますぅ」

「蕭白さん！」

「ん、な、何じゃ？」

「悪いけど、滝坊《うち》の与作介抱して、五台院につれてってくれへん？」

「——いけまへん椿様っ。明日、二条《にじょう》様で花の上覧っ」

与作の手が主をつかまえようとのばされた時には——椿の体は、堺町通に飛び出ている。

「四条大橋は、川床でごった返している。このまま北へ走り、二条で右にまがって、永観堂を目指すぞ」

重奈雄の言にうなずいた椿は、

「ねえ重奈雄はん」

走りながら言った。

「妙な………歩き巫女《みこ》がおったんやて」

「巫女？　何のことだ？」

重奈雄は竹の犬矢来の前で勢いよく立ち止っている。椿の足も、止った。左に懐石の料理屋、右に佐竹《さたけ》屋敷という街路《みち》で、

「さっき、宗八はんに聞いたんやけど、何日か前になあ隠居所、草むしりしたんやて。草むしりが終った時、草をわけてくれゆう………妙な、歩き巫女がおったんやて」

重奈雄の目が、光っている。

「……尼ではなく？」

「巫女や言うてた。今思えば吉兵衛はんの、様子が変ったのは、その巫女が……きてからや、何か係《かかわ》りあるんやろかって宗八はんが言うてた」

「…………」

重奈雄は深刻な相貌で、虚空を見据えている。俄かに、走りだし――

「椿！　やはり、五台院へもどれ」

「嫌やっ。うちも行く」

「――命がけになるぞ」

「行く」

「全力で走る。ついてこられるか」

「ついてゆく！」

二人は、木戸が閉じられる寸前の夜の都を、走りに、走った――。

二条の橋を――わたる。橋をわたり、三町行った所で、町の灯《ひ》は完全に消えた。北は広島藩京屋敷。南は、寺の、築地塀《ついじべい》だ。鴨川の東には京都では珍しい広大な藩邸が目立つ。戦国以前、畑地や大藪《おおやぶ》だったのだろう。

広島藩邸も、重奈雄の家に近い秋田藩邸より、遥《はる》かに広壮な屋敷だ。だが簓子塀《ささらこべい》の内側は、雑木林がそっくりのこされており、暗く、寝静まっていた。

闇が侵食する夜道に入って不安になった椿は、

「重奈雄はん……うちら、松明《たいまつ》も、提灯《ちょうちん》も、もってへん……」

あれこれ考えず長屋から駆けてきたのが、悔やまれる。

すると重奈雄は落ち着いた様子で先程の袋を取り出している。草色の袋から出てきたのは、まだ青い瓢箪であった。

「何やの？　それ」

「まあ見ていろ」

重奈雄の掌が、瓢箪を、さわさわとさすりはじめる。

「えっ、嘘……」

古名録の木部、異木類には——夜光木の記載が、ある。夜、山中で光る木で、ひろって家に帰っても蛍の如く光るという。

常世の草木には、人の世に芽吹いた時、夜間、光るものがあるという良き実例であろう。

また天稚彦草紙《あめわかひこぞうし》には一夜にして天まで蔓《つる》が伸びる一夜瓢《いちやひさご》なる妖草を、西の京の女がもっていたとの記述がある。つまり瓢箪形の妖草が存在した。

「妖草・明《あか》り瓢《ひさご》」

重奈雄がさすった瓢簞は、黄緑色の、ぼんやりした光を放っている。そこらへんの提灯より、余程明るい。

「夜、まだ青い実をさすると、光を発する。茶に枯れると光らなくなる。行くぞ」

啞然とする椿に微笑《ほほえ》むと重奈雄は若王子山の荒れた松林にわけ入った。

しばらく行った所で、重奈雄は、

「むっ。血だ」

明り瓢の照らす林床のおひしばに、ポタポタと血が垂れている。すぐ頭上で、コウモリが飛び椿が「キャッ」と小さく叫ぶと、右方で、男のうめき声がした。

「……」

顔を見合わせた二人。こんな刻限の若王子山に、無関係の人がきているとは、考え難い。

重奈雄はおひしばの叢《くさむら》を照らしながらそちらに歩みよってゆく――。

さすがの椿も……怯《おび》えが勝ってしまい重奈雄の背に、隠れるようについてゆく。

カナブンが二匹、椿の顔面に、ぶつかる。

「うっ……うっ」

もう一度、草陰でうめき声がした。重奈雄はささやくように、

「宗八か」

「うっ……」

重奈雄は叢に倒れた男の方へ駆けよった。

「――」

椿は、息を呑んでいる。明り瓢の黄緑色の光が照らしたのは、血だらけの、宗八だった。

顔が、ひどくはれ上がっている。

「宗八はん！　大丈夫？」

「どうしたのだ。何があったのだ？」

「……ご隠居に……追いついたんです」

何か、硬いもので、したたかに打ち据えられたらしい宗八は、消え入りそうな声で言った。

「突然、硬い棒の如きもので叩かれましてなあ……この、ザマや」

重奈雄は訊ねた。

「どんな奴だ？　相手は」

「……わかりまへん。顔を……見る間も」

宗八は、大力の男だ。その彼に一つの抵抗も許さず――一瞬で、打ちのめしたというのだから、相手は、相当な手練《てだ》れだろう。それくらいは椿にもわかる。

（ちなみに……重奈雄はんが使い手ゆう話、……一度も聞いたことが、無い。大丈夫なのか、うちら二人で……）

——と思った。

「お願いです。ご隠居、お二人の力で引きもどして下さいっ。刀……もっていかはったようなんです」

「刀？」

「はい。侍やめてから、ずっと納戸にしまってあった刀、もってってったようなんです。何か悪いことが、起きる気がするんや」

宗八は重傷だが、命に別状はなさそうである。重奈雄は、

「承知した。ここで、待っていろ」

誘静が生えていた草地にいるのは間違いないだろう。重奈雄は、迷いのない足取りで、山を登ってゆく。椿も、ぴったりとついていった。

臭木の、洞《ほら》を、くぐる。

不意に重奈雄が静止したため——椿は、緊張した。

「………」

密集する臭木の枝の下を二人は這いすすむ姿になっている。沈黙に押しつぶされそうになった椿は……人を魔に変えてしまう妖草が存在し重奈雄がそいつに当てられてしまったような気がしてきて……急に、こわくなっている。

「しげ――」

言いかけた時、重奈雄の声が、した。

「……血の臭いが、する」

椿は身震いした。

小さな声で、

「椿。何があっても、俺からはなれるな。わかったか」

椿は、泣きそうな顔でうなずいている。

(ああ……何、弱気になっとるん? 元々うちが、お加代ちゃん助けたい思うて、重奈雄はん引きこんだんや。ここで引き返してええわけないっ)

椿は重奈雄について――蕭条《しょうじょう》と夜風の吹く草地に、出た。

月明りで樫の木が濡《ぬ》れている。

この前、誘静を切った辺りで、黒くうずくまっている影があった。

(吉兵衛はん?)

いくつかの妖草を祓う力のある、銀の小刀をぬいた重奈雄と共に——すすむ。

草地にうずくまっていたのはやはり黒田屋の隠居、吉兵衛であった。

いや。元紀州藩士・安藤軍兵衛と言うのが正しいだろう。

そう。

武士の死体。

きちんと正座し、上半身を前へ下げる格好で——切腹していた。辺り一面、血の池になっており、濃く漂っている鮮血と、腸《はらわた》の臭いに、椿は胃の中のものがせり上がってくる気がした。苦く、すっぱいそれを無理矢理呑みこんだ時、

「——微笑んでいる」

死に顔を明り瓢で照らした重奈雄が、言った。だが、椿は見られない。

「行こっ。帰ろう!　重奈雄はん」

「いや。——帰るわけにはゆかぬようだ」

重奈雄の声に、厳しさが、在る。次の刹那《せつな》、

「いるのだろっ!　出てこい」

重奈雄は、鋭く、叫んでいる。

と、間髪いれず――

ブォォ――――ンッ！

物凄い音がして、何か、黒いものが、突進してきた。

ムチのような。

それは、上の方からしなるが如き形で襲いきたが、椿の体は――何らかの力で唐突に引っ張られ野草を散らして、転がった。

「わっ」

重奈雄が、椿を引いたのだ。

ただ椿を引いたことにより、重奈雄が手にもっていた明り瓢は草の上に落ちている。地面でぼんやりと光り、傍らの桔梗が照らされている。

また、きた。

黒い、高速の、ムチのような棒のようなものが――。

今度も椿は重奈雄につかまれ、ぐるり。

草原を――転がった。

からくもよけた二人。だが謎の棒状、もしくは、ムチ状兵器は、変幻自在の動きをするらしい。たちまち二人を追いかけて椿をかばう形で横転する重奈雄の背を、

バァァッシィ――ンッ！

したたかに、打ち据えた――。

「うっぐっ」

「シゲさん！」

子供の頃の呼び方で叫んでいる。椿におおいかぶさる形になった重奈雄は、叩かれた衝撃で、口腔を嚙《か》み切ったようだ。血の混じったものを、傍らに吐きすてている。仰向《あおむ》けになった椿は、

「シゲさん……」

「大丈夫だ」

椿を上から守る重奈雄は、力強く、言うと、

「いきなり随分な挨拶《あいさつ》だな」

——黒々とそびえる樫に、重奈雄の面がむく。

さっき二人を攻撃した正体不明の物体が……恐ろしい勢いで、樫に引きあげていったからだ。

バキキキキィッ……

という音と共に、樫の太枝が、かたむいている。重奈雄を叩く時、樫の枝葉の中から発せられた謎の凶器は、近くの太い枝を痛撃していたらしい。そのため重奈雄を叩く力は大分弱まっていた。樫の大枝が、衝撃を吸収していたのだ。

と言っても……重奈雄の背の肉は、深くえぐられているが。

太枝が——完全に地に落ちる。

椿は、瞠目《どうもく》した。

あらわになった樹上の一角に明りが灯っている。

(明り瓢)

高みの枝から、明り瓢が一つ、吊り下がっている。黄緑色のぼんやりした光に照らされた木の股に——人影があった。

尼僧だ。

まるで木魂《こだま》の如く超然と——一人の尼僧が、樹上に立っていた。杖《つえ》をもっている。黒く、長い、蛇に似たものがさかんに巻きついた杖を。そして尼の足元には、

（誘静……）

木の股に土がつもっているようだ。小シダにまじり、白く可憐な花を咲かせた、妖草・誘静が、美しく、妖しく、びっしり群生している。

妖草は——地面だけでなく、ツタと、常緑の葉に隠された、樹上にも咲いていた。

「成程《なるほど》。妖草刈りにきた時、木の上までは……見なかった。俺の不覚であった」

前回きた時、傷つけなかった樹上の妖草は当然、椿の立花で吉兵衛が正気を取りもどしても枯れることはなかった。

誘静の、刈り方は、二つ。

一つには、茎を傷つけた状態で、誘われた者を、正気にもどす。

もう一つは、人夫を動員、土を掘り返し、異常の深みまで達した根を抜く。

無傷の誘静の残存で立花の甲斐《かい》もなく吉兵衛はまた誘われたのだった。

尼の唇が、ほころぶ。椿は、

（蕭白はんの似顔絵の人や）

端整な面立ちの、三十くらいの尼だ。両目が頭巾《ずきん》に隠れ陰になっているのも似顔絵に等

しい。ただ一つ異なるのは――今、二人を見下している尼は、紅をさしている。

(違う。紅や……ない。紅花からつくった、京紅やない。だって――黒いもの)

常世の草・妖草の黒花粉をさしたのだろうか。

尼の黒唇《こくしん》は、とろけるように笑んだまま、動かない。重奈雄、立ち上がり、

「樹上の誘静が、今日開花し、吉兵衛を誘ったのだな？」

「吉兵衛？　そ奴は、安藤軍兵衛じゃ」

椿と尼の、間に立つ重奈雄は、

「尼僧。いや、熊野比丘尼《びくに》と言った方が正しいか。成程、熊野比丘尼は尼にもなれば巫女にもなろう。ある時は真葛原で妖しの苔を乞い、またある時は、吉兵衛の隠居所を訪れ、」

亡骸《なきがら》を指すと凛乎《りんこ》たる態度で――

「過去を悔やむ男の心から芽生えし誘静をゆずり受け東山に植えた。全て、そなたの、所業だな？」

尼の首が、縦に振られる。

「何が目的だ？」

「――怨敵《おんてき》への復讐《ふくしゅう》」

「何？」

「我が怨敵とその一類を滅ぼすこと」

重奈雄は静かなる眼火を燃やしている。

「……そなたの、怨敵とは?」

「そなたも――妖草使いのようじゃな」

木の股に立った尼は当方の質問を無視。逆に重奈雄に訊いてきた。

「妖草使いとは――いかにも外法《げほう》の術者がつかいそうな言葉よ。尼。悪いことは言わん、妖草から――一刻も早く手を引け! これは、そなたのような復讐の邪道をゆく者がつかってよい草ではない。正道の妖草師しか、もちいてはならぬもの」

尼は、いかにも馬鹿にしたように首をかしげ、

「――誰が決めた? 誰が妖草を復讐につかってはならぬ、誰が正道の妖草師しかもちいてはならぬと、決めたのじゃ」

「……」

重奈雄は即答できなかった。亡き父、重孝《しげたか》からそのようなものと教えられはしたが誰がはじめに決めたかは教えられていない。

「――答えられぬではないかっ。のう」

瞬時に思案し、

「わからん。そんなものは……」

後ろから椿の（えっ）という視線、前から尼が、訝《いぶか》しむ気配を、感じる。

「誰が決めたかわからんが……守らねばならんことは世の中に、あるだろう。例えば人を殺したらならんという決まり。誰が決めた。幕府？　朝廷？――違うな。それは、幕府や朝廷ができる遥か前から、決っていた。妖草も……同じ！　悪人がつかってはいけない。誰が決めたかは今、問題ではなく、復讐に妖草をつかうお前に――問題がある」

尼の黒唇が、ほころんでいる。それはさっき重奈雄に見せた、挑発するような、揶揄《やゆ》するような、笑みではない。久しぶりに正論を聞かせてもらえたという笑みなのか、そなたの正論より我が異論が勝っているという余裕の顕《あらわ》れなのかは、わからない。だが満足げな面持ちで、

「なかなか、あっぱれな言い分。この無明尼《むみょうに》、無益な殺生《せっしょう》はしたくない。我が怨敵を妖草で討つべく妖草妖草《くさぐさ》について、知るのに――三十七年要した」

彼女は、三十歳くらいにしか見えない。だが、今たしかに、三十七年という言葉が、飛び出した。

（妖草の力で……若さを？）

「我が敵を打ち砕ければそれでよい」

無明尼と称する尼は、首を、横に振り、

「おんみらに、何の怨《うら》みもない。余計な詮索《せんさく》をせず下山すれば、命までは取るまい」

「――いや。それは、できかねる」

黒き毬藻《まりも》の如きものを懐中からひそかに取り出した重奈雄は、

「俺は妖草師・庭田重奈雄！　お前の企《たくら》みを知った以上、大人しく引き下がるわけにいかん」

黒蛇の如き草が尼の杖で蠢《うごめ》いている。十数本が杖に着生している。そ奴らこそ、さっき、重奈雄、椿を、襲った、変幻自在の動きをする妖草だ。

「そこな娘が――死んでも構わぬと？　随分、薄情な男よ」

ずっと恐怖で凝固し、今やっと起き上がれた椿は、

「うちのことは……気にせんといて、気にせんといて」

「声がふるえている。無理するな」

低く呟いた、重奈雄。両眼は尼の杖で蠢く妖草に、じっとそそがれている。

（――鉄棒蘭《てつぼうらん》か。はじめて実物を見る）

蘭科・棒蘭は暖地の森の樹上で芽吹く、着生植物である。棒状で、多肉質の葉は、一見、

茎のようにも思える。妖草・鉄棒蘭は棒蘭よりも、ずっと太く、長く、硬い黒色の常世の草である。まさに――鉄棒状の葉をもつ怪奇植物だ。

(自在に動き、鋼《はがね》より、硬い。甲冑《かっちゅう》をもひしゃぐとか)

きた――。

鉄棒蘭が。

伸縮も、自在のようだ。

尼の杖から重奈雄の所まで、相当な距離があったにもかかわらず、一気にのびきた鉄棒蘭――ほとんど音速で重奈雄に肉迫している。

しかし重奈雄の方でも無明尼の手が動くのとほぼ同時に、黒い毬藻を放っていた。

それまで隠し玉の如く、そっとにぎられていた毬藻形妖草が、思い切り、投擲《とうてき》される。

宙に放たれたいくつかの毬藻は重奈雄と無明尼の間の虚空で漂いはじめた。

引力に、公然と、あらがっている。丸い藻が。

無明尼は、

「――小癪《こしゃく》。風顛磁藻《ふうてんじそう》か」

舌打ち、している。

風顛磁藻——風顛（禅の精神を体現した奇人）の如く、あらゆる物理原則から解放された常世の藻で、他の妖草を磁石の如く引っ張る力がある。

何たること……。

重奈雄、椿に殺到していた、何本もの鋼の円柱、いや三丈くらいまでのびていた鉄棒蘭の葉が……もう少しで二人に当たるかという所で、不意にぐにゃりとまがり——得体の知れぬ力により、空中に漂う風顛磁藻の方にぐいぐい引きもどされてゆくではないか。

「庭田重奈雄！　小賢《こざか》しき男よっ」

無明尼の声に、怒気がこもる。

と——風顛磁藻の方にもどりかけていた鉄棒蘭が、また歪んで、重奈雄に襲いかかろうとしている。彼女の念に連動するのだ。

だが、無明尼の念の制御外にある二つの妖草は、空《くう》に浮く藻に引っ張られている。重奈雄と無明尼の、明り瓢。

二つの明り瓢は、疾風に近い勢いで宙を飛び——空間を漂う黒毬藻にくっついた。そこに一本だけ風顛磁藻の磁力に完全に引きずられた鉄棒蘭の葉が、

バッシィ——ンッ！

と、衝突したため――闇になっている。

乃《すなわ》ち……照明が、鉄棒蘭に、壊された。


重奈雄は暗闇を利用している。椿の手を引き、背の高い青ススキの茂みに隠すと、

「ここを動いてはならん」

ささやいた。

樹上の無明尼は暗闇に潜んだ二人を見うしなっているようだ。

身をかがめた重奈雄は、樫の木の方へ、そっと歩いてゆく。

（風顛磁藻を――一気に投げる。鉄棒蘭の杖を落とした所で、力ずくでひっとらえる。唯一の心配は、俺に、武芸の心得が………無いことだ）

心配は、的中した。熊野比丘尼から紀州を連想した重奈雄は、

（待てよ……吉兵衛は、元紀州藩士。紀州に、鍵があるのではないか。この尼が何者なのか、彼女の怨敵とは誰なのかを……解く鍵が。紀州藩――徳子が、嫁いだ藩か）

そんなことを考えた重奈雄は前方への注意をおこたった。

バキン！

大音発して、重奈雄の足が、さっきの、樫の枝を、踏む。
一瞬の後には、もう、
ブゥワァ――ン――
一本の鉄棒蘭の葉が、撫でるように、重奈雄の側頭部を直撃した。
「――」
目の前が――真っ赤に、なった。

椿は、夢中で、ススキから、躍り出ている。

重奈雄が倒れる音がした瞬間、体が、勝手に動いている。

何本もの長い凶器が――闇の宙を切る気配がする。

(宗八はんも、あれでやられたんや。あの草、今……重奈雄はんを、殺そうとしとる)

椿は、泣き叫んでいる。

「やめて！　その人を殺さないでっ。その人だけは――殺さないで！」

もう夢中で、懇願していた。

「かわりに――うちを殺してもええ！　そやけどその人だけは殺さないで。お願いですっ、殺さないで」

鉄棒に似た妖草が、悉く——止っている。

重奈雄の命を奪うべく殺到していた恐ろしく硬い妖草どもが、すんでの所で、静止していた。だが最初の一撃で重奈雄は息絶えてしまったのかもしれない。

——駆けよろうとした。

と、

「娘。案ずるな」

樹上から無明尼の声がふりかかり、椿の足は、止っている。

「鉄棒蘭は、かすっただけじゃ」

（助けて……くれた？）

椿の言葉か態度の何処かに、復讐に妖草をもちいようとする尼の心を動かす何かがあったのは間違いない。重奈雄と椿、二人の若者の命をにぎっている無明尼は、不思議なほどやわらかい声で言った。

「その男、気をうしなっているだけじゃ」

「……殺さないで」

闇の中で、声がした。

「当方も、出家の身。最大の慈悲を発揮しよう。そなたの殊勝さに免じ——男の命までは、取るまい」

「ありがとう。ありがとうっ」

熱いもので、椿の頬が、濡れる。

「だが、」

俄かに厳烈な様子になり、

「只で——帰すわけにはゆかぬ」

雲間から差したほのかな月明りが鉄棒蘭に運ばれている重奈雄の体を照らしている。

「何をする気？」

鉄棒蘭は、重奈雄をぐるぐる巻きにし、宙に浮かせ、自害した吉兵衛の傍まで、運ぼうとしている。重奈雄は昏倒《こんとう》していた。

明り瓢がなくなったので、黒々とした樫葉に溶けこんだ無明尼の体は、椿からは目視できない。闇の中から……

「——悪夢鳥黐《ゆめとりもち》という妖草がある」

「ユメトリモチ？」

無明尼の杖が吉兵衛を指した。かすかな月光で、杖は目視できた。

「そこな男を罰した妖草よ。どんな人にも——忘れたい思い出、消したい過去があるはず。悪夢鳥黐はその過去をまざまざと見せつける妖草。ただ、見せるだけではない。——心に焼けた刃《やいば》が突き刺さるような痛みと共に、くり返しくり返し……見せつける。心の闇が深い者は……狂うこともある」

（吉兵衛はん、誘静に誘われて若王子山に登り……）

体力的な生気を、吸い取られた。

（悪夢鳥黐に、忘れたい過去を毎晩くり返し見せられ……）

精神的に、蝕《むしば》まれた。

切腹にまで追いこまれた理由が、わかった気がする。

（追いつめられて——）

侍をやめて数珠屋になった吉兵衛に、何か後ろ暗い過去があることは、椿も、察していた。重奈雄から聞かなくても気づいていた。

その過去を——衰弱した状態で、毎夜、くり返し見せられたら、どういう心境に陥るだろう。

吉兵衛のために愛宕まで……山の花をつみに行ったお加代や、本気でご隠居の心配をし

ていた宗八の、顔や声が、椿の胸底でよみがえり、

(許せん。うち――この人を許せん)

闇に溶けこんだ無明尼をにらんだ時、

「重奈雄と、悪夢鳥黐を、対面させる！　重奈雄の心の闇が深ければ――狂うかもしれぬ。また狂わずとも……吐き気をもよおすような嫌悪と共に吾《こなた》への恐れが胸に刻まれ――二度と、当方を邪魔立てしようなどという浅慮に押し流されぬであろう。ふふふ」

それが無明尼の……椿に対する精一杯の慈悲であるらしい。つまり、重奈雄の命は取らないが、重奈雄の精神を徹底的に叩きのめして二度と自分に歯向かえなくする妖草、場合によっては……悪夢によって人を発狂させたり、切腹するまで心を壊してしまう妖草と、対面させるという。

それを聞いた椿は――

「……うち、そんなん嫌や！」

必死に重奈雄の体から、鉄棒蘭をほどこうとしている。

同時に吉兵衛の傍の血溜りで、不気味な音が湧き起こった。

地中に潜っていた何かが……ゴソ、ゴソ、ゴソ、と地表にあらわれ出てくる音のようだ。

「……」

そちらに、目線の吸いよせられた椿、得体の知れぬ植物の出現に、びくんと、身震いした。

（何やこれ……）

土鳥黐《つちとりもち》という草がある。

地下に茎があるため、土の上に出てくるのは、赤く太い花茎と、花茎の上にのった、真っ赤な卵形物体である。畿南《きなん》の原始林や、四国の暗い密林に生育する奇草で、草ではなく、赤いキノコにしか見えない。妖草・悪夢鳥黐は、丁度、土鳥黐と瓜二《うりふた》つであったが、京の花道滝坊家の娘、椿は、人の世の奇草、土鳥黐も見た覚えがなかった。

（この赤いキノコが……悪夢鳥黐？）

キノコだと思ってしまった。

と――俄かにその草が、ギラリと、赤く輝きだした。

「重奈雄。目を開けよ」

椿の傍ら、鉄棒蘭の縛《いまし》めにとらわれた重奈雄の相貌も、赤く眩《まぶ》しい閃光《せんこう》で照らされている。無明尼に言われた重奈雄の眼がパチパチと開く。

（あかん、あれ見たら）

椿は、悪夢鳥黐に、飛びかかろうとした。

が、
バーンッ！

一本の鉄棒蘭の葉が——椿の足を横殴りしている。着物の下の真っ白い二つの腿《もも》に裂け傷ができ血がこぼれ出すのがわかった。鉄棒に見えるのは、茎ではなく、葉なのだ。葉で人を殴れる、葉で人を屠《ほふ》れる植物があるのを、椿は、はじめて知った。

あまりの激痛で……悲鳴すら上げられぬまま、椿は崩れている。

「駄目や……重奈雄はん。見たらあかん」

弱々しい声で言った。

「椿っ」

重奈雄の関心は椿にむきかけた。が言いかぶせるように、

『わたしは…………二度と都にもどれない。わたしを忘れて下さい。重奈雄』

徳川徳子、いや——今出川徳子の声がしたと思った、次の瞬間には……重奈雄は、十三年前、満開のツツジの中にいた。

（詩仙堂）

心の何処かで——

（……幻だ、妖草の見せる。俺が、詩仙堂に、いるわけがない）

という正常な判断が働くも、徳子の衣に焚《た》き染《し》められた香の匂い、極楽の翡翠《ひすい》の樹の如くきらきらと陽光を反射する青紅葉《あおもみじ》、木陰にひっそり咲く都忘れの花が、あまりに生々しく、つい重奈雄は、

(むしろ……今まで俺の人生だと思っていたものこそ、幻……つまり十二の俺が詩仙堂で見た白日夢ではないか。今この瞬間から俺の本当の人生は、再開するのではないか)

とも、思ってしまった。次の刹那、重奈雄は、凍えるような寒さを、感じた。

雪の上に座している。夜の、庭である。

『愚かな……愚かな息子よっ!』

竹が、肩に食い込む。

『江戸に行き――何をするつもりであった?　徳子殿を紀州藩邸から、さらう魂胆であったか』

『――そうだ』

『たわけ!　ええい、たわけえっ』

重奈雄を雪中で折檻《せっかん》する、病身の父は、叫んだ。

『重熈』

『はっ』

『今から……わしの遺言をつたえる』

（こんなにも老いていたか。俺の父は。同じ屋敷に住みながら俺は何も見ていなかったな）

竹をにぎる掌の肉は、大分落ち、血走った眼には腫瘍《しゅよう》ができ、銀髪がめっきり多くなった髻《もとどり》は、雪に濡れ、くたびれたようにうなだれている。

竹の痛みよりも、肩につもる雪の冷たさよりも、徳子に夢中で他の何物も見えていなかった十代の自分が、悲しかった。重奈雄は今、二十五歳の心で十代の体に入っている。

『この者、何をしでかすかわからぬゆえ、屋敷でしかと見張れ。されどあと一度、当家に甚大なる迷惑をおよぼした時は容赦なく放り出せ。――二度と門をくぐらせるな！　それ以降、外で何をしでかそうとも主上にも所司代にも、庭田の家には、一切係りのないことと申し開きせよ』

『……かしこまりました』

父は、その年に亡くなった。

「重奈雄はん」

椿の声がした気がするも重奈雄の魂は現実よりさらに遠くにはなれ詩仙堂で徳子と会う前夜に迷いこんでいる。

（ここは……）

月明りに照らされた草堂の前である。

首に縄をつけた、犬がいた。

当時、庭田邸には二十年以上生きた老犬がいた。片目がよく見えなくなっている老犬だ。

重奈雄は……その老犬の縄を引き、曼荼羅華《まんだらけ》の生い茂っている水辺まで、きた。

西洋でマンドラゴラと呼ばれる曼荼羅華の根からは惚《ほ》れ薬がつくれる。曼荼羅華の粉末を呑まされた者は、呑ませた者への——狂恋に陥る。

だが、一度、椿に説明したように、曼荼羅華の根は、引っこ抜かれると、叫ぶ。その恐ろしい絶叫を聞いた者は必ず死ぬ。故に曼荼羅華を取るには、犬に縄をつけ、これに引かせる。犬の首縄の端を、妖草の茎に巻く。犬を呼ぶ人は遠く離れた所でしっかりと耳栓をする。一匹の犬の命と引きかえに——根を得るのだ。

十二歳の重奈雄は、自分によくなついている白い老犬に、言った。

『最後の奉公をしてくれぬか？』

重奈雄の掌が差しのべられると、白い老犬は所々黒い斑点《はんてん》のある紫の舌でペロペロとなめてくれた。喉をさすってやると、半分視力のなくなった両眼を細め、さも心地よさそうにしている。

「……」

重奈雄は、女一人のために、犬一匹を犠牲にしようとしている己に……吐き気を覚えた。

だが曼荼羅華で徳子が狂恋に陥れば紀州徳川家に嫁ぐという決定もくつがえると思いこんでいた。犬を、殺してでも、妖草を、つかってでも、思い人を、得たいと、願っていた。

「やめてくれっ」

鉄棒蘭にがんじがらめにされた重奈雄は、もうこれ以上見たくない。だが赤光りする悪夢鳥黐は容赦しない。重奈雄の目が閉じようとしても、得体の知れぬ力が瞼《まぶた》にかかる。閉じられなくなってしまう。

「――やめろぉぉ――っ！」

悪夢鳥黐は、犬の最後の姿を、重奈雄に生々しく見せつけた。

吐血し、痙攣《けいれん》し、白犬が倒れる。

無明尼が、

「庭田重奈雄。正道の妖草師しか、妖草をつかってはならぬのじゃな？　懸想した女を得《う》るため、犬一匹殺し妖草をつかおうとしたお前に――正道を語る資格はあろうかっ」

だが詩仙堂に行った重奈雄は徳子に曼荼羅華をつかえなかった。情が薄くなったのではなく、重奈雄を強く慕いつつも江戸に行く決断をした徳子の気持ちが、まざまざと、つたわったからだ。

徳子と別れた後——白犬が命がけで採った曼荼羅華は——自分で呑んだ。己の心を壊したいという衝動だったと思う。

呑ませた相手への狂恋に陥る曼荼羅華の根。自分で呑むと……自己への愛欲にとらわれるのだろうか。

……そうはならなかった。

徳子への狂恋が——深まっただけだった。

重奈雄自身で呑んだはずなのに、それを呑ませたのは、徳子だと、妖草は判断したようなのだ。

元々、激しかった上に、さらに、妖草の作用までくわわった、狂気の恋は……都忘れの手紙、兄の金で遊んだ悪所での日々で、大分薄まったかに思える。だがそれはまだなお重奈雄の胸中でくすぶりつづけているのだった。

「お前の心の闇が見えたわ、重奈雄。お前もまた、邪道の妖草師！」

無明尼が嘲笑《あざわら》うと、椿が主張した。

「違う！　シゲさんはそんな人やない。うちの知っとるシゲさんはなあ——邪《よこしま》な人なんかやないっ」

椿は涙をこぼして叫んでいる。

「以後、いらざる詮索をしてきた場合、悪夢鳥黐でお前を狂わせる。あるいは——」

体を束縛する鉄棒蘭の力が一気に強まった——。総身の骨に、罅《ひび》が入るが如き苦痛で、重奈雄は、

「ぐわぁぁぁ——っ」

解放された。

どうっと崩れ落ちる重奈雄に、椿が足の痛みをこらえてにじりより、受け止める。椿の瞳は、無明尼への怒りで、燃えている。

さっと木から飛び下りると、無明尼は、不気味に低い声で笑いはじめた。

打ちひしがれた二人の耳に聞こえる無明尼の笑いが、次第に、遠くなっていった。

徳子《とくこ》

今出川家とは、京の公家である。

屋敷は、庭田邸の、少し北。

その今出川家に生れた徳子は、母方の伯父、伏見宮に養子入りして、紀州徳川家に、輿《こし》入《い》れしている。

この時代、女性は実家の家紋をつかった。

故に徳子の着物には——伏見宮家の家紋「裏菊《うらぎく》」が配されている。

菊の花を裏から見た模様だ。

地を黄色く引きしめた麻の帷子《かたびら》に、白、水色、藍色《あいいろ》で、立派な楼閣や、水辺の草木が描かれている。楼閣の壁には裏菊の意匠がほどこされていた。

左様な、いと涼しげな着物姿の徳子に、二の姫が、

「お母様。どうして白麻地《しろあさじ》雲取《くもとり》楼閣と言うの？」

すかさず、養育をしている乳母が、

「お母様にむかって、言うのなどとおっしゃってはなりませぬ。言うのでしょうか、このようにお訊ねなさいますよう」

白麻地雲取楼閣小花文様本茶屋染帷子《こばなもんようほんちゃやぞめ》。

何故か子供はすらすら言えるのに……大人が途中でつかえてしまうくらい長い、徳子の夏の着物の名だ。

「どうして、雲取楼閣と言うのでしょう？　雲取とは、何でしょう」

無邪気な娘の問いに、徳子は優しく微笑んだ。夏の日差しに眼《まなこ》を細めつつ教えている。

「黄色い所があるでしょう。これが、雲。貴女は鳥になっている。黄色い雲が所々途切れていて、そこから……ずっと下の楼閣や水辺が見えるの」

「雲が取られているから、雲取？」

二の姫の目が、輝いた。


江戸・紀州藩中屋敷。現在、赤坂東宮御所《あかさかとうぐう》となっている広大な敷地である。上屋敷は、藩の江戸における政庁で、中屋敷に、藩主の家族が住んでいる。

この日は藩主の嫡男・宗将《むねのぶ》が妻たち子供たちをつれて庭の桔梗《ききょう》見物に出ていた。

つまり宗将を中心に幾人もの妻たち、その女たちが産んだ十数人の子供たちで、苔莚《こけむしろ》の上に咲き乱れた青紫の桔梗を愛《め》で、談笑している。周囲は、乳母や腰元、警固の小姓たちがぐるりと、取りまいていた。

徳子は――七人の子供をつれてきている。

子供が七人生れているとはいえ、これまでの結婚生活は、順風満帆とは言い難いものがある。

徳子が十五歳で江戸にきた時、二十五歳の新郎には既に幾人か寵愛《ちょうあい》の女たちがいた。彼女たちは紀州藩士の娘であったり、夫が見初《みそ》めた町家の出の者であったりした。当然、都からきたばかりの、徳子に比して、宗将の気質や好みに精通している。――早速、壁にぶち当たった気がした。

嫁いで間もなく、懐妊した徳子だったが、お腹《なか》がふくれてくると、夫はあまり訪ねてこなくなった。側室たちの所に行っているらしかった。

どうもそれは「お家のために、一人でも多くの子を」と望む、夫の父で紀州藩主・徳川宗直の意向であるらしいと知った徳子は、たまたま見た側室といる夫が……自分といる時よりも幸せそうだったことも重なり、深い悲しみに陥った。

――美しく飾られた牢《ろう》にとらわれているように思えた。

江戸での孤独感から、なつかしい京の情景がまざまざと胸の内に掻き起こされた。——自分をおさえ切れず、徳子は都へ、庭田邸へ、苦しい心情を吐露する手紙を……送ってしまった。

その徳子の一通目の文を見た重奈雄が江戸にさらいに行こうと計画。庭田重孝から、折《せっ》檻《かん》されたのは、既に見た通りである。当然、庭田家では、徳子と重奈雄の連絡を、厳しく警戒するようになった。

故に——重奈雄から徳子への文はとどいていない。

二人は音信不通になってしまった。

嫁いだ翌年に長女を出産、三年目には長男を出産した徳子、この頃になると徳子の心境は変化していた。

二人の子を、守らねばならないと思った。

賊などから守るのではない。体の警固は、藩士たちが、やってくれる。心を——警固したかった。生きていて……くじけそうになった時、暗闇に陥りそうになった時、立ち直る術《すべ》を自分がつちかってきた中からつたえたい——と、思った。

そのためにはまず……藩邸の様々な仕組みを変える必要があった。子供が生れると、すぐに、養育係の女たちにとられてしまう。女たちにとられてしまった子供らと、少しでも多くの時間を、共有する必要があった。

反対されるのではないかと思っていた徳子の提案だったが、夫、宗将は——承諾してくれた。その一件で宗将は徳子への興味を深めたらしい。徐々に、雑談しにくる回数が、ふえた。

徳子は琵琶《びわ》の名手である。

源氏物語などの話をした後、徳子の焚《た》いた香を聞き、徳子の奏でる琵琶の音に耳をかたむけるなごやかな一時を、宗将は、次第に楽しむようになっていった。

徳子は別に側室たちの足を引っ張ったわけでもない。

彼女の自然の徳に、夫の心は——自ずと吸いよせられていったのである。

さて、江戸で生きていくと徳子が決めた頃、風の便りに……音信不通になっていた重奈雄がまだ自分を思いつづけてくれているのを聞いた。

最早、自分の気持ちは都にはもどらない、重奈雄にも新たなる道を歩んでほしいという思いを込めて、徳子は舜海に託し——都忘れの花を送ったのだった。

「徳子。何をぼんやりとしておる。そろそろ皆、暑うなってきたと申しておる。館の中にもどろうぞ」

宗将が爽《さわ》やかに、笑った。徳子の七人の子はまだ外にいたいようだ。

「どうもまだ、遊び足りぬ様子。わたしと子供たちは今しばらく外におりましょう」

「わかった。蜂《はち》などには、気をつけろよ。欅《けやき》の方に行くとよく飛んでおる」

「はい」

宗将は、側室たちと愉快げに談笑しつつ、屋敷の方へもどってゆく。

昔ならもっと胸が痛んだと思う。いや……今でも時々、胸が痛むのだが、子供たちの笑顔が忘れさせてくれる。少なくとも、牢獄にいる気持ちはしない。

徳子の、細くもなく、かといって太すぎもせず、ふっくらと肉ののった白い指が、星形の桔梗の花を撫《な》でる。桔梗にのった二粒の朝露がふるえた。ふと徳子は、自分によく似た一の姫が、庭の一角をぼうっと見据えているのに気づいた。

「どうしたの」

優しく、問いかける。

黒真珠に似た潤みを帯びた瞳がぼんやりとこちらにむく。

「ええ。お母様。……苔の色が、変っているの。あそこ」

「え？」

徳子がたしかめると、たしかに青々しい苔の一角が、まだらに、血色になっている。

「……はじめて見る苔ですね」

「庭師を、呼んで参ります」

乳母の一人が、足早に去った。


呼ばれたのは、藤田松之丞《ふじたまつのじょう》という、初老の、庭師である。

「松之丞。わたしはこの赤い苔をはじめて見たのですが……」

平伏したまま小柄な松之丞は言った。

「長崎の出島《でじま》を通して渡来した苔で、朱雀苔《すざくごけ》言います」

「……朱雀苔。松之丞、そなた、上方《かみがた》の者か」

松之丞は小首をかしげ、

「……へえ。京の出です。今は、千駄ヶ谷《せんだがや》に住んどりますが」

徳子の口元は、ほころんでいる。

「わたしも都の出です」

「存じております」

モンキ蝶《ちょう》が、ひらひらと、桔梗の上を飛んでゆく。子供らが「わーっ」と追いかけようとしたので、

「こら。せっかくの桔梗、踏み荒らしてはいけませんよ」

注意してから、

「では都で庭の修業を？」

「へえ。よく八条遍照院《はちじょうへんじょういん》の、植木の手入れに駆り出されたものです」

「まあ……」

現代は見ることはできないが八条にあった遍照院の庭は、西洋のトピアリーに近い、楕《だ》円形《えんけい》、立方体の、植込みが、見られた。

「あそこの剪定《せんてい》は大変そうですね」

「はい。他にも詩仙堂のツツジの手入れに、よう行きましたな」

「……詩仙堂……ツツジ……」

あの夏の一日の光景がどっと胸に押し寄せてきた徳子は軽い眩暈《めまい》に襲われている。

（五台院のご住持の話では、今は……庭木の病を治されたりしているとか）

徳子は、言った。

「松之丞。これからも時折、都の話など聞かせて下さい」

「へえ」

そのようなやり取りがあって数日後――。

中屋敷の、蓮池《はすいけ》に、奇妙な花が咲いた。

蓮である。

ただ、広い蓮池に一面に咲いた紅色の蓮の中に一輪だけ……白と紅が、マダラ状に混じり合ったのを咲かせた花が、あったのだ。

藩主・宗直も夫・宗将も珍しい花と喜んでいる。上様におなりいただいてお見せしたいものなどともらす者もいた。

蓮は、咲きはじめてから数日で散る。夜は蕾《つぼみ》の形になり早朝に開く。咲き初めから、三日目の早朝にも、マダラの蓮を見逃すまいと藩邸の人々は池畔に殺到した。

欅の葉陰で眠りこけていた油蟬《あぶらぜみ》が鳴きだす音を聞きつつ、池にたゆたう幾百もの蓮の芳香を嗅ぐ。

件《くだん》の蓮がゆっくりと開きはじめると人々から随喜の声が上がった。だが、徳子だけが、浮かぬ表情だ。

（あまりに……綺麗すぎて……不安になる）

視線をそらした徳子は――二の姫の乳母がまるで魔の者に魅入られたが如き眼差しで、マダラの蓮を凝視しているのに気づいた。

「これ」

「……」

話しかけても、返答はない。

不意に真後ろの楓《かえで》にひっついていたミンミン蟬が鳴きだしたため、びくりとした徳子は、池を後にしている。

何となく白と紅が混在する蓮に薄気味悪いものを覚えながら。

例の蓮が咲いて……三日目の、その夜。

二の姫の乳母は自害した。よき夫と子供がいて、藩主の姫の養育をまかされた賢女で、自死する理由など全くない。

庭の青紅葉から、細帯で、首を吊ったという。当然、二の姫は激しいおびえと混乱に陥り、徳子が自室に引き取って一緒に寝ている。

食べたくないとぐずる姫に手ずから重湯を食べさせた徳子は膳《ぜん》を片付けようとする中《ちゅう》﨟《ろう》を呼び止めた。姫に、聞こえぬよう、

「のう。二の姫の乳母殿が見つかったのは……蓮池の傍《そば》ではなかったか？」

「はい。池の傍らの紅葉の木にございました」

「…………」

ざわざわとした不安が、徳子の胸中で湧き起こっている。しかし、マダラの蓮は、翌日には散り、徳子の疑念はうやむやになった。なので三日後、また……紅白マダラの蓮が池に現れ、舅《しゅうと》の宗直が、

「全く見事な蓮じゃ。やはり……上様に、おなりいただこうぞ」

と、池端で、言った時、

「おそれながら……」

徳子は夫の前で、おそるおそる言上している。

「わたくし、都で易を習っておりまして……」

習っていなかったが、

「実は今朝――向う一ヶ月は東方からの客人はお断りした方がよいと出たのです。千代田《ちよだ》の城は、当屋敷から見て、東」

「…………」

三人の若い側室にかこまれた舅は厳しい目で徳子をにらんでいる。徳子はどうも、この老人が苦手だった。

「全く迷信深くて困ります。古い町から嫁いできた人ゆえ」

宗将から、助け舟が、出る。じっと徳子を見据えていた宗直であったがふっと破顔し、

「いや、伏見宮様のご息女がおっしゃること。おろそかにはできまい。それに……いきなり上様を当屋敷に迎えるとあっては、家中の者が大変。おそらく徳子殿は、そこまで気をまわし、苦言を呈されたのであろうよ」

「………ありがとうございます」

「宗将。賢き嫁御をもったの。いや、今のはわしの一時の気まぐれじゃ。忘れてくれ。あの妙《たえ》に美しい蓮は、当屋敷の者だけで、心置きなく愛玩《あいがん》しようぞ」

宗直は、言ってくれた。

ほっと溜息をついた徳子だが……うっとりと蓮を眺める人々を前に、あの蓮は妖しい、取り除いてくれとは、言えなかった。

その夜、宗直の側室付き腰元と、若い藩士が一名、池の傍で心中をした。

(やはり……あの蓮は、妖しい)

確信に至った徳子は久しぶりに文を書いている。

お知恵をかりたいという手紙が、京へ出されたのは——六月十七日(今の暦で八月はじめ)。庭田重奈雄が、無明尼に打ち破られてから、七日目のことだった。

翌、六月十八日。――京。

百姓に化けた池大雅は、今年、一番かましい蟬時雨《しぐれ》に耳をかたむけながら、堅焼きの八ツ橋を食していた。

場所は、聖護院の森。黒谷《くろたに》の参道。

四囲に壁のない、簾《すだれ》だけを取りつけた茶店に、いる。参道から草履をぬいで上がると、畳がある。

その畳に、丁度、縁側で日なたぼっこする人の格好になって腰かけた大雅は、汗ばんだ喉をごしごしふきながら、傍らの皿の、生ではなく、堅焼きの茶色い八ツ橋に手をのばした。

八橋検校《やつはしけんぎょう》にちなんで箏《そう》の形をしたそれを口に入れる。

――嚙む。

つん! だけど甘いニッキの香りが、頰《ほ》っぺたまで、広がる。百姓姿の大雅はえも言われぬ幸せな心地になった。

と、

「ねえ、あんた。今日の晩御飯どうする?」

隣の画号玉瀾こと、町も、聖護院村で大根でも育てていそうな、農婦に扮している。

「昼御飯食べながら……」

八ツ橋が、今日の、二人の、昼飯だった。

「晩御飯の話かぁ。んん、どないしよう」

蟬たちが大合唱する中、

「水無月《みなづき》がええなあ」

新麦でつくった生地に、たっぷりの小豆《あずき》を入れて蒸したのが水無月だ。

「氷に見立てて三角に切った水無月。あれ食べると——心が涼しゅうなる」

町は、不満げ、である。

「んん。そやけど水無月は六月晦日《みそか》に食べるもんや」

「ええやん、少しくらい前倒ししても」

「いや。水無月は六月末日に食べる……そこはうち、きっちり、おさえたい」

「…………ほうですか。では、町は、何を？」

「茄子《なす》と胡瓜《きゅうり》のどぼ漬《づけ》。豆ご飯。焼き魚。あと……ズイキの膾《なます》？」

「結局……その辺りに落ち着きますか」

あれから、池大雅と町は……庭田重奈雄の無明尼捜索に駆り出されている。

無明尼の出没地域は――若王子山、真葛原、三条室町の隠居所、とかなり広大な範囲にわたる。だが吉兵衛の隠居所には、彼の悔恨に芽生えた誘《さそい》静《しずか》を採るために現れたのだから、無明尼の拠点は、鴨川より東、河東《かとう》と呼ばれる地域から東山にかけてだと思われた。

重奈雄、蕭白は尼の立ちよりそうな所を丁寧に調べている。が、大雅夫妻については……もとより自由人なため……これといった計画もなく、ここだと直感的に思った場所に行ってうろつくという動きだった。無明尼に顔が知られているため変装しようという配慮はあったものの、かなり、心もとない遊軍ではあった。

二人は、朝から無明尼を探し、くたくたになり、聖護院の森で八ツ橋を食べていたのだった。

さて、

「ご馳走《つつおう》はん」

「へえ。おおきに」

茶店の娘に見送られ、歩きだした二人。参道を後にして、吉田山《よしだやま》との間にある、茶畑にきた時だ。

「ねえ、あんた……あれ」

町が、茶畑の一角を、指している。この頃の茶畑は十分な除草がおこなわれておらず茶の木と茶の木の間は草がぼうぼうに茂っていた。

緑色のエノコログサの穂、蓼《たで》の花、あり。

赤粒が密集した姿の、蓼の花、あり。

一人の尼が、茶の木と茶の木の間、さかんにトンボのゆきかう草地にしゃがみ、何か探している。傍らに花籠《はなかご》が置かれている。

「……」

大雅と町は、目を、見あわせた。

『俺は妖草を刈る妖草師だが、無明尼は――妖草を探す妖草師。もし彼《か》の者が野山にいるとすれば、それは…………復讐《ふくしゅう》につかう妖草を、つむ時』

重奈雄の言葉が――思い出される。

尼が、動く。

俗にアカマンマと言う蓼の赤花の中を何かを探しつつ二人からはなれてゆく――。大雅夫妻は勿論、追っている。

尼がすすむ草の列の隣、つまり一列の茶の木をはさんだ、細長い草地にわけ入っている。

大雅と町は草の中、匍匐《ほふく》前進した――。

隣の草列にいる尼の背中は、時折、茶の木ごしにうかがい、見うしなわぬよう注意する。

周りでコオロギが鳴いている。

尼が立ち上がった。大雅は、

(妖草……つみ終えたんか)

尼が早足になると、追う大雅と町は、犬が走る要領で、つまり、身をかがめたまま、高速で手足を動かし、ついていかねばならなかった。

茶畑は呆《あき》れるほど長く、尼の足は驚くほど速い。そして日差しは、きつく、犬走りは、とても、しんどい。

ほとんど駆けるが如き勢いで――茶畑を歩く尼だが――今、彼女を見うしなうと大いなる災いがもたらされる気がした。

大雅の頭がぼぉっとなり肺が悲鳴を上げそうになった時、町が、ばてた。

熱中症という言葉はまだないが大雅にも妻が危険な状態であるのがわかった。

「玉瀾……」

耳元で、小声でささやき、瓢簞《ひょうたん》の水を飲ませる。うっすらと目を開けた町は二口三口飲むと、

「あんた……あの女《ひと》を追って。庭田様に恩返しせねばあかん」

「そやけど、玉瀾お前……」

「――わかった。近くの百姓家で休ませてもらい。ええな」

「うちは大丈夫や」

日差しと熱で真っ赤になった顔で、こくりとうなずいた妻をのこし、池大雅は――無明尼を追った。

茶畑を出た所で無明尼はたまたまきた駕籠《かご》にのると南にむかっている。ジリジリと蟬が鳴く下で、他の駕籠はこないかと大雅の目は動いたが、あいにく影も形もない。

汗だくの大雅は、蒸し暑い京都盆地を、「エイホ、エイホ」と、見る見る小さくなってゆく駕籠を追って駆けた――。


祇園の神輿洗《みこしあら》いは、旧暦五月の晦日と六月十八日におこなわれる。昭和三十年代まで盛大な仮装行列が見られたという。

青と白の、市松模様の屋根がついた、巨大な屋台が、汗水したたらせた逞《たくま》しい若衆に、かつがれている。町をすすむ屋根の下では美々しく着飾った娘たちが横笛を吹いたり、太鼓を叩いたり、三味線を弾いたりしている。

巨大屋台の前では可憐な娘が琴を奏でていた。琴の両端にも逞しい若者が二人つき、汗水垂らして運搬している。つまり美人は二人の男が運ぶ琴を歩きながら演奏している。

そう。これは町を移動する――ライブなのだ。

この楽しい楽隊の前には、鉢かつぎの乙女や猿回し。

中国の女神・西王母《せいおうぼ》や、足柄山《あしがらやま》の金太郎《きんたろう》などが歩いてゆく。

扮しているのは――祇園を代表する、芸妓《げいぎ》たち。

つまり、飲み屋で可愛いと評判のお姉ちゃんたちが……思い思いのコスプレで……音楽隊の前を歩いているため、沿道は、贔屓《ひいき》の男衆、名高い芸妓を一目見んとやってきた女たち、はては子供たちで――熱狂の極に達している。

滝坊椿は祇園感神院南門のすぐ内側、豆腐田楽の本元・中村屋の店前に並べられた縁台に座っていた。

傍らでは、滝坊の女門人たちがパタパタと扇を振り、赤ん坊をかかえた商家のおかみさん、武士の家族などがずらりと、座っている。

椿の沈んだ顔の横で門人の一人が編笠の男から番付を買っている。今日の演目が、書かれている。すると、

「なあ、兄《あに》あん。拙僧に……おりゅうの刷り物一つ」

注文した法師の口には銀煙管《ぎんぎせる》がくわえられ、先ほどから、椿の後ろ髪に、ぷかぷかと煙がかかっている。編笠の男が、

「坊《ぼん》さん。悟りの邪魔に、ならへんの？」

「いや……吉祥《きっしょう》天女、喚想するのに丁度ええ思うて」

僧は、まさに椿の眼前を、石川《いしかわ》五《ご》右《え》衛門《もん》に扮して、大見得を切って歩いてゆく芸妓・おりゅうの小さな刷り物（浮世絵）を購入した。

石川五右衛門姿のおりゅうの背後から、大量の薪《まき》を頭にのせた、大原女《おおはらめ》が歩いてくる。

勿論本物の大原女ではない。

おゆんという芸妓が、仮装していた。

愉快な仮装行列を眺めている椿だったが……そのかんばせは、少しも、楽しそうではない。曇っている。

原因は二つあった。

一つには——吉兵衛の死による悲しみと自責である。

何らかの怨みにより、吉兵衛を自死に追いこみ、重奈雄を打ち負かして忽然《こつぜん》と行方をくらませた——無明尼。

足を強打された椿は、悪夢《ゆめ》鳥黐《とりもち》を除去した重奈雄に背負われ若王子山を下りた。樹上の誘静は、簡単に抜けた。大地に強硬な根を張ったのと違い、木の股につもった土にか細い根を張って生えていたものなので、簡単に引っこ抜けた。松林で、宗八と合流し、重奈雄からご隠居の死を知らされた彼の、（救えなかった）という表情を見た時、椿の胸は引き裂かれそうだった。

親思いのお加代が、どれだけ悲しむか——想像もつかなかったからだ。

それに椿は……重奈雄と昼の若王子山に登った日、例の草原から立ち去る際に何となく樫《かし》の木に不穏なものを感じ、振り返っている。その時の直感をすぐに重奈雄につたえれば、

（木の上の誘静は取れた。吉兵衛はん、死ななかった）

と、椿は思っていた。

その後、三人は粟田口刀工衆を起こして、東町奉行所に連絡。翌朝、奉行所と黒田屋の者が到着して、遺体を山上から下し、簡単な取り調べを受けた後に、解放された。

お加代は知らせを受けると——倒れてしまったという。

椿が重奈雄にともなわれて五台院に帰ったのは東山に登った次の日の夜になっていた。

疲労困憊《こんぱい》の椿は、滝坊家の座敷で舜海を待っている間、心臓がつぶれそうだった。父が——どんな顔でやってくるか考えるだに恐ろしい。隣の重奈雄を、激しく、なじるのではないかと心配だった。

何しろ父、舜海は——目に入れても痛くないほどの一人娘が、突如、男と出奔し、一晩中帰ってこず、出かけた先で事件に巻きこまれ、奉行所の取り調べを受け、大切な立花の

会をすっぽかされ、男と帰ってきた娘は傷だらけ……という凡俗の父親なら、逆上して重奈雄に襲いかかるような目にあっているのだ。

が——出てきた舜海は思いの外、冷静な様子だった。重奈雄が椿を、遊びの目的で一晩中つれまわすような人物でないと信じているらしい舜海は、意外なほど静かな声でことの顚末《てんまつ》を訊ねている。

重奈雄が説明すると舜海は深く息を吐いて眼を閉ざし、

『——滝坊を、背負って立つ娘になれと、常日頃教えて参った。その吉兵衛殿のお命を救えなかったこと……さらに今、悲嘆にくれているお加代を思うと、真《まこと》に胸が痛む。じゃが、そなたはそなたなりに、当流の門人、お加代を案じ、吉兵衛殿の心を懸命に己の立てた花で立ち直らせようとした。それが失敗しても……吉兵衛殿を救おうと……夜の東山に登った』

開眼した舜海は——

『あっぱれじゃ。……わしが思う以上に、大輪の花に育ってくれたわ』

烈火の如く怒ると思っていた椿が父の意外な態度に驚いて面《おもて》を上げると、深い慈愛のこもった父の目がじっと見つめていた。

だがすぐに舜海の睛眸《せいぼう》で、厳々《いかいか》しい眼火が燃え、重奈雄に、

『庭田殿に一つお願いしたいのは――斯程《かほど》まで大きく咲いた花をむげに散らすような目に遭わせたくないという、この父の気持ちを察していただきたいということにござる』

　重奈雄は言った。

『わかっています』

『庭田様の家業、妖草師……』

　京の実力者だけに庭田家が妖草師であると舜海は知っている。

『この妖草師なる存在《もの》が、我ら人の営みを守っている事実……市井《しせい》に溶けこみ妖草の怪異と対峙《たいじ》しておられる、貴方の心掛けの立派なこと……この滝坊舜海、いたく、わきまえておるつもりにございます』

『………』

『だが――』

　舜海の両眼で一層激しい炎が燃えたため、椿は、びくんと緊張した。

『妖草師が命がけの家業、薄氷の上を行くような家業であるのも、また事実』

『――いかにも』

　舜海は、虎に似た面差しのまま、

『貴方の身の回りには常に妖草の危険がある』

『はい』

『左様な危うい目に、椿を遭わせたくない。この親心は、察していただけますな？ つまり………二度と椿をつれ出さないでいただきたい……こうお願いしているわけです』

家元・舜海の度量の大きさと同時に、厳烈さを、見せられた瞬間だった。椿は、重奈雄に否定してほしいという気持ちで、彼を見た。

だが重奈雄は強い声調で断言している。

『お気持ちは、よくわかります。大切な娘御を危うい目に遭わせて、真に申し訳ありませんでした。以後、重奈雄の方から椿殿をお誘いすることはありませんし、椿殿が拙宅にお見えになっても五台院におかえしするように致します』

言い終えた重奈雄は――水の如き無表情である。椿に……何か意見できるはずもない。

舜海は、夜の東山に出奔し、一晩中帰ってこず、大切な花の会をすっぽかした娘を、一切咎《とが》め立てせず……父親としての圧倒的度量を見せつけた。

予測外の寛大さで若い二人を打ちのめした直後、今度は、椿と重奈雄の完全なる切り離しにかかったのだ。

父の慈愛の心は痛いほどよくわかる。

それがわかるだけに、父の厳しさも……骨身にしみる。

椿は……自分に絶え間ない愛情をそそいでくれる父が……重奈雄と距離をちぢめたいという自生《じしょう》の心を阻む……最も強大な壁になったのを強く意識したのだった。

それが、仮装行列を眺める椿のかんばせが、憂いに染まっている第二の理由《わけ》だった。

（お加代ちゃんは……今日も、やっぱり来《こ》んかった）

一昨日、椿の方からお加代を訪ねたが、当分、五台院にはこられないとの答だった。椿の気持ちは晴れないままだ。だが、移動する楽団の屋台を、花で飾ったのは、舜海であり、その行列を見物して帰るのは、毎年お決まりの行事だった。椿の一存でどうこうなるものではない。

さっきまで隣にいた父は今は中村屋の中にいる。豪商たちは、群衆のいる表の縁台で仮装行列を見物しない。

茶屋の中を貸し切りにし美食に舌鼓を打っている。

店内から、仮装行列は、見えない。

だから……中に、呼ぶのである。

贔屓の芸妓が通ると「○○所望」と呼びかけ、座敷に、上がらせる。宴席で仮装した芸妓は一芝居演じ、おひねりをもらうわけだ。

隣にいた父は座敷にいた豪商連中にめざとく見つけられ、中に呼び入れられていた。はなれ際に、

『――後で呼ぶかもしれぬ』

と、言い置いて。

中村屋の中に、人品のよさそうな若旦那《わかだんな》がいたら、椿を、紹介しようとしているのだろう。

目の前を、西王母や、金太郎が通ってゆく。

夏の白熱の日差しに打たれてほのかに汗ばんだ椿は仮装行列と自分がだぶって見えた。滝坊椿という「役」を演じるよう、求められている気がする。その役を放棄し、行列からはみ出すのを、父は許さないだろう。

椿の唇から、溜息がふっともれた刹那――その男、池大雅が、仮装行列に突っ込んだ。

汗だくの大雅は、祇園町付近で、駕籠を降りた尼を追い、人ごみを掻き分けていた。無理矢理誰かつかんだのが仇《あだ》となり気づいた時には強く撥《は》ね飛ばされている。

土埃《つちほこり》上げて、仮装行列に突っ込んだ大雅は、西王母の侍女――正しくは侍女に扮した茶屋娘――に激突した。

「何や、お前！」

「いわすぞ、われ」

瞬《またた》く間に、大雅は、白い浴衣姿の男たちにかこまれた。茶屋の男衆だ。

「尼……尼がっ。はなせ！　ああ……っ」

ぽかぽかと小突かれながら、大雅が叫んだ時、

「大雅さん！」

椿が飛び出ている。石の鳥居をくぐって、騒動の渦中に入った椿は、

「その人、うちの知り合いなんや。乱暴はよして」

「知るかっ」

「いわせ」

男どもの暴行は、止らない。すると、

「ちょっと待ちぃ……やっぱりそうや。この人、うちの煙草盆に絵ぇ描いてくれた、絵描きの先生やんか。乱暴はよしぃ！」

西王母が一喝すると男たちの手はぴたっと止っている。大雅は、祇園の芸妓たちに頼まれて、煙草盆、火鉢など、身のまわりの品に絵を描き、小遣いを稼いでいた。

椿に助け起こされた大雅は、

「大変なんや。椿はん……聖護院の方から、妖しい尼つけてきたんやけど、この辺りで駕籠降りて人ごみで見うしなって……」

「たしかに………無明尼？」

悪夢に近い若王子山の光景が椿の脳裏をよぎる――。ふつふつと、怒りが湧いてくる。

あの尼に、吉兵衛は殺《あや》められた。あの尼が、重奈雄の身と心を、徹底的に打ちのめした。

「間違い……ないと思う」

炎天下、驚くべき距離を尾行してきた男は途切れ途切れに言った。椿は、ぐるりと四囲を見まわしている。群衆の好奇の目線が二人にそそがれていた。

「あっ椿様」

「椿様！」

与作と、滝坊の男の門人たちが、境内《けいだい》から駆けてくる。

「何やお前らっ！」

西王母を守る男たちと、滝坊の男たちの、取っ組み合いがはじまった――。

（人の命が………かかっとる。今、無明尼見うしなったら、また誰か、死ぬ）

「大雅さん。手分けして探そ！」

「へえ」

「うち、こっち探すから、大雅はんはこっち」

手早く指示するや——仮装行列から、駆けだした。

「あぁ椿様ぁ、椿様ぁぁ——！」

茶屋の男衆に取り押さえられた、与作の怒鳴り声がひびくも、椿の目はもう、何処かに消えたという無明尼しか追っていない。

祇園を——東へ走る。

行列は西へ行くため、こちらの人込みは、すぐ途切れた。

いつかの、松屋の前を、通過。豆腐屋や酒屋を横目に駆けると、辺りは急に寂しくなった。

右に寺。左に真葛原が、どっと、広がる。

野中の小道に馬の尿が水溜りをなしている。

その向うでゆらゆらと陽炎《かげろう》が揺れていた。陽炎の先に、東山の方へ歩いてゆく人の姿がある。

（尼僧）

彼女かどうか、わからない。だがとにかく、一人の尼僧が、祭りの熱狂に背を向け、人気《ひとけ》のない山林にわけ入ろうとしている。

椿は尼がゆく方、つまり、鬱蒼《うっそう》たる夏木立の茂る将軍塚《しょうぐんづか》へ、歩きだした。東山は細長い京の町の東に並び立つ、いくつもの小山の総称だ。若王子山も、今、椿の目の前にある将軍塚も、大文字《だいもんじ》で有名な如意ヶ嶽《にょいがだけ》も、みんな、東山だ。

馬の尿溜りまでくるとあつまっていた蝶どもがサーッと飛んだ――。

松林を過ぎ、樫や藪椿《やぶつばき》の茂みに、入っている。尼はすいすいと登ってゆくも、椿の足はもつれぎみである。

ぬかるみで思わず転び――クヌギの枝を折ってしまった時、気づかれたかと疑ったが……尼は一切振りむかずに登ってゆく。椿は尼が本当は大分前から気づいているような気もした……。が、もし相手が無明尼で、しかも椿の尾行に気づいていないのならば、彼女の拠点をつかむ千載一遇の機を逃してしまう。自分を鼓舞し追いつづけた。

極太のアラ樫の根元、高さ一丈ほどの崖《がけ》にきた時、尼の目が、ぐるりと周囲をうかがったため――椿は藪椿の陰に、そっと隠れた。

(間違いない……無明尼)

顧みた黒唇《こくしん》は、重奈雄を打ちのめした女妖草師の、ものだった。無明尼は、

「…………」

しばらく尾行者がいないかうかがっていたが、やがて……蛇《じゃ》の鬚《ひげ》という植物に、ふれた。

蛇の鬚——緑色のボサボサ髪が如き形状の草だ。

数知れぬ蛇の鬚が高さ一丈の崖を完全におおい尽くしている。なので椿からは、緑の壁に、見える。

無明尼の体は蛇の鬚の緑色の壁に溶けこむように——すっと消えている。

(洞穴《ほらあな》に、なっとるんや)

穴の入り口を、蛇の鬚のふさふさとした緑髪状の葉が、隠しているのだ。

(今、一人で穴に入るのは危ない)

洞窟《どうくつ》内で無明尼に襲われたら、防ぐ術はない。椿は、穴の位置だけしっかり覚え、森を後にしている。

「何故、そんな危ないことをした！　どうして父御の言いつけが守れんっ」

庭田重奈雄は、滝坊椿に——鋭く言い放った。椿は怒られつつも、

(重奈雄はん、無明尼と戦ってから……大分痩せはった)

「聞いているのか？　椿」

椿は少しふてくされた様子で、

「そんなん言うたって無明尼の隠れ家見つけたからええやん」

「そういう問題ではない」

重奈雄との接触は、舜海から、厳しく禁じられている。なので椿はさっきの捜索の成果を、真葛原の大雅草庵《そうあん》に報告しに行った。

大雅がいれば大雅に。いなければ、町に、伝言を頼もうと考えた。

ところが……丁度そこに、大雅にくわえ、今日の捜索を終えた重奈雄、蕭白が、おのおのの成果を報告し合うべく訪れていたのである。

ちなみに町は――茶畑の持ち主から、冷たい井戸水をいただいて蘇生《そせい》。何とか庵《いおり》に帰りついていた。

「いいか椿」

重奈雄は、怒っている。

「よく考えろ。もし、無明尼がお前に気づき、鉄棒蘭《てつぼうらん》で襲ってきたら、どうするつもりだった?」

「…………気づかれなかったから……ええやん」

「そういう問題ではない!」

「いやいや重奈雄。言いすぎじゃ。椿殿は、無明尼の隠れ家を見つけた。これは大手柄じや」

「そや。大の大人が四人、八日、東奔西走してできへんかったこと、椿はん、たかだか一《いっ》刻《とき》でなしとげたんや。偉い！　ほんま、偉い」

蕭白と、町から、助け舟が出て、

「庭田はんの言い方にも悪い所おました。ただ椿はんも、ふてくされたらあかん。貴女のやり方に多少、軽率な所がおまして、庭田はん、そこ心配しとるだけなんやから。ね？」

大雅が、うまくまとめている。

「たしかに無明尼の隠れ家がわかり、俺は大いに助かった。椿の功は、大きい。礼を言う。ただ椿……この前の父御の言葉は、重く胆《きも》に銘じねばならん」

「………わかっとる」

「わかっていない」

椿の手首が、重奈雄に強くにぎられた。

「妖草は真に危ないものなのだ。もし椿が無明尼の妖草に殺められたら……俺はどうすればいいのだ。俺に、うしなわれたお前の命を贖《あがな》う術はない。そうだろう」

椿は真っ赤になってうつむいている。

「……まだ祇園に父御は、いるだろう。町殿に送ってもらうんだ。いいな？」

「うちは……行かんでも……ええの」

「大体の場所はわかった。きてもらう必要はない」

「何なの……何なん、それ……うちが見つけたのに……」

椿の瞳からぼろぼろと涙がこぼれている。

「あー、あー、あー、女の子泣かしたらあかんわぁ」

町の、やや吊り上がった大きな目が、椿をのぞきこんでいる。ますます激しく嗚咽《おえつ》しはじめた椿の背を町の手は優しく撫でてくれた。

「あのなぁ庭田はん。うち、こんな状態の椿はん祇園まで送ってはいけん」

「どういうことかな」

町はきっぱりと、

「今、椿はん祇園まで送ってったら、一生怨まれる。だから嫌や言うとるの」

少し汚れた手拭いをぽんぽんとはたいてから椿にわたした町は、両目を細め、椿を見つめている。

「うちは花のことようわからんけど、一つだけ、はっきり見えるんや。それはな……今椿はん帰したら、この娘《こ》……一生まともな花、立てられんようになるで」

「………」

「庭田はん。お願いや。今日だけ、つれてってあげて下さい。ほしたらこの娘、自分の中で納得ができるはずや」

蕭白が、ぽりぽりと顎を掻き、

「道案内もなく、将軍塚に行き、迷ったらどうする？　うろうろしておる間に無明尼に気《け》取《ど》られる」

大雅もたたみかけるように主張した。

「椿はんにもきてもろうて、迷わず素早く、無明尼ひっ捕らえましょ」

熟慮の結果、重奈雄は、

「……………椿。道案内を頼む」

椿は、じっと黙している。

「…………」

やがて、ぷいっと歩きだすと、ぼそりと言った。

「こっちや」

重奈雄、椿、大雅、蕭白で、将軍塚に登る。町は庵にのこった。

ちなみに……四人の中でもっとも武勇に秀でるのは、蕭白だった。京の紺屋《こうや》の家に生れ十四で父を亡くした蕭白。伊勢の米屋で、丁稚《でっち》として働くも、十五で出奔。乞食として諸国をさすらった覚えもある。その際、お宮で寝ているのを咎めた村の衆や、野犬、縄張《しま》を荒らされたと勘違いしたスリの一群など、様々な敵を、棒一本で撃退してきた。誰か師がいるわけではない。極貧と、放浪の中……生きるために、つちかわれた棒である。

——ついた。

あそこや、というふうに、椿の指が差す。

「俺と蕭白で、中に入る。待賈堂さんと椿は、ここにいてくれ」

小声で重奈雄が下知してゆく。

「もし、俺たちが取り逃がし、無明尼が出てきたとする」

「…………」

「杖《つえ》をもっていなければ、相手はただの尼。取り押さえてほしい」

捕縛し、何を企《たくら》んでいるか洗いざらい白状させた上で、町奉行に突き出そうと考えている。

「杖もってたら？」

「その場合は、勝ち目がない」

重奈雄の、両の目が、光る。

「大人しくここに隠れていろ。また帯に、得体の知れぬ草など差している時も同じ。それは、きっと、鉄棒蘭に匹敵する妖草だ」

「どっち逃げたか……追いかけなくて、ええの？」

「心配ない。俺に一計ある」

きっぱりと首を振っている。

椿は、重奈雄が本来の調子を取りもどしてきたように思え、少し嬉しかった。

「ん？　どうした椿」

「何でもない。ええの」

「そうか」

重奈雄、棒をもった蕭白で、蛇の鬚に隠された洞窟に——歩いてゆく。

椿と大雅は藪椿の木陰から緊張の面持ちで見守っている。

蛇の鬚の前で静止した重奈雄は、中で音がしないか聞き耳を立ててから、小袋を取り出した。中に入った緑色の粉末を——まいている。

どうやらそれが重奈雄の言う一計であるらしいが椿には粉の正体はわかりかねる。

粉末をまき終えた重奈雄は、再度、洞窟内の音をたしかめ、蕭白とうなずき合うと、入ろうとした——。

その時である。

(何やろ………この感じ。何か、とても、危ない気が、する)

椿の総身の皮膚でざわざわと粟粒《あわつぶ》が立ちだした。

(この感じ、そうか!)

——若王子山で草地からはなれる時に、覚えた不安と、酷似している。

椿は、本能的に、藪から走り出た。

「シゲさん」

重奈雄が——どうしたという顔で見ている。

重奈雄の所まで行った椿は、蛇の鬚を指し、

「その草さわったらあかん」

「何?」

「嫌な予感が……する」

「ただの蛇の鬚にしか見えんが」

椿は、打ち明けた。

「うちなぁ……黙ってたんやけど、昼の、若王子山に登ったやん?」

「うむ」

「あの時、うち、草原の樫の木に何かとても嫌なものがある気がしたんや」

重奈雄の表情が変っている。

「そうしたら、妖草が、木の上にあったやん」

「あったな」

「……今も、その時と、同じ。この草から嫌なものを感じる」

「………」

「うちが………黙っていたせいで……うちがあの時、重奈雄はんに言っていれば、」

「そなたのせいではない。全ては、妖草を悪用する者のせいだ」

椿をなぐさめた重奈雄は深刻な相貌で蛇の鬚の壁に対している。

「蕭白」

「おう」

「杖の先を……こいつに突っ込んでみろ」

「おう」

蕭白の棒が、ゆっくりと、蛇の鬚の壁に突き出される。

すると——どうだろう。

シュッシュッシュシュシュシュシュシュ――一挙に逆立った、緑の針鼠《はりねずみ》に似た葉が、幾十本も、棒の方に動き、木が壊れる音と共に――次々と突き立ってゆくではないか。

やわらかそうな葉が瞬《まばた》きするかしないかの間に異常の硬度を有す針に変貌したのだ。

「おおっ」

驚いた蕭白が、引きもどそうとするも、一度刺さった緑針《りょくしん》どもは、棒から、はなれぬ。

重奈雄が黒い毬藻《まりも》、風顛磁藻《ふうてんじそう》を一つ投げつけ、そちらに葉が吸いよせられるまで――蕭白の棒は、抜けなかった。

「何じゃ、これは？」

蕭白の問いに、重奈雄は、

「うむ。………俺も、実物ははじめて見るゆえ、この草がそうだとは思わなかった。地獄に――針の山という処《ところ》があろう。あれは、常世に左様な山があり、誰か異界を見る力のある者がそれを感取し巷間《こうかん》につたわったと思われるが……その、針の山に生えている草ではなかろうか」

椿が、

「普通の草に見え近づくと針になり、亡者を刺すゆう……」

「うむ」

「名は、あるのか」

「いや。『妖草経』にもただ針の山の草と、記されている」

釈尊の十大弟子のひとり、摩訶目犍連《まかもくけんれん》は神通第一として知られる。多くの妖《あやかし》を打ち負かしたという。実は、この妖、動物的なものだけではなく……多分に植物的なものがふくまれていた。摩訶目犍連が編纂《へんさん》したのが、「妖草経」全十一巻である。

これは中国大陸を経由し、我が国には遣隋使《けんずいし》によってもたらされたと言われる。元々天竺《てんじく》で書かれたものに、中国で見出《みいだ》された妖草、日本に出現した妖草が、書きくわえられており、針の山の草がいついかなる編者によってしたためられたかは、重奈雄も知らない。

「どうすればいいのじゃ」

蕭白が声をひそめて、訊くと、

「風顚磁藻で、切り抜けよう」

重奈雄の手が、いくつかの黒い毬藻状の妖草を取り出した。

「しかし椿」

真剣な眼差しの重奈雄は、小声で、言った。

「そなた……妖草を見抜く力があるようだな」

「………」

椿は唖然《あぜん》としている。

「天眼通《てんがんつう》――人の世にまぎれこんだ、あらゆる妖草を、看破する能力《ちから》」

「天眼……通？」

「古《いにしえ》の妖草師には左様な力をもつ者がいたという。まだ、人の世と常世が、まざり合っていた頃の話だ」

「今の妖草師は？」

「俺をふくめ――その力を失してしまった。つまり我らは理屈の埒内《らちない》で、妖草と対峙するしかない。

だが椿には、」

静かに、告げた。

「理屈の埒外で――妖草と対峙する力が、あるのかもしれない。そなたの力が天眼通なのか、まだはっきりとわからんが」

「重奈雄。ふと思ったのじゃが……お前より椿殿の方が、妖草師にむいているんじゃないか」

重奈雄は中に聞こえぬよう気づかいつつ、

「……妖草を見抜く力があっても、どう対処すればよいかわからなくては、話にならん。

妖草師になるには――まず、『妖草経』を読まねば。『妖草経』を読むには、相当な漢籍の知識が必要だ」

「ねえ重奈雄はん」

椿は思っていたことを口にした。

「うちも、洞窟に入ってええ？」

「何を言いだす」

「いや、椿殿が正しいぞ。洞窟の中に、どんな妖草があるか……知れたもんじゃない。お前は妖草を見抜けん。椿殿は、見抜ける。この違いは、大きい」

勿論、全部ではない。しかし相当の確率で妖草をとらえられるようである。

「共にきてもらった方が心強い」

「…………」

重奈雄の胸中を舜海との約束がかすめているのが、椿にはわかる。

「もし、うちが外にのこって……二人で中に入って、重奈雄はん蕭白はんが妖草に殺められたら、どないなると思う？　もう誰も――無明尼を止められない」

「…………」

「うちが妖草を見抜く係、重奈雄はんは妖草の刈り方を教える係、蕭白はんが戦う係、三人で行くのが一番ええ思うんやけど……何か違うこと言うてますか？」

「――ご同道願いたい」

椿は、にっこりと、

「はい。喜んで」

一人で外にのこるのを不安がる池大雅をのこし、重奈雄、椿、蕭白で無明尼の巣窟に踏み込む形になった。

重奈雄は風顛磁藻を、あと三つ、針と化す草の壁に投げている。と、あらゆる妖草を引きよせる磁力によって針先は悉《ことごと》く、件の毬藻形妖草に食い込んだ。

（穴の入り口や）

三人の眼前に、崖の、裂け目が現れている。

椿は重奈雄の背についていく形で闇の世界に足を踏み入れた。

重奈雄の荷には、当然、明《あか》り瓢《ひさご》がある。黄緑色の光が、狭小な洞窟を、照らしていた。

椿はさっき重奈雄が洞窟の手前にまいていた粉は、まだ青い明り瓢を細かくきざみ抹茶状の粉末にしたものだと理解した。無明尼が、粉を踏んで何処かに逃げる。と……夜、足跡が点々と光るという寸法だ。

しばらく行った所で、椿は、左前方に、もやもやした不安の塊の如きものを、強く感じている。警告しようとすると——重奈雄も立ち止った。

明り瓢の光で、椿が気味悪く思った、まさにその辺りが照らされる。

ツチグリ……という、キノコがある。星形に皮が開いた上に胞子のたっぷり入った球形の袋がのっかる。やがて、袋に穴が開き、大量の胞子が噴出する。

左前方の岩肌にこのツチグリらしきキノコが七、八個付着し、靄《もや》に似た大量の胞子が噴き出ていた。

らしきというのは——どうもツチグリとは思えない特徴が一つあるからだ。

乃《すなわ》ち、タラコに似た薄気味悪い粒が、ブチュ、ブチュ、ブチュ、と総身をおおっており、それら一粒一粒が絶え間ない蠢動《しゅんどう》をくり返しているのだ。

(妖草……なんやろか)

椿が思うと同時に重奈雄のささやきが聞こえる。

「……眠りツチグリ。——妖草だ」

(眠りツチグリ?)

「あの煙をかいではならん。たちまち、昏睡《こんすい》に陥るだろう」

衣を鼻に当てた三人は眠りツチグリの前を通過した。

丁度、椿が、深呼吸した所で、前方が明るくなってきている。

少しすすむと、穴から、出た。

三人は……不思議な光景に直面している。


きわめて狭い「谷底」、の如き場所らしい。


谷の上から光がくる。

しかし、谷の上方は、倒木や樹の根、それらに纏繞《てんじょう》したツタや、大量の葛《くず》で、すっぽり遮蔽《しゃへい》されている。

つまり、谷の上を通るものは、そこに谷があるとは気づかない。大量の蔓草《つるくさ》が茂っている叢《くさむら》としか思えないのだ。

——隠し谷と言っていい場所であった。

幅ほんの数間《けん》の、隠し谷の底は、ぼうぼうたる草地になっている。

弱い日差しなので、日陰の植物が生育していた。

日なたの素早いトンボではなく、日陰のゆっくり飛ぶトンボ、黒い翅《はね》に緑の腹をもつハグロトンボが、幾匹も、たゆたうが如く飛んでいる。

深草を掻きわけてすすむと、かまくら形の我屈洞《がくのどう》があった。竹の骨組みに筵などかけた、

(サンカや山衆の家)

紀伊や大和の山岳地帯を歩いた折、重奈雄はそれを見た覚えがある。

中には、キビを引く石臼《いしうす》、皿、小さな五徳に鍋《なべ》などがあったが、人はいない。

「まるで、我らがくるのを察して……立ち去ったような」

重奈雄は呟く。

蕭白が、

「中に何か手がかりがあるかもしれん。さぐってみよう」

「頼む。俺と椿は、この草地に危ない草がないか……もう少しあらためてみる」

深草にかこまれた蘿径《らけい》をすすむ。

重奈雄は、少し行った所で、背の高い草どもにかこまれた小さな池を見出した。

水の中に、一株の、蓮がある。

(蓮は昼には花を閉じる。ここは、暗いゆえ、咲いているのか)

重奈雄の眼が細まる。

(白と紅のマダラの蓮……たしか「妖草経」第三巻、深憂蓮《しんゆうれん》)

思った時、椿が傍らにきたため、注意を与えようとした重奈雄はそちらを見ている。

「——」

椿の向うに、一本の、梶《かじ》の木がある。その梶の枝の所に黒く丈夫そうな蔓が巻きついていた。

突如、その蔓が蠢《うごめ》くや——ブゥゥン。音立てて、椿に、襲いかかっている。

（——鉄棒蘭かっ）

重奈雄は椿を撥ね飛ばした。椿は手ぐすね引いて待っていた鉄棒蘭に、気づかなかった。針の山の草を見破ったのは、偶然だったか。それとも、天眼通が、未発達なだけなのか。判然としない。間一髪の所で、二人は打たれるのをまぬがれている。

草地に、椿を、倒す形で、よけた重奈雄。第二撃がすぐに迫るも葉蘭《はらん》によく似た大きな植物の葉を取り出すや鉄棒蘭を受け止めている。

葉蘭——主に南西諸島の原産で、日本庭園でよく見られる。平たく、長い、葉をいくつも地面に突っ立てた形で叢生《そうせい》する。

花道の世界では「葉蘭にはじまり葉蘭に終る」と言う。よく、稽古《けいこ》用の葉物としてもちいる。

妖草・楯蘭《たてらん》は、人の世の葉蘭と、全く同じ形状だ。が、他の妖草に襲われると異様の硬度に変貌し、楯となる。また、他の妖草をふせぐと、その襲ってきた妖草を……一瞬の内に……枯らしてしまう、不思議の草である。

無明尼に敗れた重奈雄は、庭田邸に強引に押し入り楯蘭を二枚取ってきたのだった。二枚しかもち去れなかったのは、勿論、兄の妨害による。

襲いきた鉄棒蘭が、重奈雄の楯蘭に、阻まれる。

一瞬の後、二度大きくふるえた鉄棒蘭は見る見る茶に色褪《いろあ》せて……枯れてしまった。

倒れた椿を助け起こそうとする。椿の瞳は、池の蓮に、釘付けになっていた。椿の面差しに——深い憂いが、ある。

(何て綺麗な蓮や)

と思い、小さな池に一輪だけ咲く蓮に目をとめた椿だが、紅白マダラの花びらを眺めている内に、何か得体の知れない不安がむくむくと湧き起こってきて胸が押しつぶされそうになってきた。

その不安は、椿を、近頃の彼女の最大の悩みに、立ち帰らせている。

重奈雄との間に舜海が巨大な壁となって立ちふさがりだしたという問題だ。

寛大な父なのである。縁談を勝手にすすめたりせず、(舜海がみとめた男の中で)椿が気に入った者と結ばれればよいと考えている。

自分を——愛してくれている。自分の話をいつもじっくりと聞いてくれる。そんな父だからこそ……一度《ひとたび》厳しい姿勢を見せると梃《てこ》でも動かない気がする。

椿はもう二度と重奈雄と会えない気がしてきた。これが最後なのだと、思えてきた。そう考えると……たまらなく寂しかった。

重奈雄に突き飛ばされるような形になった直後、魔の結晶と言うべき、蓮に視線がからめ捕られた椿は、この世から消えてしまいたいというほどに……頼りない心持ちになっている。

そんな時、

「椿……」

と呼びかけられたため——椿は、意外な行動に出た。

今、胸の中に押し寄せている不安を全て取りのぞくには、そうするしかないと思えた椿は……重奈雄に夢中で抱きついていた。

「椿!」

重奈雄が放そうとするも、椿ははなさない。石のようにしがみついている。自分で自分がどうしているのか、わからない。

そこに丁度、

「重奈雄」

蕭白がやってきて重奈雄を呼んだため、椿は、はっと我に返っている。

いそいで――重奈雄からはなれ、蕭白の視線から逃れるように立った。

「お邪魔……じゃったかの」

「いやいや誤解だ蕭白。全ては――妖草のなせる業だ。あれに見えるのが妖草・深憂蓮。人の心の中の憂いを、一気に深めて不安にし、悪夢鳥黐と同じ悲劇にまで導く……危うい草よ」

言うが早いか、重奈雄は――まだ硬い楯蘭をすっと、池に放って、深憂蓮を、散らしている。

「椿は……妖草のせいで惑乱したのだ。もう、大丈夫であろう？」

重奈雄が言ってくれたが椿は答えられない。本当に妖草のせいだけなのかと、思ってしまう。面が、燃えだすほど、恥ずかしい。

「で、蕭白。何かあったか？」

「うむ。火鉢の中に面白いものがあっての」

蕭白が我屈洞で見つけたのは——燃えのこった手紙だった。椿につけられているのを察した無明尼は重奈雄がくるのを予測し、幾重もの罠《わな》を張りめぐらし、隠れ家を後にしたようだ。

近づくと、忽然と、殺人針の塊と化す、針の山の草。

洞窟内で昏睡に追いこむ眠りツチグリ。

人の憂いを増幅させ、時として、自死にまで追いこむ深憂蓮。

深憂蓮の、すぐ近くの木にからまっていた、鎧《よろい》武者をも屠《ほふ》る鉄棒蘭。

まさに——四重の罠が張りめぐらされており、妖草の所在を見抜く椿の特異な力と重奈雄がもってきた楯蘭が、なければ、三人は生きて洞窟を出られなかったろう。

しかしそれでも慎重な無明尼は重奈雄に見られたくないものの焼滅を計ったのだ。

乃ち、何者かからの手紙が、細かく破られ、火鉢で燃やされている。

が、幾枚かだけ、火の勢いが思いの外弱く、字が識別できる紙片が……あったのだ。

蕭白が見つけたのは、まさに、それなのである。

「重奈雄。つまりこういうことじゃろう」

蓬扇の微風に吹かれながら、蕭白は紙に書いている。外はしとしと雨がふっていた。

六月十九日。無明尼の拠点に踏み込んだ、翌日の昼下がり。重奈雄は長屋に、蕭白と、いた。

板橋宿《いたばし》　銀杏《いちょう》屋敷。

代々木《よよぎ》村　七面天女祠《しちめんてんにょほこら》。

駒場野《こまばの》　不動堂　駒場野は上様の御鷹場《おたかば》なり。

松〇〇
蕭白は、燃えのこった紙切れを、何とかつなぎ合わせ、意味を解読してくれた。これだけでは何についての情報か、判然としない。重奈雄は、深く、思案している。

「七面天女……というのは外法《げほう》の神だろう。つまり、淫祀《いんし》邪教の堂だ。当然、何年も前に壊されていよう。跡形もないか、廃墟となってのこっているか、どちらかだ」

蕭白の首が縦に振られ、

「銀杏屋敷と言うのも、なんだか、おどろおどろしい名前じゃの」

「うむ。誰も住人がおらず、庭の銀杏が、途方もない大木にそだっているような……空き家なのではないか」

「だとしたら、重奈雄。これは？」

　重奈雄は、言った。

「うむ。松何とかなる者は……江戸での安全な隠れ家を教えているのではないか」

「駒場野の不動堂は？　駒場野というのは、ここにも書いてあるが……将軍が鷹狩をおこなう場所ではないか」

「……………そうだな」

（何を…………考えている無明尼）

若王子山で、完膚なきまで己を打ちのめした妖尼の相貌が、胸底に浮かぶ。

（復讐のために……………妖草をつかうと言った。常世にかかわる者として、みとめられぬ。都で吉兵衛を殺め、今度は江戸で誰かに仇《あだ》なそうというのか――。お前を止めねばならん。だが、）

　無明尼がまだ都の傍にいる可能性もある。その場合、軽率に江戸に行くのは、危うい。重奈雄不在の、虚を突く形で、京で第二の凶行をしでかさぬともかぎらない。

（もう少し何か手がかりが必要だ。あの女の建てた我屈洞……山の民などが、よくつかうもの。……熊野比丘尼……紀州熊野は、山がちな地だ）

都にいては、無明尼が何者なのか、何が目的なのか、わからない気がする。だがあと一つ手掛りがなければ——京を出てはいけない気がした。

そんな重奈雄に江戸から一通の書簡がもたらされたのは二日後。夏の京に——今にも一嵐きそうな午後のことである。

その日、重奈雄は、都一広い蓮池、大覚寺《だいかくじ》、大沢池《おおさわのいけ》の花の咲きが悪いというので、原因を調べに行っていた。雲行きの怪しい紫陽花地蔵前の長屋にもどると、体格のいい男が鉢植えの前で待っていた。

「庭田重奈雄様にございますな」

「……………そういう呼び方もあるな。庭田の家を出されているため、ただのシゲさんだという人もいる」

「江戸からの——文にございます」

大名飛脚らしいその男は、さっとわたすと、風の如く、立ち去っている。

開封した重奈雄の目がぐっと広がる。

「——徳子」

香などが焚き染めてあれば、艶書《えんしょ》めいたものの気がするが、匂いはない。無臭である。読む。

東寺《とうじ》の方で、遠雷が聞こえた。

徳子の手紙は、近頃紀州藩邸でおきた不審な自死の連鎖ではじまっていた。そして、池に現れた紅白マダラの蓮に覚えた言いようのない不安が、語られていた。読みながら長屋に入り、格子戸を閉じたとたん、ポツポツと音がして、やがてザーッと強い雨が——京を叩いた。

読み終えた重奈雄は江戸の紀州藩邸で起こっている怪異の背後に——妖草師がいるのではないかと、思っている。

(待てよ……待て……重奈雄、待て。若王子山で殺められた数珠屋吉兵衛は、)

あれは自害ではない。妖草に殺されたのだと、考えている。

(紀州藩士・安藤軍兵衛だった。無明尼は……江戸に行こうとしていた。そして今——紀州藩江戸屋敷に、深憂蓮の仕業としか思えぬ怪異が、起こっている……)

ドーン。近くに雷が落ちている。

(無明尼は、紀州徳川家に………怨みがあるのではないか)

巨大な戦慄《せんりつ》が、重奈雄の背を走った。

(だとしたら——徳子が危ない)

東へ――

七十六歳の紀州藩主・徳川宗直は、この日、赤坂の中屋敷にいた。御殿で二十過《はたち》ぎの側室の浅葱《あさぎ》の小袖に、頭をのせ、耳を掻いてもらっている。

十一人いる側室の一人に膝枕をさせていた。

蟬時雨《せみしぐれ》を聞きながらの耳掻きが、心地よく、さっきから……強いまどろみを、覚えている。

（また……あの夢か）

この所、いつも見る夢が、ある。

夢だとわかっていても醒《さ》めてくれず繰り返し繰り返し四十八年前の情景が胸の内で活写される。

家老の、渥美勝之《あつみかつゆき》が、座っていた。

『おそれながら申し上げますする……頼雄《よりかつ》様へのご勘気を、何とぞ解かれますよう』

父であり、藩主の頼純《よりずみ》が、

『またその話か。くどいぞ、渥美』

渥美は次男でありながら家督をつぐのが決っている宗直に、鋭い一瞥《いちべつ》をくれた後、

『長子に何の落ち度もないのに廃嫡され、次子を立てるなど――天下に示しがつきませぬ！』

『ええいっ。黙れ！』

上座の父が怒鳴る。宗直の五体は、渥美への憤怒でふつふつと煮えたぎっている。

『今のまま代替りされて……果たして…………六十余州の諸侯たちのご理解を得られましようか？』

『黙れぇえっ――』

父の手が――動く。

渥美を、斬っている。

袈裟《けさ》斬りにされた渥美は、血をごぼごぼ吐き、全身をがくがくふるわせて、

『いいや……黙りませぬぞ……殿』

執念で膝行《しっこう》するや――父の錦の袴《はかま》をつかまえ、仰天する主君の美服を血で汚しながら、

鬼に似た迫力で進言した。

『このような不正義がまかり通って、領民は納得するでしょうか。どうして……領民を治められるでしょうか。ご再考を……』

『狼藉者《ろうぜきもの》！　斬れっ』

『何とぞ、ご再考を――』

『この、愚かな狼藉者を斬れぇえっ――』

命じられた家臣たちだが誰一人動こうとしない。総員、面を赤黒くして、うつむいている。

宗直は……この家臣たちも、渥美と同じ考えだ、腹の中では兄に同情している、要するに――自分が藩主になったら、今の地位から退いてもらわねばならぬ男たちだな……と考えた。

白刃を、抜く。

父にしがみつく渥美の喉に、思い切り――剣を突き立てる。

熱い血潮が、体に、当たった。渥美は鉄槍《てっそう》に似た眼光をきらめかせてにらんできたが、それも一瞬だった。すぐに、こと切れた。

(わしは……後にも先にも、己の手で人を斬ったのは、この一度だけじゃ。後は人に命じて……人を斬った。だが……どうしたことか？　このたった一度の、四十八年前の、人を

斬った感覚が、いささかも手からはなれぬ。渥美の首を剣が通ってゆく感覚を手が忘れてくれぬのじゃ）

不意に——暗くなっている。

声が、した。

闇の底から、宗直を、呼んでいる。

『宗直……宗直……』

（…………兄上？）

『一つ、訊きたいことがあってな』

『…………』

『何故、わしは——殺されねばならなかった』

宗直は祈った。

（悪い夢なら、醒めよ）

『夢ではない。わしは、お前のすぐ傍《そば》まできたのだ、宗直』

『ええいっ！　下がれぇっ。わしを誰だと思っておる！　紀州五十五万五千石の太守であるぞっ』

　はっと——宗直が開眼すると、青畳の座敷に、兄の姿などは何処にもない。白く眩《まぶ》しい夏の日差しと、かまびすしい蟬時雨が、広い部屋に入りこんでいるだけだった。

「いかがされました？」

　若く細面《ほそおもて》の側室が、じっとりと喉の汗ばんだ宗直に、微笑みかける。

「………昔を、思い出したようじゃ」

「どのくらいの昔を？」

「なあに、子供の頃よ」

「あれ……」

　宗直の手が——側室の太腿《ふともも》を、撫《な》でまわしている。いけません、人がくるやもしれませぬ、という目で見てきたが、なおも執拗《しつよう》に秘所にむかって手を動かすと、観念したように目を閉じた。

　と、

「申し上げます。江戸家老・横井監物《よこいけんもつ》様、お見えにございます」

　宗直の手は止っている。

「何でも、大岡忠光《おおおかただみつ》様の、お屋敷で決った諸々《もろもろ》の件について、お伝えしたいとのこと」

側用人《そばようにん》・大岡忠光――時の将軍家の、側近中の側近であり、江戸城を動かしている人物だった。

藩政について徐々に息子の宗将《むねのぶ》に権限を移行させるべきだという意見もあった。しかし宗直は、幕府との折衝や、尾張や水戸《みと》との調整など、もっとも枢要な部分については、全て自分の判断で決めている。老獪《ろうかい》な政治家の面差《おもざ》しに早変りした宗直は外の小姓に、

「あいわかった。しばし待て、と言え」

それから側室の耳に、唇を近づけた。

「また後でな……」

＊

(仇《かたき》を……お取りしますぞ。仇を、お取りしますぞ)

ほとんど日の差しこまない、鬱蒼《うっそう》たる密林を――無明尼は駆けている。

にぎると痛いくらいに、黄緑のイガがふくらんだ、野生の栗。ツタの衣に隠された、太古の樫《かし》。

木の蔓《つる》をくぐる。

胡桃《くるみ》の葉を、掻きわける。

驚いた鼬《いたち》が疾風の如く逃げてゆき、何か得体の知れぬ黒草であんだ……草鞋《わらじ》が、わさわさと茂った、赤麻《あかそ》という野草を、踏み散らす。

東海道のすぐ近くの山林を江戸に駆けていた。

ふと、無明尼は、立ち止っている。

桜が、倒れていた。

雷に打たれたのだろう。

苔むした桜の古木に押しつぶされるように、いくつもの低木が倒れていて、暗い密林の中——そこだけに光が差している。

場違いなほど明るい日だまりの草地になっていた。

無明尼は、倒れた桜に腰かけた。

母親を思い出したのである。

彼女の母は、丁度、桜の倒木の傍でこと切れた。

一休みしようと、雷で倒れた桜に腰かけた所で血を吐き、彼女の足元に倒れた。

それっきりであった。

十歳の彼女の腕では、埋葬もかなわず、ただ、近くの崖で白い馬酔木《あせび》をつみ、何往復もして、こんもりとした花の山の下に、隠してあげることしかできなかった。

暗い森の中、一人になった彼女は、里を、目指した。

畑から油菜でも盗んで喰おうと思ったのだ。袋の中に、ドングリが沢山、入っている。

粉物でも、飯でもない。ただ里の者たちがつくる美味《うま》い菜っ葉が喰いたかった。

まだ童女であったが……川を下ってゆけば里に出るのは、母親から教わっている。

森が開け──田園に出た。

侍が一人、鮎《あゆ》をつかまえようとしていた。

枯れた去年のススキの中に隠れた彼女は自分ならもっとうまくやれるのにと思ったが話しかけずにいた。侍というのが、里の人間でもっとも恐ろしいと、教えられていたから。

ところが、侍の方から彼女に気づき、

『おっ……何処の村の者だ?』

訊ねてきた。手拭いで手をふきつつ、優しい声で、

『こわがることはない。何処の村の子だ』

『……サンカ。サンカの村』

侍の目が細まり、

『ほう。名は?』

『珠《たま》』

『どういう字を書く？』

『…………難しい……方』

『字が書けんのか』

　こくりとうなずくと、侍は慨嘆するように青空を見上げている。

『町人は勿論、近頃は百姓の子も寺子屋にかよい、文字を書き算盤《そろばん》をつかえるようになっている。文字も算盤もたしかに大切だが、それは——真《まこと》の学問の下ごしらえ。味噌汁をつくる時の出汁《だし》の如きものだ』

　珠が、小さな首をかしげると、

『そうは思わんか？』

　破顔した侍は、

『真の学問とは…………歴史を語り、天下国家の十年先百年先の姿を心に描くことだろう。だがそれを百姓町人は学べぬ。——侍が独り占めしているからだ』

　語るうちに、硬質な面差しに、なっている。

『しかし侍というのは、百人の内一人くらいしかおらんのだ。こんな理に合わん話はない。我らは有為な人材を、埋もれさせているのでないかと……父上に説いた所、勘当されての。

ま、それだけではないんだろうが……。

よし！　珠、決めたぞ。わしがお前の先生になろう。自分の名を書く所からはじめよう。まずは、親御の承諾を得る必要が、あるな』

珠という名であった頃の、無明尼はかすれた声で言った。

『父《とと》は元々いない。母《かか》も……もういない。さっき……さっき、いなくなった』

思わず、どっと涙が出ている。

驚いたように目を丸《まろ》げていた侍は、

『ううむ……父に、国を治める器に非《あら》ずと追放された身ゆえ、女子《おなご》は屋敷に置くまいと決めていた。だが……そなたを見すてるわけにはいかん』

侍は泣きつづける珠の髪の毛から葉っぱや土塊《つちくれ》や草の蔓を取ってくれた。

『珠。わしとこい。そなたが娘らしくなったら、よそに出すという約束で、わしの隠居所の下女になってくれ』

『……………』

『飯炊きの合間に、読み書き、算盤、真の学問まで、教える。嫌か？』

涙で濡《ぬ》れた珠の顔が、横に振られると、その侍は朗らかに笑った。

『よし。わしは、松平《まつだいら》頼雄という者だ』

桜に腰かけた尼の、黒い唇が、開く。

「徳川宗直。よくも……やってくれたの。――九品寺《くほんじ》の怨み、忘れぬぞ。……女一人の身で、紀州五十五万五千石の、太守まで上りつめた貴様を討つのは……」

至難の業であった。

「だが、妖草との出会いが吾《こなた》を変えたのじゃ……。貴様を討てる妖草妖草《くさぐさ》を……いや、妖草より猛《たけ》き――妖木《ようぼく》をあやつれるようになるまで、あまりに長い月日を要したがのう……」

無明尼の杖が、足元の赤麻、ヤブマオなど人の世の草を、愛《いと》しげに撫でてゆく。

「和歌山城で貴様を討とうとも思った。だが紀州は……あの御方とはじめて出会《でお》うた地。貴様の血で、穢《けが》すわけにはゆかぬ。なればこそ――江戸で討つ」

無明尼は、立った。

再び――江戸へ駆けはじめた彼女が神速で野山を駆け抜けられるのは……サンカの生い立ちと、常世の草であんだ、草鞋によるものだろう。

甲賀《こうが》の山並が前方に見え、見わたすかぎりの青田が広がっていた。

未明に都を出た、重奈雄、蕭白、大雅。

東海道を、東にむかっている。六月二十三日（今の暦で八月上旬）。もくもくと入道雲が浮かび、案山子《かかし》がいくつか、立っている。少し前に出そろった稲穂はまだ垂れていない。

青空にむかって、すっくと、直立している。まだ青い稲の葉の中から絶え間ない雀《すずめ》どもの声がもれてくる。

大雅は、ふざけて街道からはずれ、田の横の蚊帳吊草《かやつりぐさ》や、ツユクサの群がりを、草鞋で踏んでみた。

すると——ぴょん、ぴょん、ぴょん……一歩踏むごとに、雨蛙《あまがえる》が三、四匹、跳んで、逃げてゆく。

「おい外道《げどう》！」

「何や蕭白。外道とは、わし？」

「当り前じゃっ。お前の草鞋で、蛙が死んだら、どうする。すぐに、そこから上がれ」

蕭白は大雅が敬愛する隠者を、半妖怪、半魔人の如く描いた。

また蕭白が柿本人《かきのもとのひと》麻呂《まろ》を描くと、その人麻呂は、冴《さ》えない中年男にすぎず、蕭白が描いた釈迦《しゃか》は——飲み屋の親父《おやじ》にしか見えなかった。

世の中で、神格化されたり、聖人とされている人に対する、「いや何処にでもいる普通の男だったのだよ」という蕭白独自のものの見方が、見て取れる。

そんな蕭白が一つの毒気もなく描いた対象がある。

——鳥だ。

あるいは命の危険にさらされた……獣たちだ。

たとえば柳《やなぎ》小禽図《しょうきんず》では、まだ餌《えさ》の少ない初春、お腹《なか》のすいた雛《ひな》たちに餌をやれず、茫然と佇《たたず》む親鳥の姿を……限りない慈しみと共に描いている。

波濤《はとう》鷹鶴《たかつる》図屛風《ずびょうぶ》は、鷹が鶴を襲撃している絵だ。従来、こうした絵は、鷹が主役である場合が多かった。

だが蕭白は明らかに、襲われる鶴を主役としている。そして悲鳴を上げる鶴の目から落ちる——一粒の涙を描いている。

曾我蕭白は、大なる格式をまとう者を、絵にする時、手厳しい。だが野山の鳥や、今命の危険に瀕している動物に筆がむく時、この男の目には、底知れぬ「仁」が宿るのである。

大雅が蕭白の手で街道に引きもどされる。それを目を細めて眺めていた重奈雄だが、胸中は穏やかではない。

（今日中に甲賀土山《つちやま》に、つかねばな）

椿は、将軍塚の一件に大いに恥じ入ったようだ。屋敷に引きこもっている。江戸に行くと、つたえると、ついてゆくと言いだしかねない気性の娘である。

何も告げずに出立していた。

（蕭白は……伊勢の船乗りに、知り合いがいると言っていたが、はたしてうまくいくか）

西国からの旅人は江戸に船で行くのを禁じられている。東海道や、中山道《なかせんどう》を、歩くしかない。

一方、物資は大坂や伊勢から海路、江戸にゆく。

灘《なだ》の酒。

紀州の蜜柑《みかん》。

伊勢の木綿、などだ。

曾我蕭白の亡父は、都で丹波屋《たんばや》という、紺屋《こうや》をいとなんでいた。したがって、伊勢の木綿商人と知り合いが多く、父の知り合いの木綿商の紹介で、伊勢の米屋に丁稚《でっち》働きに出た。木綿屋や米屋には、船乗りが出入りしている。蕭白は丁稚働きから逃走し乞食に身をやつした後、顔見知りの親方の許《もと》で水夫をしていたという。

『その親方に頼めば、江戸までの船にのせてくれるかもしれん。歩きよりずっと速いぞ』

京の長屋で、重奈雄に教えている。

『親方がいなければどうする？』

『あと他に、何人か知り合いがおるのよ。ただ……』

『何だ？』

『おう、一人、会ってはまずい知り合いがおる。……俺を米屋に紹介してくれた木綿問屋の長兵衛《ちょうべえ》殿だ。俺が勝手に、米屋から逃げたのを、本気で怒っているらしい。折檻《せっかん》されるかもしれん』

ぼさぼさ髪の蕭白は、鬚《ひげ》ぼうぼうの顎を、撫でて憂えている。重奈雄は、ぶっと吹き出し、

『――大丈夫であろう。米屋から逃げたお前は、大体いくつなのだ』

『十五』

『十五のお前と、今のお前は全くの別人。長兵衛殿がいかに炯眼《けいがん》でも見分けはつくまいよ。

――同道を、頼めるか？』

蕭白はニカリと笑ってくれた。

『勿論。のりかかった船じゃ』

重奈雄は、冷静な面持《おもも》ちで、

『唯一の気がかりは、俺もお前も、江戸に不案内である点』

『重奈雄。その心配があるならあいつも……同道させれば、いい』

左様な流れで池大雅もきていた。

重奈雄は、蕭白に、

「おい……雲行きが怪しいぞ。土山につくまでに一雨きたら難儀だ」

大雅に、

「倍の速さで行きましょう。待賈堂さん、大丈夫ですか？」

「大丈夫も何も、この中で一番、旅慣れしとるのわしだと思いますぅ。逆に、庭田はんと、蕭白が心配やっ」

三人は水田にはさまれ、銀ヤンマがすいすいと飛ぶ東海道を、足早に、いそぐ――。

甲賀土山の木賃宿についた瞬間、夏の木立を夕立が濡らした。


翌々日、朝。

安濃津《あのつ》の港で、褌《ふんどし》一丁となった、重奈雄、大雅、蕭白は、他の船員たちと共に、己らがのる廻船の前に立っていた。

碧瀾《へきらん》の上で、カモメが数羽、鳴いている。

猪《いのしし》に似た船頭が、褌姿の男たちの前を、行ったりきたりしている。

「――ええか。わしらが運ぶのは……八百八町の兄やん姉やん、吉原《よしわら》の姉やん、大奥の姉……大奥のお綺麗な方々が着る大切な、木綿や！　その大切さ、わかってるんか？」

「はいっ！」

猪顔の船頭にむかって、水夫たちが答える。

「そやけど………嵐がきたら、荷より、命が大切や！　荷は全部海にすてる。ええな」

「はいっ！」

「辻堂《つじどう》の親方の紹介で……新しいのが三人入った」

昨日、安濃津についた三人は、蕭白の知人で引退した老船頭・辻堂の親方を訪ねている。

辻堂の親方が「はじめて船に乗る男に一番優しい船頭」として紹介してくれたのが、眼前にいる猪顔だった。

猪顔は、言った。

「何や知らんけど海で働けるんか、心配になるほど、か細い連中やが……辻堂の親方の顔に泥塗るわけにはいかん。わしが、みっちり仕込んで、一人前の海の男にしよう思う！

お前、名前は？」

「シゲです」

「シゲだってよぉっ」

男たちは、ゲラゲラ笑っている。

「お前、名前は？」

「タイガです」

「タイガだってよぉっ」

男たちは、やはり、ゲラゲラと笑った。彼らは、どんな名が出てきてもおかしいのだ。

「お前、名前は？」

「明太祖皇帝十四世玄孫蛇足軒《じゃそくけん》・曾我左近次郎《さこんじろう》蕭白」

男たちは——しーんと静まり返っている。


あまりに、意外な、名だったのだろう。

重奈雄は余計なことをという心境だ。

（この男……こういう、ひねくれた所がある。誰が聞いても、すぐ嘘だとわかるほど高名な……王侯や武将の子孫だと名乗り、人々を驚かせたり、失笑をかったりするのだ。当代の武士たちへの、皮肉なのかもしれんが……）

新田《にった》氏の子孫だと名乗る徳川家をはじめ、当時の武士たちは、〇〇の子孫という話に強いこだわりをもっていた。勿論、本当の話もあれば、後で創った話も、あった。蕭白はある時は、「三浦大輔義明《みうらだいすけよしあき》の末裔《まつえい》」を名乗ったり、またある時は「従四位下曾我兵庫頭暉祐《ひょうごのかみてるすけ》朝臣十世孫・蛇足軒・蕭白左近次郎」を自称し、人々を攪乱《かくらん》している。

（つまり、武士というものをこきおろしているのだろう。だが今……伊勢湾の船頭相手に、名乗る名か）

心配する重奈雄の目の前で、蕭白の洒落《しゃれ》がわからない猪顔の首が、かしげられている。

「ん……つまり貴方は、中国の皇帝の末だと？」

「——いかにも」

自信たっぷりに答えた蕭白にはーっと息を呑んだ船頭は、

「もう一度、聞かせてもらえんやろか」

「……よかろう。明永楽帝、ええ……明永楽帝十二世の孫、蛇足軒蕭白」

「…………さっきと違いませんか？」

——その時である。

「何や！　丹波屋の雄行《たけゆき》やないかっ」

声が、した。

水夫たちの左方から白髪の身なりのよい翁《おきな》が駆けよってくる。

重奈雄は、蕭白の面が、青ざめた気がした。

「そないけったいな名乗りする男……わし、雄行しか知らん」

蕭白は老人から顔をそむけているが、老人は、蕭白の前にぐいっとまわりこみ、

「やっぱりそうやっ。雄行や」

「雄行など……知らんが……」

猪顔が老翁に近づいた。

「どうされました？　江原屋《えばらや》の旦那」

「どうもこうもなぁ、この男は明の皇帝の末裔《まつえい》なんかやない。京都の丹波屋さんの倅《せがれ》の雄行や！」

猪顔の目の色が変っている。

「何やと……？　お前、嘘を？」

「嘘ゆうか癖みたいなもんや、雄行の。丹波屋さんが亡くなって、お前のお母さんから、一人前の商人に鍛えて下さい言われて、お前あずかって……」

重奈雄は、

（蕭白が恐れていた、木綿問屋の長兵衛か）

江原屋長兵衛は涙ぐんでいる。

「まず——米屋や、思うた。何故なら………人の営みの基本《もと》は食やから。そいで、知り合いの米屋に丁稚奉公に出して、雄行——一年で逃げてくれたのう」

「逃げ……た？　嘘が……癖？」

猪顔が反復すると、蕭白は、もごもご、

「いや俺は知らぬが……」

「知らぬ……て、お前、わしがどれほど心配したかっ！　お前のご両親に顔向けできん思うてわしが何度お前を探したか……」

江原屋の声は、ふるえている。感動していた。

「しかし生きていたとは………。船頭さん」

一度、取り乱した江原屋長兵衛、俄《にわ》かに毅然《きぜん》とした態度で、

「雄行は——うちであずかって行きます！　商人の道、利道ゆうもんを、江原屋で一から教えねばあかん！」

「同感です。わしも、この男、船にのせるわけにはいかん！」

「おい、お前ら。何を勝手に……。あのな、わしが……わしが、何処に行くかは……」

「番頭さん。手代さん」

「はい！」「はい」

「雄行、江原屋《うち》まで運んでいきぃ」

取り押さえられた蕭白は、全力で暴れ、

「はなせっ！　俺が何処に行くか、あのな、俺が何処に行くかは俺が決める！　重奈雄、大雅！　何をぼおっと——」

大雅が、重奈雄にささやく。

「どないします」

重奈雄は大雅に耳打ちしている。

「あの老人、蕭白が生きていたと知り……感涙をこぼしていた。まさか折檻はしないでしょう。我らまで、船にのれなくなるのはまずい。——すて置きましょう」

(ここらで伊勢に逗留《とうりゅう》するのも、彼の絵の幅を広げるかもな)

重奈雄の、胸中だった。

「おぉい！　薄情者！　お前のために伊勢くんだりまできたのじゃぁっ……おぉい！」

蕭白がどんどん遠ざかってゆく。

対して、重奈雄と大雅は、伊勢湾に浮かんだ木綿船に、のりこんだ。

かくして、重奈雄と大雅だけが、群青《ぐんじょう》の大海原を江戸にむけて――出立したのである。

一方、蕭白だが、重奈雄の思い通り、この時の強制的伊勢滞在が……よいように作用する。

というのも江原屋に逗留する内、伊勢商人の知り合いが、ふえた。

そこから絵の注文がふえた。

一旦は、帰京した蕭白。

翌年にはまた伊勢にきている。

実は彼の画業でもっとも多くの傑作が生み出されるのは――その、一年後からはじまる第一次伊勢時代、三十五歳の時からはじまる、第二次伊勢時代、なのである。

＊

椿の指は貝殻をはじいた。はじかれた貝殻は――椿の部屋の畳をすーっとすべってゆき、また別の貝に、ぶつかった。

乱れた心が描いたように、畳の上にいくつものキサゴの貝殻がちらばっている。

先程から、一人でおはじきをしていた。庭木では、今年はじめてのツクツクボウシが、

「ツクツクボウシ、ツクツクボウシ」

うまく鳴けないホトトギスが、

「ホトト……ホト……イッパンケッジョ！」

と、けたたましく鳴いており、貝殻のちらばった先に、食べかけの梨《なし》ののった鉢がある。

体がゆだるほど蒸し暑い。蓬扇の涼風が思い出された椿は、強めに、貝をはじいた。

さっきまで庭田重熈が滝坊邸にいた。

重奈雄は、三日前、江戸に旅立ったという。何か心に深く期する所があるらしく自分が生れた屋敷の門はぐらずに、別れを告げにきたという。また、椿にも、数日置いて知らせてくれと、頼んだようだ。

数日置いて——という、配慮が、憎い。

椿は無明尼の隠れ家で重奈雄に抱きついた。深憂蓮《しんゆうれん》の作用によるものとはいえ……彼女の本意が働かなかったとは……言い切れない。

あの時の一件で、重奈雄が自分と距離を置こうとしているように思える。

深く恥じ入っていた椿は、重熈から数日前の重奈雄出立を知らされ——追い討ちの形で、傷つけられた気がした。

ツクツクボウシもホトトギスもぴたっと鳴きやんで滝坊邸は不意に静かになった。

時が止ってしまったかのような静寂が、椿の心に変化をもたらし、

「うち……あかん」

（重奈雄はんは江戸に、妖草、刈りに行かはったんや。重奈雄はんの留守中に、京都で妖草を……。うちのせいで、妖草出たらあかん。妖草は――心の中に芽吹くんや）

「よし！　おいしいもん食べに行こ」

掌がややふっくらした頬《ほ》っぺたにふれる。

「また太ってしまうかもしれんけど……ええやろ少しくらい。おいしいもん食べ行こ！」

椿は胸に手を当てて、

「うちの胸の中に、妖草の種子《しゅうじ》があってもこれでなくなるな」

ほのかに微笑むと、また庭で、ツクツクボウシが鳴きだした。

どうしたわけか――京白粉《おしろい》の乗りが悪い。白粉には伊勢白粉（水銀）と京白粉（鉛）があり、徳川徳子がもちいるのは当然、京白粉だ。

お召替えも、髪梳《かみす》きも、全て侍女にやってもらう徳子であったが、顔だけは自分でやる。

眉を描き紅をのせ白粉を塗るのは自分の手だった。

黒漆塗《くろうるしぬり》、金蒔絵《きんまきえ》で裏菊《うらぎく》と桐がほどこされた鏡に、自分の顔がうつっている。つかいなれた刷毛《はけ》で京白粉を塗った肌。何故か、今日にかぎって、むらが目立つ。均一になってくれない。

(はじめから……やりなおそうかしら)

化粧道具をさっと出したり、うなじに白粉を塗るために、はべっている腰元たちが、心配そうに目配せし合う。

七人の子供がいるとはいえ、育児の気疲れや体力の消耗は、同じ数の子がいる農村や、町屋の女たちにくらべ、格段に低い。子供らとなるべく多くの時間を共有してはいる。しかし育児の辛《つら》い部分、本当に大変な所は、乳母たちが受けもってくれた。

なので徳子の肌は同世代の庶民の女たちより遥《はる》かにしっとりと若々しい。京白粉が、ここまでのらないのは、はじめてだった。

(何か………悪いことが起こりそうな気が)

不安が湧き起こった時、

「お方様。芝増上寺《しばぞうじょうじ》の快厳《かいげん》様が、お見えにございます」

「快厳殿が?」

京の公家の出の僧で、歳《とし》が近い。宗将徳子夫妻と親しくしている。

「宗将殿は、あいにく上屋敷。わたしが行きますので、支度ができるまで、お待ちいただくよう」

「はい。涼しい風なので、庭先で待っていると仰せになっています」

風の心地よい庭に、下りる。

見上げるほど大きな奇岩が並んでいる一角がある。

苔むした大岩にのぞむ四阿《あずまや》で、快厳は待っていた。供が二人、いるようだ。徳子をみとめると、快厳と二人の男はいそいそと四阿から出てきた。

三十過ぎの快厳の福々しい相好《そうごう》は、汗で濡れている。快厳は坊主頭を深々と下げただけだったが、供の二人は、平伏している。

「快厳殿。お久しゅう」

はんなりとした物腰で、挨拶《あいさつ》した徳子には、三人の女がはべっている。

京都からついてきた老女。

葵《あおい》の御紋が入った、紅の日傘で、主《あるじ》を日差しから守る若い腰元。徳子の化粧道具や着物には、実家の家紋がほどこされているが、この傘は藩邸の備品なので、葵がほどこされている。

その腰元の交代要員。

三人の女の背後には、二人の屈強の侍もいた。

青空で鷹が鋭く鳴き、快厳の口が開く。

「昨日、品川に伊勢からの廻船がきましての」

「はい」

「その伊勢船にのった船乗りから妙な噂《うわさ》を聞きました」

「……」

「何でも、紀州様のお屋敷で、妖しげなる草がはびこっておるとか。拙僧は不穏なるものを感じ、庭木の医者を二人……上方《かみがた》から呼んだのです」

快厳の話が見えない。

どうして、廻船の水夫が、紀州藩邸内部の話を知り得たのか。

どうして、昨日の今日で、上方から庭木の医者を呼べたのか。

不審に思った徳子の眼差しが二人の供の者にそそがれる。

一人は、緑色の小袖を、今一人は、増上寺の作務衣《さむえ》を、着ている。

徳子の瞳が自分の足元に水の如き面差しで座した緑色の衣の男をまじまじとのぞきこむ。

次の瞬間——白い地に、裏菊、枝付きの牡丹《ぼたん》、枝付きの桐が刺繍《ししゅう》された、徳子の涼しげな帷子《かたびら》が……大きく、わなないている。

心臓がズンと衝撃を受け、蟬時雨が、遠くなった。

（気づいた……ようだな）

庭田重奈雄は——徳川徳子の正面に座している。詩仙堂で別れてからはや十三年。思いの外、己が冷静であり、驚いている。

（十二の俺の魂には……妖《あやかし》が潜んでいた。なついていた犬を殺《あや》めてまで——お前を、手に入れたいと願った）

一つの、命を奪ってまで、手に入れた妖草の根。そんなものが庭に在《あ》るのは……彼が妖草師の家に生れた者であったからだが、それを大切な人につかうのをためらわせたのも、正統の妖草師の教えを受けてきたからだろう。

（犬を殺めた俺、愛欲のために妖草をつかおうとした己が……許せなかった。だから）

曼荼羅華《まんだらけ》を——呑んだ。結果も考えずに、己を罰したかった。

その結果、引き起こされたのは、目の前の女《ひと》への——さらなる狂恋だった。

（江戸での暮しが辛いという文をもらった時には、さらいに行こうと思ったし、都忘れをもらった後には、悪所に陥った。兄の金で、放蕩《ほうとう》のかぎりを尽くし、屋敷を追い出され、いろいろ苦労もしたが……得たものの方が多かった。そう思えるということは、曼荼

羅華の妖力《ちから》が、薄まってくれたのか）

今、重奈雄の心の中にあるのは、徳子への執着ではない。

紫陽花地蔵前の、狭い長屋。

鉢植えが置いてある路地。

いつも子守りをまかされている町屋の童女たち。

ひっきりなしに、新しい悪戯《いたずら》を思いつく悪童たち。

職人や料理人が出す物音、あるいは、匂い。

そうした一見、何でもない、ありふれたものたちへの、愛着だった。

さらには蕭白、大雅、町、そして——椿。妖草にかかわるうちに自ずとつちかわれた様々な男たち女たちとの信頼だった。

重奈雄の、切れ長の眼《まなこ》が、徳子を、見上げた。徳子もふるえる目で重奈雄を見ていたが、
重奈雄の視線が上にむくと、すっと瞳をそらし、つややかな睫毛《まつげ》を伏せがちにしている。

「…………」

少し黙した後、また、徳子の顔が動き——二人の目は再び合わされた。

重奈雄は徳子の眼色からあらゆる動揺が消えた気がしている。自分は、守るべきものを見つけたという自信が、漂っているように思えた。

「そなたが……妖しの草を見つけるというのか」

落ち着いた様子で問うてきた。重奈雄は、答えている。

「――はい。この者、大雅と申し、それがしの助手にございます」

「よろしく頼みます」

徳子は作務衣を着た大雅を眺めつつ、微笑んでいる。

池大雅――あがり症である。同時代の文士と会談した際、緊張でがちがちにかたまっていたという大雅は、

「…………」

何と話せばいいのか、すっかり頭から、抜け落ちたようだった。

重奈雄は、すかさず、

「この者、あまりに正直すぎるゆえ、お方様のやんごとなき佇まいに打たれ、語るべき言葉を失したようにございます」

「大雅。もっと肩の力を抜きなさい。重奈雄の助手なのでしょう?」

重奈雄とは、今日、彼自身まだ名乗っていない。今、徳子の口からはじめて出た。重奈

雄の目は素早く腰元と警固の者たちにむけられた。

だが、赤い日傘をさした腰元も、その朋輩も、二人の侍も、徳子が重奈雄の名を知っていた不自然さに、気づいていない。京からついてきた老女の目は閉じていた。彼女は元々、徳子と、重奈雄の、かかわりについて、熟知している。

重奈雄は快厳に目配せした。昨日、品川湊《みなと》についた重奈雄は、大雅と共に、早速、芝増上寺にむかっている。公家の次男坊だった快厳と、同じ境遇の重奈雄、徳子は幼馴染《おさななじみ》で、快厳はこころよく出迎えてくれた。

「さて、お方様。雑談はこのくらいにして、そろそろこの者どもに庭を見てもらった方が」

快厳が言うと、

「ええ。よろしく頼みます」

鷹揚《おうよう》にうなずいた。その佇まいは、重奈雄の知っている娘の徳子ではなく、沢山の者をたばねる、貴婦人の姿であった。重奈雄は、肥えているわけではないけれどふっくらと肉をまとった徳子の白い指に、視線をからめ捕られそうになりつつも、きっと奇岩にむき直り、

「承知しました。まずは……この岩の苔です」

舞うが如くなめらかに、立ち上がっている。

不動明王の前で百八本の乳木が燃えていた。

ここは駒場野。不動堂。

荒れた小堂に、無明尼が、端座している。

「ノーマクサンマンダー・バーザラダン……」

焚《た》かれた乳木の煙が漂う中で無明尼の黒唇《こくしん》は絶え間なく動いている。

不動護摩という。

敬愛、調伏、息災、増益の四つの利益《りやく》があるが、無明尼がおこなっているのは——調伏の護摩だった。

無明尼に当然、法力などない。あるのは妖草についての広範な知識だけ。つまり、無明尼に、不動明王に祈って誰かを呪う力はない。

では何故、不動護摩などしているかと言えば……

(黒谷の茶畑で……貴様を討つ、妖木の種子を手に入れた)

大雅が無明尼を発見した茶畑。実は、あの場所で数日前、辻斬りがあり、その殺された者の怨念《おんねん》が、常世から呼んだ、木の種を、無明尼はひろっていた。

（だが怨みの心がもっと高まらねば――芽吹かぬようじゃ）

不動明王の力で徳川宗直を倒すのではない。不動明王への祈禱《きとう》に集中することで自分の中の怨念を増幅させ、妖木の種を、芽吹かせようとしている。

無明尼の黒唇は真言を唱えながら、心は、自分をひろい育ててくれた松平頼雄を、思い出している。

「五十一年前、紀州はまだ吉宗《よしむね》公が治めており、分家の長である我が父、松平頼純は伊予《いよ》西条《さいじょう》藩の藩主であった」

無明尼の怨敵《おんてき》、七十六歳の紀州藩主・徳川宗直は、上屋敷の茶室で、息子の宗将に語っている。

宗将のたてた抹茶を嚥下《えんか》した宗直が、

「藩はまとまっておった。父上が…………兄上を廃嫡すると言いだすまでは」

現在、紀尾井町《きおいちょう》と言われる一角で、周りには、尾張藩邸、井伊《いい》家の彦根《ひこね》藩邸が、立ち並ぶ。

紀州藩では、上屋敷に女人はいない。

男だけの政庁だ。上屋敷の西側に、庭園と数寄屋風の茶室があり、今、その茶室に、宗直と宗将が、いる。

五十一年前、乃《すなわ》ち宝永三年（一七〇六）、紀州徳川家の分家・伊予西条藩松平家の当主、頼純には二人の子があった。

正妻の産んだ、嫡男の頼雄。

若い側室が産んだ、弟の宗直。

頼雄は英邁《えいまい》であり、宗直は凡庸。誰もが頼雄が家督をつぐと思っていた。が、

「わしに家督をゆずるため兄を廃したのよ」

この話を、宗将は近頃、幾度となく、宗直から聞かされている。宗将にとっては、祖父が祖母の甘言にそそのかされ、伯父を廃嫡して父を世継にしたという話で、あまり聞いていて心地よい話ではない。

（第一に父上より伯父上が家督をつぐべきだったのでは……と思えてくるし、第二に、父がいつ何時わしを廃嫡し、弟の誰かを……とも心配になってくる）

しかし老齢の宗直は同じ話を何度も息子にしているのを忘れてしまうらしい。茶室で二人きりになる度、狐に憑《つ》かれたように、語りはじめる。

（体の方は、まだまだ壮健であられるのだが……いささか、物忘れが）

宗将としては黙って聞いている他ない。

「家臣の中で唯一人、父上の顔色を怖《おそ》れず――異を唱えた男がおった。家老の渥美勝之じゃ」

伊予西条藩家老・渥美勝之は――天下にその名を知られた賢臣で、気骨の士、であった。

渥美は、

『徳川の世は、朱子の教えによって成り立っておりまする。

今、ここで兄君を廃され、弟君を跡継ぎになさいますと……朱子の説く長幼の序に反します。

また兄君に過失があれば、筋道は立ちましょうが、頼雄様に何ら瑕瑾《かきん》はありませぬ！

これは………国の君御自身が、天下の秩序を壊される行い。

上に秩序なければ――民もまた、それを見習う。悪風が、領内に広まりますぞっ』

猛烈な論陣を展開。頼雄の廃嫡を、阻もうとした。

「だが父は押し切る形で兄を廃し、わしを世継とした。兄は『父上が左様にお決めになったのなら、わしに至らぬ所があったのだろう……』と、一つの異もお唱えにならず……身をひかれた。西条藩は紀州藩の親戚。もし紀州藩主に何かあれば、御三家にくわわる家……にもかかわらずだ。しかし――渥美はそれでも、諦《あきら》めなかった」

渥美勝之は重臣会議の度に、頼雄廃嫡の撤回を、藩主・頼純に迫りつづけた。援護する

紀州徳川家関連系図

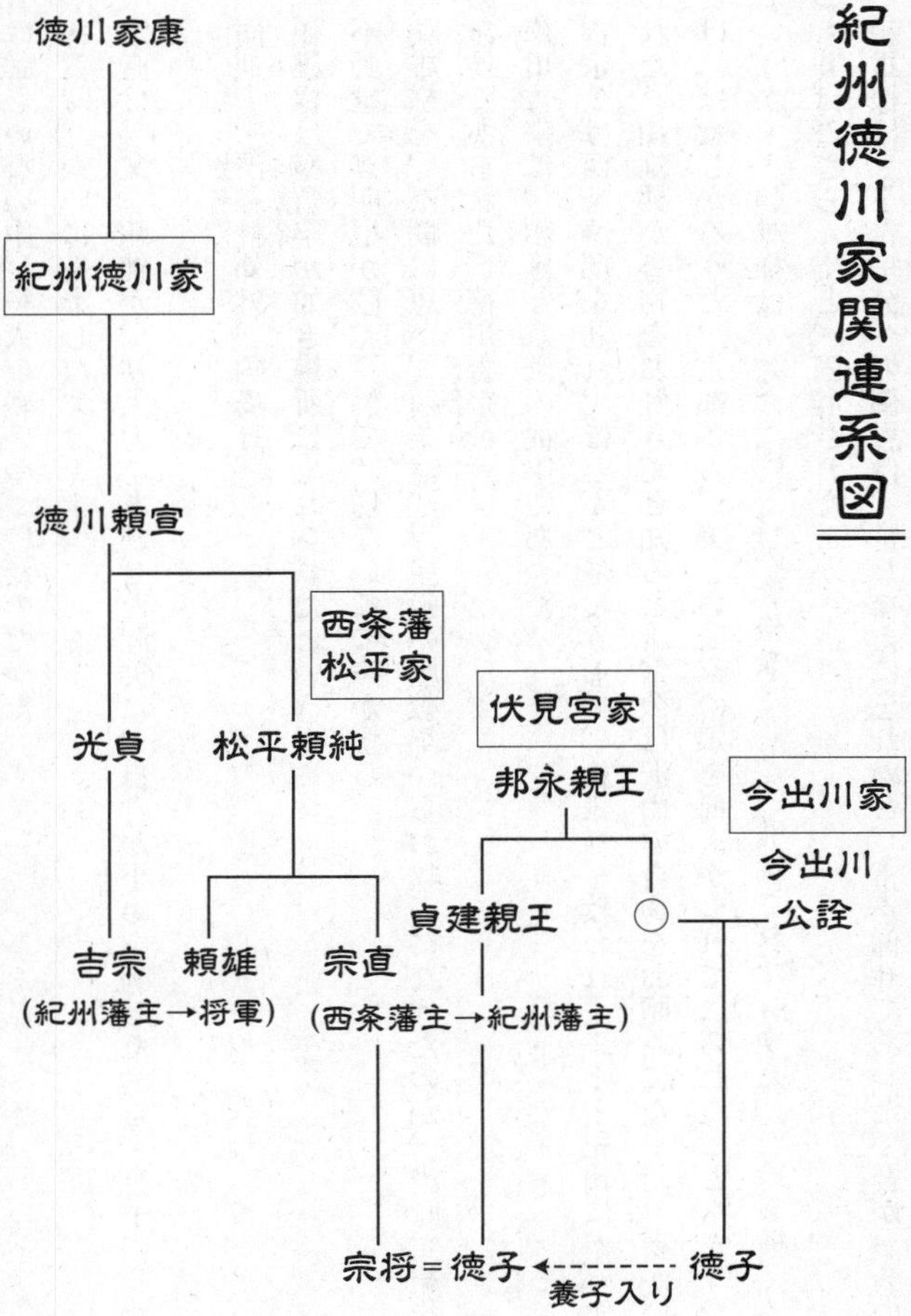
徳川家康
紀州徳川家
徳川頼宣
西条藩
松平家
光貞
松平頼純
伏見宮家
邦永親王
今出川家
今出川
公詮
貞建親王
吉宗
頼雄
宗直
(紀州藩主→将軍)
(西条藩主→紀州藩主)
宗将＝徳子
徳子
養子入り

者は誰もいない中、一人、戦いつづけたのだった。

「ある時、ついに逆上した父は――」

宗直は、父、頼純が、初太刀《しょだち》をあびせた渥美に、自身が止《とど》めを刺した話を、息子にした。


同刻――渋谷村《しぶやむら》郊外、駒場野。

「頼雄様は座敷牢《ざしきろう》が如き場所に入れられたという」

不動堂で無明尼が呟く。外で、切ない狐の声がする。

「頼雄様を、不憫《ふびん》に思い、西条藩江戸屋敷の座敷牢からお救いになったのが、当時、紀州の藩侯であられた、徳川吉宗公《よしむね》」

徳川吉宗は、頼雄と宗直の従弟《いとこ》であった。

「吉宗公は西条藩邸を訪れ、ほとんどさらう形で、頼雄様を救われ……紀州にかくまわれた。頼雄様が書物をお好きだと知ると吉宗公は沢山の書物をお贈りになった。妻がいなければ寂しかろうと、京都から、美しい公家の娘を何人かつれてこられたこともあったというが……頼雄様は、『父に国の君の資格なき者と、廃嫡された身ゆえ、一家を構えるつもりはござらん』と、固辞されたとか。

頼雄様は……吉宗公への御恩は、常《とこ》しなえに忘れぬと、常々仰せであった。吾《こなた》がお会いしたのは、その頃の、頼雄様……」

怒りの形相の不動明王に対した無明尼の黒唇がほころぶ。

文字からはじまり、歴史、和歌、算術、四書五経などを、頼雄から教わった日々が、胸底でよみがえる。

逆に、頼雄に、石の囲いに追いこんだ川魚を一気に獲《と》る方法を教えてあげた記憶がよみがえった時、陰になった無明尼の目から、一筋の涙がこぼれている。

(だが貴方様は……吾を、女子《おなご》としてはみて下さらなかった)

珠に対して頼雄が、左様な振る舞いにおよんだことは、一度もなかった。

束《つか》の間の幸せな時をすごした頼雄と珠に転機が訪れたのは享保《きょうほ》元年(一七一六)のことである。

徳川吉宗が、征夷大将軍になり、江戸に去った。江戸で育ち権力の暗闘につぶされて紀州にかくまわれていた頼雄は、こののどかな南国が気に入っていた。吉宗についてゆかず、珠と、紀州の隠居所にとどまりつづけた。

その紀州に吉宗の代りの藩主として、伊予西条藩から、乗り込んできたのが——他ならぬ……弟の、宗直だった。

松平頼雄は、宗直紀州入りから二年後、九品寺で刺客に襲われ、非業の死を遂げたという。

宗直としては、旧西条藩の家臣たちに、絶大な人気のある頼雄が領内にいることは、脅威であった。何故なら藩政に手こずり家中の不満が高まる度に頼雄待望論が如きものが出てきてしまうからだ。

「今でも……あの雨の日は忘れぬ」

乳木の炎が一段と燃え盛る。

無明尼は、

「刺客は八人。二人は頼雄様が斬った。血を……血潮をドウッドウッとお流しになりながら……」

『逃げよっ、珠!』

火花を散らして、敵の剣を止めながら、頼雄は叫んだ。

珠は——

『やめて！　その人を殺さないでっ。その人だけは――殺さないで！』

涙をこぼして懇願した。

『珠！　わしはいいから、そなたは逃げろぉぉ』

珠は――逃げた。涙と雨と泥で面をぐちゃぐちゃにしながら。

九品寺の裏の竹藪《たけやぶ》に、逃げ込んだ。侍たちは雨の竹林を猛然と疾駆する少女に追いつけなかった。

それはもう、大人と子供、男と女の問題ではなく、どれだけ長い日数を野山ですごしてきたかによるからだ。

「共に死のうとも思った。………できなかった。どうしても。怖かったのじゃ。ただひたすら……怖かった。気がついたら、夢中で、逃げていたのじゃ！　あの御方は吾を守りながら果てられたというのに――」

八人の刺客の内、二人は九品寺で即死。二人は、程なく病死した。

「お前が、命じたのじゃな、宗直。――復讐《ふくしゅう》を誓った。ただ、二親に川魚の獲り方を教わり頼雄様に学問を教えられただけの、誰も仲間のいないサンカの娘に……どうしてお前が討てる? 沢山の軍兵に守られ、大きな和歌山城に住むお前を……どうして討てる!」

サンカは——いわゆる忍者とは、違う。

また山に住み、製材や狩猟を生業《なりわい》とする、山衆とも違う。

一体、……サンカとは何者なのか。

彼らは元々、山村の農民、ないしは河川湖沼を縄張とする内陸の漁民であった。

つまり山間《やまあい》の農村で、稲ではなく稗《ひえ》や粟《あわ》を育て、川や沼に出て、山女《やまめ》や、ウナギや、ナマズを獲って暮らしていた者たちだ。

戦国の世まではそれでよかった。

しかし江戸の世になり、諸国に藩というものができ、川漁の規制や規則が細やかに定まると……彼らの暮しは、厳しくなった。

そこでサンカは、一年の半分は山村で雑穀を育て、残り半分は農村から農村へ、諸国を遍歴するようになった。

彼らが移動する際、あまり街道は、つかわない。山と里をつなぐ——川に沿って歩く。漁ができそうな川原がある。ウナギや山女を獲る。

漁ができない川原がある。それでも、篠竹《しのだけ》は生えている。竹細工をつくり百姓たちに売った。

サンカとは百姓のいる平野と、山衆のいる深山の境に、拠点を置き、二つの世界、平野と山の双方を自在にゆききする者である。

半定住、半遍歴の民なのだ。

したがって、サンカは、野宿や川漁、野山のものをつかって器用に道具をつくる技術にたけるが、忍者のように、武術、城に忍び込む技術、厳格な組織力にすぐれるわけではない。集団から、逸脱してさすらうのも、自由だ。珠の母親もそうした女《ひと》だった。

なので再び天涯孤独となった珠は……武力、組織力、経済力、この三点において紀州五十五万五千石の太守・徳川宗直にどう立ちむかえばよいか、まるでわからなかった。

「そんな吾《こなた》は熊野の北方の深き森をさすらっている時……あの谷に行きついた。妖草の、生い茂る、谷に――」

そこは百年ほど前に死んで、白骨となった妖草師の小屋を中心に常世の草が生い茂る……不思議な谷だった。

「小屋には『妖草経』全十一巻と――『妖木伝《ようぼくでん》』があったが、あまりに難しい漢文で書かれていて、吾は読むのをためらった。しかしその小屋で頭を剃《そ》り頼雄様の菩提《ぼだい》をとむらう

内」

無明尼は谷に生えている植物に妖しの力が秘められている事実に気づいた。例えば、葉を食しただけで急激に成長を促進してくれるニンニクに似た妖草や、苺《いちご》に似た実を食しただけで逆に……驚くほど老化をおくらせてくれる妖草があるのを知った。

「今、吾が若く見えるのは、その妖草によるもの。吾は『妖草経』に妖しの草たちの秘密が書かれている気がして読みはじめた。読む内に、確信を、得た。常世の草にこそ……徳川宗直、貴様を討つ鍵があるとなっ！」

読めたのは、頼雄と共に、漢籍を読んできたからだろう。

「読むだけで七年要した。それだけ難解な文章であった。読んだ後、谷の妖草と書の中の妖草を一致させ、妖草を手足の如くつかいこなせるようになるのに――三十年」

二年前、復讐がはじまった時、八人の刺客は、既に四人になっていた。

内一人が、頼雄の闇討ちに反対した師を斬り、その娘をも死に追いやり侍をやめた……安藤軍兵衛だった。

「安藤は頼雄様暗殺と、剣の師と許嫁《いいなずけ》を死に追いやった過去を、悔い、町人になっておった。だが……罪が消えるものではない。安藤以下三人は妖草で討った。後は、刺客をたばね、今や江戸家老に上りつめた佞臣《ねいしん》・横井監物。そして……宗直《おまえ》だけじゃ……」

無明尼の黒唇が凄絶《せいぜつ》に笑んでいる。

「お前が、老いで逝く前に――必ず妖草妖木で決着をつける！　ノーマクサンマンダー・バーザラダン・センダー・マーカロシャーダー・ソワタヤ……」

無明尼の心を唯一搔き乱すものがあるとしたら、それは獣たち鳥たちの声だった。

駒場野は、将軍家御鷹場《おたかば》なので、庶民の狩猟は禁じられている。とにかく禽獣《きんじゅう》が多い。狐、兎、鹿、山鳥、雉《きじ》などがよく見られる。

この絶え間ない禽獣の声が、母と、広大な山林や、清らな渓谷や、何処までもつづく野原を歩いた記憶をよみがえらせて……復讐の一念に没入したい無明尼を、どうしても引きもどしてしまうのだ。

もし禽獣の声がなければ「妖木」の成長はもっと早かったと思われる。

ちなみに、駒場野の不動堂に潜む無明尼は、二つの壁に守られていた。

一つは、庶人の立ち入りを禁じる幕府の掟《おきて》。

もう一つは、獣すら近づけない妖草の壁。

（たとえ将軍が鷹狩にきても、妖草の迷宮に阻まれ――不動堂の所在すらわからぬ。この堂に、決して、近づけぬ）

「これで深憂蓮は片付きました」

竿《さお》の先につけた、楯蘭《たてらん》で、マダラの蓮を散らした妖草師は言った。赤坂中屋敷である。

徳子は、

「あの蓮が……屋敷にいる者たちを不安にさせ、死に誘《いざな》っていた？」

「――いかにも」

徳子は、聡明な目で問うた。

「自ずと生えたのか」

「左様なこともございますが此度《こたび》は、誰か人の手がかかわっているとしか、思えませぬ。何故なら……」

指差した先で、池大雅が、火車苔《かしゃごけ》の残骸を掃いている。重奈雄は広大な赤坂中屋敷をくまなく調べた結果、今、育っている妖草は、二種と判定した。火車苔と、深憂蓮だ。紀州藩邸だけに蔵には梅干しが沢山ある。火車苔には、水樽《みずだる》に梅干しを入れて梅水にしたのを、かけている。

「あの苔は明らかに庭師の手によるもの」

「………」

「たとえば、新しい庭師など、入れられませんでしたか？」

いわゆる山の手……麴町《こうじまち》、四谷《よつや》、牛込《うしごめ》、赤坂、本郷《ほんごう》は高台で、緑が多い。

大名屋敷、旗本屋敷、寺社に占められ、町屋は少ない。

大雅はさっき「庭田はんが頭の中に描いたはる町人どもでごった返す江戸は下町に行けば見られるんですよ」と説明してあげた。

昨日は増上寺に泊り、今朝は、溜池《ためいけ》の南、閑静な大名屋敷街を通り、紀州藩中屋敷にやってきた。

今は——千駄ヶ谷という所に、むかっている。

左右は旗本屋敷の簓子塀《ささらこべい》だ。向うから、氷売りが、歩いてくる。

簓子塀の向うは瓦葺《かわらぶき》の長屋だった。

古びた、瓦。

一重板張の壁。

陰鬱《いんうつ》な印象の長屋で、

（旗本のご家来衆、つまり、足軽が家族で、住んどるんやろ）

その長屋の女たちに、安めの簪《かんざし》でも売ったのか、カマキリに似た小間物売りが、簡素な冠木門《かぶきもん》から出てくる。

紀州藩の侍が二人先導する後方を、重奈雄と大雅は歩いていた。

「千駄ヶ谷という所は……まだ、大分歩くのかな」

汗ばんだ重奈雄が訊いてきたから、大雅は、

「わかりまへん。わしも江戸ぉ旅した言うても、隈《くま》なく歩いたわけやない。千駄ヶ谷ゆうのが江戸のどの辺りなのかようわからんのです。あの人たちに……訊いたら、わかるん違《ちゃ》います?」

前方を、二人の紀州侍が、歩いている。

「いや。よしておこう」

二人の侍の片方が、やや横柄で、質問しにくい空気がある。

「庭田はん」

「はい」

二人は、褐色に焼けた逞《たくま》しい氷売りとすれ違った。左手に、鋸《のこぎり》。右手は、ずっしりと氷の入った籠《かご》をささえている。冬の間に氷室《ひむろ》につめたのを、夏、高値で売る。

ジリジリと油蟬が鳴いていた。

「その庭師……」

「藤田松之丞」

「松之丞の所に行けば、無明尼はおるんやろか」

「…………」

先程、徳子の口から、庭師・藤田松之丞の名が出た時、重奈雄の瞳は光っている。無明尼の隠れ家で見つけた江戸からの手紙の差出人は松〇〇であった。

徳子によると、紀州藩邸の庭の手入れは、去年まで三田《みた》の庭師がおこなっていた。しかし故あって、今年から、千駄ヶ谷の藤田松之丞にかわった。

千駄ヶ谷には紀州藩下屋敷がある。下屋敷の紹介で、松之丞は中屋敷にやってきた。赤い苔も、マダラの蓮も、松之丞が出入りするようになってから出現したという。

今は、二人の藩士の案内で、松之丞宅にむかっている。

(松之丞の所に無明尼がおったら、わし、庭田はん、二人の侍で……間に合うんやろか。わしは江戸の道案内ゆう役目できたわけや。妖草師同士の、争いには、正直な所……)

大雅が不安になった時、重奈雄が、言った。

「千駄ヶ谷にはいないでしょう。松之丞に、隠れ家を探させていたわけだから。しかし何らかの手掛りは、つかめるでしょうな」

視界が、開けた。

行く手に小川があり、板橋がかかっている。

橋の向うは畑だ。里芋や、胡瓜《きゅうり》が、植わっている。畑の奥は、どうやら、武家地になっていた。また橋の右奥には、黒々とした森が見えた。

「あれは内藤駿河守《ないとうするがのかみ》殿のお屋敷じゃ」

道案内の侍が教えてくれる。

板橋を、わたる。

「千駄ヶ谷じゃ。もう近いぞ」

伊勢船で飯当番、掃除当番として、散々、働かされ、ほとんどボロ雑巾《ぞうきん》同然の状態で品川に上陸、昨日から炎天下の江戸を歩き通しの池大雅は、ほっとした。汗で濡れた重奈雄の面にも、ほのかな安堵《あんど》が漂っている。

南に、まがる。

右に、七尺近い青ススキ。

左に、大きな葉の所々が、黄ばんだり、穴が開いたりした里芋どもを眺めつつ、すすむ。

青花の咲いたツユクサや、おひしばの傍を踏むと、草のかけらだと思っていたものが――一挙に虫の本性を取りもどし、殿様バッタやショウリョウバッタの姿となって三丈近く跳んだ。

その家の前についた。

幾人もの見習いが住みこむ庭師の家だけあって、大きい。

松やツゲ、ツツジに犬槙《いぬまき》、梅などが植わった先に、萱葺《かやぶき》の母屋がある。母屋の手前には見習いの小屋があった。松之丞の好みなのか、全て萱葺の田舎屋風に統一されており、なかなか趣がある。

――人声はしない。若い衆が出払っているのか異様なほど静かであった。

同道している紀州藩士は、香西《こうざい》という、大柄で日焼けした温厚な男と、玉置《たまき》という、いかにも神経質な若侍だった。

玉置が、

「もうし！　松之丞。おるか」

同刹那、

「コォッコココココッ」

何者かが、横から殺到してきたため香西の温和な双眸《そうぼう》が、俄《にわ》かに、ギラリと光っている。

一方の玉置はぼんやり家の中を眺めている。

「何じゃ。鶏か……」

香西の両眼から殺気が消えた。

四人の足元を、鶏が五、六羽、砂埃と一緒に、駆けてゆく。

手拭いで汗ばんだ喉をふいた香西は、

「いやぁ蒸し暑い。さっきの氷売りから一つ買って、口に放ればよかったですな」

重奈雄と大雅に、笑いかけた。

初老の香西は、京からきた庭木の医者が、大切な客人という認識があるらしい。あまりしゃべらなかったが話しかけてくる時は至極慇懃《いんぎん》だった。

対して、ひょろりと痩せた玉置は、さっき「千駄ヶ谷じゃ」と教えた時も、言葉の何処かにかすかな横柄さがにじんでいる。

「もうし！　松之丞おるか」

家の中から、返答は、ない。

「聞こえんのかもしれん。上がってみよう」

香西が提案した。

薄暗い土間に、入る。

左側に広い板の間が見え、正面に唐紙障子がある。

開く。

(ほう)

大雅は目をみはった。

現れた六畳間は、板の間でも、畳の間でもない。

竹が床にしいてあった。

乃ち、幾本もの太い竹が床に並べられていて、所々に茣蓙《ござ》がしいてある。

畳が普及していない山国の百姓家に見られる光景だ。

竹の間に、上がる。足が——痛い。歩くのも難儀で、玉置などは前進に苦戦している。

だが大雅は、京都に住んで田舎暮しにあこがれる自分と、江戸近郊にこんな家を建ててしまう藤田松之丞が、似ている気がした。妖草師・無明尼などとかかわっていなければ親しくなれる男のような気がしてきて思わず相好がゆるんでいる。ちらりと、重奈雄を、うかがう。

妖草師・庭田重奈雄の面差しは——少しもゆるんでいない。

大雅も、それに合わせ、無理矢理表情を引きしめた。

前方に、黒い杉戸がある。

玉置の手が開ける。

「——」

全員、部屋にいた娘の顔に釘づけになり、やがて、大雅が、

「ひっ……」

どすんと、尻もちを、ついた。

娘が一人、畳の間に寝ていた。娘の傍に大分歳のはなれた男がいる。

「松之丞……その娘は」

香西が声をかけると、娘のかんばせに見入っていた男が、顔を上げた。あまりに真剣に凝視していて表で呼んだ時は気づかなかったのだ。

一度目をこすった大雅は、まじまじと、娘の面を見据えた。

白い娘の顔のそこかしこに、紫色の花の模様が、浮き上がっている。白い肌が見えている所の方が少ない。つまり顔全体に紫花が咲き乱れたような、もしくはそういう刺青《いれずみ》をされたような状態になっている。

袖からもれた掌にも、裾《すそ》から出た足の甲にも、紫の花柄が浮き上がっていた。だから大雅は隠れていて見えない乳房や腹や太腿にも、夥《おびただ》しい紫の花模様が浮き上がっている気がした。

「これは、貴方の娘か？」

重奈雄の声がした。玉置は凝固し、ちょっとやそっとのことで動じそうにない、香西の表情も硬い。

事情は娘の傍にいた藤田松之丞も、同じなのだろう。茫然とした眼色で、重奈雄を見上げ、あんぐり口が開いたまま、小さくうなずく。

後ろの明り障子の破れ目から光が二筋入り松之丞の輪郭は白くなっている。

重奈雄は、音もなく、畳に寝かされた娘の傍に座した。重奈雄に、手を取られても、娘は反応しない。

憂いをおびた両の目はしっかりと開かれ、胸はかすかに上下動している。生きているのはたしかなようだ。だが、まるで眠っているかの如く、静かに横たわっているのであった。

重奈雄は娘の掌に浮き上がった紫の花を丹念に調べている。

「いつから、この状態です？」

「今日。今日、一気に咲いたんです」

「……」

重奈雄一人だけが、場違いなほど、冷静だった。

大雅も少し身をのり出し、紫の花をうかがった。

十三歳くらいの美しい娘の体で、咲いた花は……釣鐘形の、ハンショウヅルという山の花に似ている。

注意深く観察すると刺青でないのは明らかだった。

あまりにも——生々しすぎる。

かと言って、花は、娘の体から立体的に突出しているわけではない。

また、娘の皮膚にぺったりと付着する形で花が咲いているのとも、違う。

では、何が起きているのか。

強《し》いて言うならば——薄皮の一枚下、皮膚にごく近い所の組織が、人肉から花びらに変化し……それが、雪の如く白い娘の肌を透かして、見えている状態、なのだ。

ハンショウヅルが、緑色のか細い蔓にぶら下がる形で、赤紫の釣鐘状の花を咲かせるのに対し、この妖しの花は……娘の青い血管を茎がわりに発育し、体中で、咲き乱れている。

まるで血管《そこ》から養分を吸い取っているかの如く……。

松之丞は、

「はじめは一輪やった。首筋の所に一輪だけ……」

重奈雄は、

「はじめ一輪だったものが、次第にふえ、今日一気に咲いた？」

松之丞の首が縦に振られる。

「一輪目はいつ咲きました？」

「半年ほど前……」

「半年ほど前、娘御が亡くなられ、深く悲しむ貴方の前に、誰かが現れた。この種を亡骸《なきがら》の口に入れれば生き返ると草の種が如きものをわたされた。……違いますか？」

「その通りです。花ノ比丘尼《はなのびくに》様から、種を、いただき、」

「花ノ比丘尼？」

重奈雄の両眼から冷光が発せられた。懐から蕭白筆の人相画を出した重奈雄は、

「花ノ比丘尼とは、この女ではないかな」

「…………」

まじまじとのぞいた松之丞は強くうなずき、

「そうです。この人です」

最愛の娘をうしない、悲嘆にくれる男の前に、尼は現れた。尼がくれた種を呑ませると、完全に絶息したはずの娘が呼吸を再開し、両目を開いた。この奇跡に有頂天になった松之丞に尼は言った。

『今はまだ、手足が動かず、言の葉を発さぬが……やがて体の中に、花が咲く。それが少しずつふえてゆく。その花を大切に守ってゆけば……再び娘が起き上がる日は、近い。あきらめてはならない』

厳《おごそ》かな口調で告げたのだった。眼前で奇跡を見せられ、強く励まされた松之丞は、花ノ

比丘尼の言う通りにしていけば大丈夫だ、花ノ比丘尼についてゆけば大丈夫だと、思ったという。

『紀州藩邸の庭をまかされているのでしょう？　あの屋敷、植木の配置が悪い。今のままでは……災いが起こる気がする』

と言われると、

『ど、どうすればええんです？』

『ええ。この苔と蓮を植えなさい。さすれば——災いはまぬがれる』

火車苔、深憂蓮を……植えてしまったのである。

話を一通り聞いた重奈雄に、松之丞は、

「花を育てれば、お雪《ゆき》は生き返るゆうんで、わしはたっぷりの水、朝夕二度の粥《かゆ》を雪に呑ませ下の世話までしてきました……。三日に一度は、雪の体を、お湯にひたした手拭いでぬぐいます」

「…………」

随喜の目で、叫んだ。

「花が一気に咲いた！……雪が、よみがえる、前触れなんでしょう、きっと。そうや、そうやっ、そうに違いない」

一夜にして現れた大量の紫の花から漂う妖しい雰囲気に打たれて座りこんでいた父親。今や、娘がもう一度笑ってくれる、もう一度話してくれる兆《きざし》だと信じ、嵐に似た歓喜に陥っている。

重奈雄は――静かな声で問うた。

「松之丞殿。貴方は、花ノ比丘尼が、どこに住んでいるか知っていますか？」

「駒場野……」

「駒場野じゃと。あそこは将軍家の御鷹場のはず」

香西がすかさず言うと、松之丞はもごもごと、

「……ええ。駒場野の近くです」

重奈雄の眼が光っている。

「花ノ比丘尼様も、お呼びしなければ。比丘尼様のおかげで……お雪は……！」

誰か呼びに行こうとする松之丞の腕を重奈雄ががっしりつかむ。重奈雄は、吠《ほ》えた。

「呼びに行く必要はない！」

大雅は重奈雄の目に、かつてないほど強い怒りの火が、燃えている気がした。

「あの尼は……貴方が思っているような尼ではない」

「……どういうことです」

茫然とする松之丞に、重奈雄は、

「娘御の肌の下で咲く花は、妖草・反魂蔓《はんごんづる》」

「……妖草？」

「常世という、我らの目に見えない、もう一つの世界の草。反魂蔓は誰かをうしなって悲しみにくれる人の心を糧《かて》に芽吹く。育つのは、その亡くなった者の体。お雪殿が息をしているのではなく、反魂蔓が息をしていた。お雪殿が食べたり飲んだりしているのではなく、反魂蔓が養分を吸っていた。つまり、この妖草、貴方の娘御が生きていると見せかけて……育っていったのだ」

「見せかけ……やと」

「そうです。松之丞さん、貴方にとって、あまりにも辛い、本当のことを言う。お雪さんは…………もう、この世にいない」

「――嘘やぁぁ！」

松之丞は涙をぼろぼろこぼしながら、重奈雄に、つかみかかっている。香西と、玉置が、取り押さえようとした。しかし恐ろしい勢いで重奈雄に飛びかかろうとしている。顔を真っ赤にした松之丞は、叫んだ。

「生きとるんやっ！　あんたかて、わかるやろ？……生きとるって。こんなにも……みずみずしいやん。今にも起き上がりそうやん」

松之丞の声は、ますます、激化してゆく。

「なあ。うちの娘の――何処が死んどるんや！」

「………」

「われに、訊いとるんやっ――」

「無明尼は娘をうしない悲嘆にくれる貴方につけこみ紀州藩邸に二つの妖草を植えさせた。一つは、屋敷を、いや、江戸の町を、火炎でつつむ苔。いま一つは、それを見た者の不安を、極みまでふくらませ、時として、死に誘《いざな》う蓮」

「……何やと」

「貴方は、多くの人の命を奪う所だった。いや既に貴方の植えた蓮で、亡くなった者たちがいる！」

松之丞の体は、がくがくと、痙攣《けいれん》している。

「嘘や！」

「嘘ではない！　この人が、魔性の草を取りのぞくのを見た」

香西が、大喝した。

怒号の応酬で、外の鶏がけたたましく鳴いている。バサバサと雄鶏《おんどり》の羽が上がる音がする。

わーっと嗚咽《おえつ》しはじめた松之丞に、重奈雄は、

「江戸で隠れやすい場所を、あの尼に教えたのは、貴方ですな?」

弱々しくうなずいた松之丞は、不意に左胸を押さえ、

「うっ!……うっ!」

二回、大きく、体をふるわしバタッと倒れこんだ——。

「おい!」

「松之丞」

香西、玉置で、背を、さすっている。

表の鶏が一層けたたましく叫んだ。

「医者だ。医者! おい玉置、何をぼさっとしておる。下屋敷に相談し、急ぎ、医者を」

「はい!」

香西に下知され、玉置が駆け去る。

松之丞は、まだ息がある。脂汗を流し、うめいている。

大雅と香西で雪の隣に仰向《あおむ》けに寝かせた。

苦しげな松之丞に竹筒の水を飲ませた大雅が、重奈雄をうかがうと、哀しみをおびた目を雪にむけた妖草師は、すっと手をのばした。

重奈雄の指が、雪の、瞼《まぶた》を閉ざす。

それから重奈雄は何らかの草の種を一粒取り出すと、雪の口に、ふくませている。

合掌した重奈雄は、

「あと半刻《はんとき》もすれば枯れる」

(反魂蔓が枯れる？　今呑ませた種で)

同時に雪の体を生きているかの如く見せかけていた妖しの力もうせるのだろう。

大雅は、思わず、

「庭田はん。この人……この人、どっちが幸せやったんやろ。お雪はんが生きとると思いこんどった昨日までと、今日からのこの人、どっちが幸せなんやろ」

「……待賈堂さん、前にも言いましたね」

重奈雄は、

「反魂蔓の見せる夢が、たしかに、この人を幸せにしていたのかもしれん。だが、妖草は、それだけでは終らぬのだ。——終りにしてくれないのだ」

大雅の目は涙で濡れている。

「他の妖草呼ぶゆうことですか」

重奈雄は強く、首肯《しゅこう》した。

医者と、下屋敷の侍が二人、きた。

玉置と医者たちをのこし表に出た所で、大柄な香西が重奈雄に、

「駒場野に行かれるのですな」

重奈雄の首が、縦に振られる。

「下屋敷の者を、もっと呼びましょうか？ それとも小人数《こにんず》の方がよろしいか？ 貴方の下知にしたがいます。——庭田重奈雄殿」

思案顔だった重奈雄が、「えっ」という面持ちで、香西を顧みる。

「お忘れにございますか？ 今出川家青侍、香西又右衛門《またえもん》にござる。詩仙堂でも徳子姫の、お供をしておりました」

「……何だと」

重奈雄は思い出そうとした。

眼前の男、香西は今出川家の青侍（公家につかえる侍）で、徳子のお供として関東に下り、そのまま紀州藩士になったようだ。本当に面識があるのか思い出そうとした。

だが、あの頃の思い出を引っ張り出しても、どうしても憂いをおびた徳子の瞳に集約されてしまい、徳子の供にどういう者がいたか、曖昧模糊《あいまいもこ》としている。

「すまぬ………思い出せぬ」

「そうでございましょうな」

蟬時雨の下で、香西は優しく微笑んだ。

「香西。敵が、妖草の原が如きものに守られているなら、大人数であればあるほど……犠牲者がふえる。俺の目のとどく人数、三人くらいがよい」

「ではこの三人で参りましょう」

「わしも……人数に入っとるんですな。いや……ここで行かへんかったら、町や蕭白、椿はんに叱られます。最後までお供いたしましょう」

「駒場野まで、ご案内いたします」

香西が、背をむけた。

先頭に香西、つづいて重奈雄、大雅の順で、江戸郊外の農村地帯を南行。——駒場野を目指す。

妖草原

大人の背丈ほどの篠竹《しのだけ》が密に林立している。一本一本は、手でポキリと折れるくらい、細い。が、密集すると前方を窺《うかが》い知れぬ、壁に似た威圧感がある。

ある所では篠竹におおいかぶさったり、またある所では巻きついたりして、葛《くず》の荒海が広がりつつある。

そこかしこで、紅紫の葛花が咲いていた。

「この奥に不動堂があるはずですが……窺い知れませぬ」

香西が、呟く。

駒場野につき、浅い草地をしばらく歩くと、篠竹の長城にぶち当たったのだ——。細い竹の密林、かなり奥行きがあるようだ。

と、大雅が、

「庭田はん！　こっち、道の如きもんがありますわ」

重奈雄は、大雅の傍《そば》まで移動した。絵師の指摘の通り、指くらい細い竹が、部分的に、刈られている。

「将軍家の勢子《せこ》がつくった道かな」

「……そうかもしれませぬな」

香西が、相槌《あいづち》を、打つ。

大人一人がやっと通れそうな狭い通路は、蛇行しつつ、篠竹の奥へ消えてゆく。

「――行ってみよう」

重奈雄がわけ入ろうとすると香西が止めている。

「まず、それがしが参りましょう。庭田殿は二番目に」

楯《たて》になるつもりのようだ。

鞍馬《くらま》流の使い手である香西又右衛門が先頭、次に重奈雄、殿《しんがり》に大雅がまわる。

「香西。何か、はじめて見る草があったら、俺に知らせてくれ」

「わかりました」

香西は、用心深く歩いてゆく。

篠原のどこかで、物哀しく長い雉《きじ》の声がした。兎がさっと右前方から飛び出し、驚いた目で三人を注視していたが、すぐに野風の如く、左前方の藪に逃げ込んだ。

斜めになった篠竹を、腕で、のける。

小道が二俣《ふたまた》になっていた。

左に、すすむ。

三俣になっていた。

右を、選択する。

すると……さっき兎に会った所にもどってきた気がした。

「みんな、止ってくれ」

重奈雄は指示している。

(全く……。俺にも、天眼通《てんがんつう》があればな……)

注意深く、あたりを、見まわす。

重奈雄はびっしり林立する篠竹の奥に奇妙な蔓が巻きついているのを見出《みいだ》した。葉のそこかしこに、黒色の斑点《はんてん》がある。

重奈雄の手がさっと伸び、黒斑のある蔓がもぎ取られる。

「こいつが原因だ。戯《ざ》れ豆《まめ》——方角を惑わす、妖草」

「方角を惑わす妖草………恐るべき草があるのですな……」

戯れ豆に驚く香西に、重奈雄はふっと微笑した。大雅が、

「いや香西はん。もっともっと凄いのが、あるんですわ――」

懸命に説明する横で、重奈雄は戯れ豆の葉を三つほど千切り、口中に放《ほお》った。

――噛む。

ぺっと、吐き出す。

「これで、もう、大丈夫だ」

重奈雄の両眼が冷光を発した。


果たして、もう迷うことはなかった。

人の背丈ほどの篠竹の迷宮を抜けると、視界が開けている。

夏の日はまだ高い。

窪地《くぼち》が、あった。

広い。

三人のいる篠竹の原から、およそ六尺ほどの斜面を、下りる形になる。

下りた先は直径一町ほどの円形の窪地になっている。

窪地には、青いオギが、生えていた。

丈七尺。大人より、高い。

オギは、ススキによく似ている。しかし、ススキが大根のように、根元から沢山の葉を出すのに対し、オギは葦《あし》の如く、茎からしか葉を出さない。オギの葉はすらりと長い茎に、平行に並ぶのだ。

ただ秋風に穂が吹かれる様はススキとそっくりだ。

その穂は、まだない。左様な青いオギが……物凄い密度で成育している。

青オギの、すらりとした体の中ほどには、枯れた去年のオギの穂や、茎が、倒れかかっていた。さらに青オギの根元にはくしゃくしゃに枯れてしなびた草の骸《むくろ》が布団の如くしきつめられている。

一昨年のオギや、さらに前の世代の、オギだ。

つまり、どんな妖草《もの》が出てくるかわからない雰囲気の窪地が……三人の前に広がっていた。

夥《おびただ》しいコオロギ、鈴虫の声が聞こえてくる、青オギの窪地の先、つまり一町向うは、再び小高い。

その微高地の上は、木立になっている。

木々の合間から堂が見えた。

無明尼のいる、不動堂だろう。

つまり彼女の許《もと》に行くにはどうしても青オギの窪地を突破せねばならない。

「…………」

立ち止る重奈雄の眼前を、スズメ蜂《ばち》が、猛速で飛んでゆく。

(スズメ蜂など、この窪地の中にいるであろう妖草にくらべれば、可愛らしい敵かもしれぬな)

青オギの中から梶《かじ》の木が三本伸びている。ツクツクボウシの声が、した。

「行こう」

灼熱《しゃくねつ》の日差しで髪が焦げそうになった時、重奈雄は決断している。

斜面を、下りる。——慎重に。

青オギの迷宮を、手で掻きわけて、すすむ。虫どもが、うるさい。

「ツクツクボウシ！　ツクツクボウシ！」

「リーン……リーン……」

「ズィー。ズィー。チッ、チッ、チ」

先頭、香西の手には大刀、次の重奈雄の手には葉蘭《はらん》に似た楯蘭《たてらん》、大雅の手には香西の脇差《わきざし》がにぎられている。

勿論、大雅は、そんなものをもつのは、生れてはじめてだった。

三人が掻きわけてゆくオギ。太陽の側から葉の表を見ると、緑の長剣状の葉の所々に、褐色の染みがあるにすぎない。しかし、裏から葉っぱごしに日輪を眺めると——印象が激変する。

褐色の染みであったものが金色《こんじき》の眩《まばゆ》い光塊《こうかい》に変る。

葉の全体に、黄色っぽく輝く粒子がまぶされたような、えも言われぬ明るさが宿る。

（同じ葉でも、日の方から見るのと、日を見るのとでは、かくも違うか。和歌に、なりそうな）

重奈雄が感じた刹那——

ブゥ——ン！

あの音がした。

低い、音源は。

（鉄棒蘭《てつぼうらん》）

「跳ねろ！」

重奈雄が警告し、三人の体が、跳ねる。

間髪いれず、豪速の鉄棒蘭がやってきて——さっきまで三人の足があった所を、オギをぶっ倒しつつ、薙《な》いでいった。

脛《すね》の骨を叩きわる所存であったらしい。

「すぐ――」

くるぞと重奈雄が言いかけた瞬間には、もう、きている。

バサバサバサッ！

右方、青オギの茎、へたへたと萎《しお》れた去年の、枯れオギなどぶっ倒しながら、黒く、長い影が迫る――。

火花散らして香西の刀が受け止めた。

すかさず重奈雄が、硬化した楯蘭をくり出す。大刀が受け止めた、鉄棒蘭に楯蘭がふれ、瞬《また》く間に枯らし倒した。

「アギャッ！」

大雅が、叫んでいる。

第一撃目の鉄棒蘭がもどってきて、足を痛打された。だが、鉄棒蘭の方でも、渾身《こんしん》の力のこもった第一撃目がかわされた、直後であったため、腰砕けの一撃、ゆるめの一打、であったらしい。

大雅の骨を砕くにはいたっていないものの、被害者は、喧嘩《けんか》にも、斬り合いにも、なれていない一介の絵師であったため――よだれを垂らし倒れこんでいる。

転倒した大雅を屠《ほふ》ろうというのか、黒い鉄棒蘭が、まるで、蛇が鎌首をもたげるに似た、動きを見せた――。

「待買堂さん!」

振り下されようとした。

が、

「タァーッ!」

香西が裂帛《れっぱく》の気合いと共に斬り込んでいる。

鉄棒蘭に、香西の刀が、当たる。

棒状の鉄棒蘭の葉の方が、鋼《はがね》の日本刀より、硬い。

香西は歯を食いしばった。

刹那、信じられない出来事が起こった。

香西の刀が、鉄棒蘭を真っ二つに裂いたのだ。

香西という人の圧倒的筋力、粟田口国友《あわたぐちくにとも》の銘が入った刀の実力、当たった時の角度、切られた鉄棒蘭のそのあたりの組織が丁度弱まっていたこと、四つが重なり、魔の硬度をもつ妖草は火花散らして、真っ二つにぶち折れた。

斬られてつづまってもなおも動こうとしたが重奈雄の楯蘭が鎮圧している。

「お見事」

香西の声が、重奈雄にふりかかる。

「そなたこそ」

香西の喉にこぼれた汗が手早くぬぐわれ、

「十人の敵と、戦っている心地でした」

再び楯蘭を構えた重奈雄は、思案している。

（地面の方、古い枯れ草が、折れ重なっている中に……鉄棒蘭がまぎれているのか。油断できん）

緊張の面差しの重奈雄は、大雅と香西をちらと見て、仲間の状態を忖度《そんたく》した。

香西は相当に胆《きも》のすわった人物らしい。一番年輩なので、暑熱による疲れは見られても、怖《おそ》れは漂っていない。

大雅の瞳には鉄棒蘭への恐怖が宿っているが、重奈雄と行動する内、妖草にはなれてきたようだ。おびえきってはいない。

（いける）

確信した重奈雄は、顔から汗をこぼしながら言った。

「ここまできた以上、後戻りはできん。前進あるのみだ」

二人の首が、縦に振られる。

「また、ばらばらで動くのも危うい。このオギ原で、はぐれてみろ。その者は——鉄棒蘭の餌食《えじき》にされる」

二人が、うなずく。

「ただ、重い鉄棒蘭がオギに巻きついて、育つわけがない。彼奴《きゃつ》らは下の方……枯れオギの中にうずもれているのだ」

香西が注意深く、

「つまり——下から上に、襲ってくる動きだけだと」

「その通り」

同意した重奈雄は、

「先頭の香西は刀を低めに構え、前からくる鉄棒蘭に用心してほしい」

「はっ」

「俺は、楯蘭を右から左、左から右へ、振りつつすすむ」

「横からくる鉄棒蘭にそなえると？」

「左様」

大雅は不安げである。

「あのう、一つ訊いてええですか？」

「どうぞ」

「硬い鉄棒蘭が、真下にいて、香西はん庭田はんをやりすごして、わしが通りすぎた所で俄《にわ》かに鎌首もたげ、後ろから叩いてきたら、どないしましょ」

さっき打たれた足をさすりながら、訊いてきた。

重奈雄は、きっぱりと、

「その心配はない。何故なら、俺が楯蘭を左右に振る時、必ず下を撫《な》でる。鉄棒蘭は楯蘭にふれられたら枯れる。つまり我らの真下でやりすごそうという鉄棒蘭がいても、俺が通りすぎた時点で枯れてしまうから、大丈夫です」

「……………わかりました」

――前進が、再開された。

何事もなく背の高い青オギどもを搔きわけてゆく。毛虫や蚊《か》が、肌にひっついたのは一度や二度ではない。

前方の小高い木立が大分近づいてきた。

樹叢《じゅそう》で轟《とどろ》く蝉時雨も、徐々に、大きくなってくる。

重奈雄の楯蘭が左方に大きく振られた時——

ブンッ！

何かが、横首めがけて、稲妻の速度で迫りくる気がした——。

香西の刀が、重奈雄の首の皮膚すれすれに突き出される。

バーンッ！

火花が、散る。


重奈雄の右方、枯れオギがしきつめられた下に鉄棒蘭の葉が一本、横たわっており、そ奴が真槍《しんそう》に似た動きを見せ、首を横から貫こうとしてきたのだ。

それを——異常の反射神経をほこる香西の剣が止めたのだった……。

重奈雄が、楯蘭でふれる間もなく、素早い鉄棒蘭は、さっと、退いている。

同時に香西の刀は、真っ二つに折れた。

「ぬう」

鉄棒蘭の高速の突きで、鋼の剣が、折れてしまった。

重奈雄が一歩踏み込み、楯蘭の葉で引っこんだ鉄棒蘭をぶっ叩いたのと同時に、もう一本の鉄棒蘭が、不意に現れた。枯れオギの堆積《たいせき》から——重奈雄を、襲おうとしてきた。

が、それに気づいた、香西の手から、折れた刀が——放たれている。

猛速で飛んだ刀が、鉄棒蘭とぶつかる。

壊れた刀を投擲《とうてき》された、新手の鉄棒蘭。向きが変る。神速の、黒い風が、香西へ、飛んでゆく。

バァッシイッ！

香西の分厚い体が海老反《えびぞ》りになった。

胃液が、こぼれる。

胴を痛打された香西は、三間《けん》ほど向うに、何本もの青オギをぶち折りつつ、撥《は》ね飛ばされた——。

ドサッ！

「ぐっ……」

うめいた香西だがさらに動いて自分の頭を叩こうとしてきた鉄棒蘭を渾身の力でつかまえた——。浅黒い手の中で、黒く硬い棒状妖草が、びくびく、動く。びくびくと。

重奈雄は、早く香西を助けねばと思いつつ、はじめに自分を襲い、香西の刀を折った、鉄棒蘭が、まだ枯れきらず手がはなせない。

庭田邸から二葉だけもってきた楯蘭。

楯蘭の葉には、当方の肉体に他の妖草が危害をくわえんと襲ってきた時、不意に硬くなってふせぐ力がある。また硬化した楯蘭の葉に当たった他の妖草は枯れてしまう。

きわめて重宝する妖草・楯蘭。

大変、珍しい妖草ゆえ、庭田邸には、一株しかなかった。幾枚もの大きな葉が、地面に直接挿した形で、並んでいたが、重奈雄は、重熈から、二枚までしかもち去ることを認められなかった……。最低三枚は必要と説いたが、無明尼の底力を知らぬ重熙は、

『そもそもそなた、勘当中の身であるぞ。今ここにそなたがおるだけで――面妖なこと。もしあくまでも三枚をと主張するなら、一枚も、もち去ることを認めぬ』

と言いだしたので、重奈雄としては、ありがたく二枚いただいて帰る他なかった。

一枚は、京の無明尼アジトで使用、江戸では一枚となった楯蘭を大切につかっていた。そして今、その、最後の頼みの綱と言うべき、楯蘭の葉の力が……どうも、薄まっているらしい。

さっき打った鉄棒蘭が、ふれただけでは枯死せず、細長い体の半分くらいが枯れた状態で……活発に動きまわっている。

重奈雄が動けないと見た大雅が香西の方に駆けよる。

　大雅は、手が痺《しび》れたか、鉄棒蘭に目立った被害はない。

えいっ——と脇差を振り下すも、鉄棒蘭に目立った被害はない。手が痺《しび》れたか、大雅は、脇差を落としそうになっている。

　次の刹那——香西の絶叫がひびいた。

　梶の木でツクツクボウシがけたたましく鳴いている。蒼天《そうてん》で、烏《からす》の金切り声が、した。

　何事かと思いながら、重奈雄が楯蘭を振る。重奈雄が戦っていた鉄棒蘭は、二打目の楯蘭の葉が当たるや、ついに倒れたが、肝心の楯蘭の葉も、へなへなと萎れている。

　その楯蘭を青オギの中にすてた重奈雄は懐から風顛磁藻《ふうてんじそう》を三つ取り出した——。

　香西の方に、むく。

「——」

　香西の背中側、つまり彼の体で押し倒されたオギに、血の池が広がっている。つまり何らかの妖草が地面にあり香西の背を刺したのだと思われる。

　香西の相貌は、真っ青になっている。

　その香西がつかみ、大雅が脇差を振り下してもびくともしなかった鉄棒蘭が、なおも、勢いよく暴れ、香西の手からはなれ、ぐいっと棒身をのけぞらせ——打擲《ちょうちゃく》の、準備に入る動きを、見せた。

「こっちだ！」

重奈雄は怒鳴っている。

風顛磁藻が三つ——放たれる。

鉄棒蘭は、バッと動いて、三つの風顛磁藻にくっついた。磁力にからめとられて、動けなくなった。

その隙《すき》に重奈雄は、

「香西！」

助け起こしている。

香西は、血泡を、吹いた。

かっと開かれた重奈雄の瞳は香西の真下に緑色の髪に似た妖草がわさわさ群生しているのに気づいた。葉先は、血でしとどに濡れている。

(針の山の……草かっ)

重奈雄の腕にかき抱《いだ》かれながら、香西は、小刻みに、ふるえている。どんな名医でも助けられない状況だと、わかった。

「庭田様」

口から血をどっと吐き眼《まなこ》を細め、

「……お願いがございます」

苦しげに言った。

「何だ」

「どうか——徳子様をお怨みなさいますなっ」

「……」

切実な、思いをこめて、

「どうか……徳子様をお守り下さいますよう」

「——わかっている！」

香西は安心したかのように微笑すると、こと切れた。

（無明尼……。紀州徳川家に、何か怨みがあるのだな。だが、この香西のような、私心のない、真っ直ぐな人物も巻きこんで殺《あや》めてゆく。それが、お前の復讐なのか。認めるわけにはゆかぬ）

重奈雄と大雅は香西の亡骸《なきがら》を針の山の草からややはなれた所に寝かせた。

それから、重奈雄は、

「待賈堂さん。今朝、わたした赤い粉をかけてほしい」

重奈雄は芝増上寺で大雅に、さる妖草の粉が入った袋をさずけている。大雅が取り出すと、

「福草《さきくさ》の粉です」
「福草？」
「別名、朱草《しゅそう》」
礼斗威儀《れいとぃぎ》に云う。

人君火に乗じて王となり、其の政《まつりごと》公平ならば則《すなわ》ち地に朱草出づ。

延喜式で——最高の祥瑞《しょうずい》と記されている朱草は、公平な政治がおこなわれた時しか芽吹かないという。

赤い茎で、珊瑚《さんご》に似ており、丈は三、四尺だったという。当然、人の世の草ではない。

「日本書紀によれば、顕宗《けんぞう》天皇の御代、福草部なるものが置かれたとか……。つまり、わざわざ福草をさがす役所を、朝廷がつくった。何故福草がそこまでもとめられていたかというと——」

大雅が福草の、赤粉を、ぱらぱらと針の山の草にふりかける。

と、見る見る、針鼠《はりねずみ》の如くいきり立っていた葉先が萎れ、ただの蛇《じゃ》の鬚《ひげ》、つまり人の世の草と変らぬ姿になった。

「おお」

「妖草には、人の世の草と、瓜二《うりふた》つのものがある。そうした妖草に福草の粉をかけると——常世の気をうしない、人の世の姿が同じ草と、何ら変らなくなる」

針の山の草は、蛇の鬚とそっくりだった。故に、福草の粉をかけると、蛇の鬚と同じものに、つまり、無害になる。

だが例えば鉄棒蘭にはつかえない。

成程《なるほど》、棒蘭に似ているが、色が黒く、棒蘭より遥《はる》かに長大だからだ。完全に瓜二つの草が人の世にある時のみ、福草は使用できる。

福草により針の山の草を無力化した二人は無明尼が潜んでいると思われる不動堂に音もなく歩みよった。

青オギの原が、終る。

大クヌギの木陰に入っている。

眼前に赤麻《あかそ》という草がどっと生い茂った斜面があり、その上に、クヌギ、犬四手《いぬしで》などの樹々にかこまれて、板壁の堂が建っている。

不動堂だ。

二人が眺めているのは堂の側面。

斜面を上って、左手には真《まこと》に小さな石の祠《ほこら》が、赤麻の中に立っていた。

大雅が、

「ここにもまきましょうか？」

どこに妖草があるかわからないという、不安にかられているようだ。

「いや。………これはただの赤麻。残りはとっておいて下さい」

重奈雄が、言った瞬間、

「庭田重奈雄。生きておったか」

堂の扉が開いた。

「――無明尼」

現れた無明尼は、堂の側面にそって数歩歩き、重奈雄と、赤麻が生い茂る斜面をはさむ形で、対峙《たいじ》した。

「お前の復讐の相手とは……紀州徳川家であるらしいな」

鉄棒蘭の巻きついた杖をもった尼は、言った。

「紀州の、俄か隠密《おんみつ》に、なったようじゃな」

「庭の妖草を刈りにきただけで、俄か隠密にはなっていない」

「同じことじゃ！　当代の藩主・宗直に殺められた、松平頼雄様に、育てられた。頼雄様の仇《かたき》を討つことこそ我が本懐」

「そのためには……紀州屋敷にいる罪もない人々も、殺めてもよいというのか！」

無明尼の、黒唇が、開く。

「──宗直につかえている時点で同罪じゃっ。重奈雄、あの娘に免じ一度は助けた」

数本の鉄棒蘭の葉が、むくむくと、蠢《うごめ》いている。

「なおも邪魔立てする気なら最早生かしておかぬぞ」

「…………」

「何じゃ、その目は」

重奈雄は──哀しみをたたえた目で、

「宗直の所業、お前はどうしても許せぬものがあったのだろう」

「……」

「頼雄殿の悲劇は俺も知っている。泥田を這いずりまわるような気持ちで暮らしている庶民は…………ものを盗んだだけで、首が斬られるのに、彼奴らの間では、国を盗んだ者も、許されるようだな」

重奈雄の瞳が、強い眼火を発した。

「しかし……お前を、許せるわけではない！」

無明尼の妖草で殺められた者たち、無明尼の妖草で苦しんでいた者たちを、思い浮かべた。

「お前はかかわりのない者を殺め、かかわりのない者を苦しめた」

「重奈雄！　綺麗事だけで世の中がよくなると思えぬっ」

「妖草を悪用しての復讐で、世直しになるとも思えぬ。さらにお前は……俺の大切な女《ひと》まで殺めようとしている」

重奈雄が、二個の風顛磁藻を投げる構えに入った。

鉄棒蘭の杖も、ぎゅっと構えられる。

二人は、同時に――

「妖草合《くさあわ》せ――」

「――するしかないな！」

斜面下の重奈雄、斜面上の無明尼、双方にらみ合ったまま――横に、大雅と逆の方に、駆けだした。

両者の間には人の世の人畜無害な草・赤麻がわさわさ生えている。

重奈雄としては、尼僧があやつる鉄棒蘭に、風顛磁藻を投げて、動きを封じ、虚を突いて一気にとらえる、という計画を立てていた。

楯蘭があれば、つかいたい。

だが最後の、楯蘭の葉は……さっき枯れてしまい、青オギの原にすてている。

重奈雄が毬藻《まりも》状の、二個の風顛磁藻を放とうとした刹那――鉄棒蘭が動いた。

（くるか）

こなかった。

鉄棒蘭の杖振ると見せかけて、無明尼がつかったのは、別の草だった。帯に差してあった白い花穂のついた一本の妖草を取り出している。

浅茅《あさじ》に、似ている。

節が三つある。

（あれは――知風草《ちふうそう》！）

山崎美成《やまざきよししげ》の世事百談に、云う。

知風草といふ草あり。……茅《かや》に似たり。その節の有無を見て、その歳《とし》、大風のあるなしを知る。節一つあればその年一度大風吹く。二つあれば二度吹く。三つあれば三度吹く。

つまり美成は、知風草というのは、節の数によって、人間に大風の回数を知らせてくれる妖草だと書いている。

だが、元々の妖草・知風草は違う。

この草は、茎の節の数だけ……風を起こせるのだ。一年の風の回数ではなく、風の使い方を知っている草なのだ。

蓬扇との違いは、蓬扇が恒久的に涼風を送ってくれるのに対し、知風草は、瞬間的に、恐るべき突風をくり出してくる所。

風を引き起こす妖草の話が、いつの間にか人々の間で、大風について教えてくれる素敵な草の話になってしまい、美成の耳につたわったのだと思われる。

無明尼のもっている知風草の節は三つ。

要するに、

(三度《みたび》、突風を、起こすか)

思った瞬間には、きている。魔風が――

――――――――――――！

「うっ……お！」

重奈雄の、細身の体は、吹っ飛ばされた。

手からは、頼みの風顚磁藻が、何処かに、すっ飛んでいる……。

（これが狙いか）

青オギに、背中が当たり、何本も――ぶち折れる。

本能的にすぐ鉄棒蘭が襲ってくる気がした。

よける。

右に、蝦蟇蛙《がまがえる》の形で、跳んだ。

あてずっぽうで、そっちに逃げたにすぎない。

右へ――跳ね飛んだ重奈雄の手が、ツユクサを何本か、押し倒した瞬間……ダァーン

ッ！　大凄音《だいせいおん》が、後ろでした。

さっきまで重奈雄がいた所を、鉄棒蘭が打ったのだろう。

――怖くはない。

ただ、今、死ぬとしたら……悲しかった。

何故か一人の娘の顔が――重奈雄の胸中に浮かんでいる。

椿であった。

くる、鉄棒蘭が。

ブゥ――――ン！

(京に………もどりたいな)

大雅の方から見ると、重奈雄は、土埃上げつつ横転し、こちらに近づいてくる。重奈雄を知風草で吹っ飛ばした直後、無明尼は斜面を駆け下り、息つく間もない苛烈《かれつ》さで、重奈雄を攻めたてている。鉄棒蘭で、重奈雄の髪が、飛んだ。

重奈雄は地面にふさふさ茂る……緑色の髪に似た……蛇の鬚に近づいている。

(ん、あれは)

何の変哲もない――蛇の鬚。が、大雅はざわざわと胸騒ぎを覚えた――。

将軍塚に、茂っていた、針の山の草。

さっき香西の命を奪った禍々《まがまが》しき妖草が思い出される。

重奈雄の体が、蛇の鬚に、当たりそうになる――。

「あかんっ！」

思わず袋を投げた。

福草の、粉入りの、袋だ。

人の世の蛇の鬚と見えたものが俄かにブワァーッと殺気立ち全葉がギラギラ直立。一瞬で、地獄の針山の姿になったのと同時に、大雅の袋が当たり、すぐに、重奈雄の体がおおいかぶさった――。

重奈雄は……どうなったか。

重奈雄は、自分が転がりこもうとしている先の草たちが、不意に殺気だったのをみとめ――体を止めようとした。

だが、勢いがありすぎ、間に合わなかった。

「――」

歯を食いしばった刹那、福草の袋が当たり、針の山の草は、人の世の瓜二つの草、そう、蛇の鬚に刹那的に変質している。なので重奈雄の体が転がりこんだのは、ふさふさとやわらかい草の上だった。

大雅に、助けられた。

「余計なことを！」

無明尼は、ふっと、知風草の白い花穂に、息を吹きかけている。

と、ドォウッという烈風があっという間に巻き起こり――大雅の体を軽々と吹っ飛ばした。

「待賈堂さんっ」

超常の力で、宙に舞い上がった池大雅。

堂の横、クヌギの大木の、高い幹に、思い切り、叩きつけられた――。

そして、大雅の体は落ち、動かなくなった。

生死は定かではない。

「おのれ」

重奈雄は険しい眼火を燃やし無明尼をにらんでいる。

「重奈雄。かかわりのない人を――吾《こなた》が、殺めている。そう言ったな？」

「言った」

無明尼の黒い唇が、ふっとほころんでいる。両眼は頭巾《ずきん》に隠れうかがい知れない。

重奈雄は訊ねた。

「何がおかしい」

「…………ふっ。ふっふふはっははは！」

相手は、肩をゆすって笑っていたが、やがて口が閉じ、陰になった両眼から恐ろしい殺気を放つや、

「かかわりがないと、言い切れようか？」

「何」

「彼らは……かかわったのだ。お前に巻きこまれ、吾とかかわった。違うか？」

「……」

「吾の復讐は――誰にも邪魔させぬ。邪魔立てしてくる者は、宗直に指嗾《しそう》された者とみなし、悉《ことごと》く、滅ぼす。その覚悟を決めている吾を、阻もうとし、お前は要らざる徒党を組んだ。その仲間が討たれたのは……全て吾のせいか」

「…………」

無明尼の黒唇が、さらに蠢き、

「全ては、己一人では吾に立ちむかえない――妖草師としての、お前の、力量不足にあるのではないか？　お前が彼らを吾にかかわらせた！」

重奈雄は思わず、視線を地面に逃がしている。無明尼は、さらに執拗《しつよう》に、

「重奈雄。お前は我が謀《はかりごと》を知っても、自らの力量不足を痛切に胆に銘じ、京の家に引きこもっていればよかったのじゃ。お前がいらざる介入をしたおかげで、あの娘は東山で傷つき、一人の侍がそこな原で屠られ、今また一人……。彼らは……お前のせいで死んだ。全てはお前のせいなのじゃ庭田重奈雄！」

「違う。それ違いますわ。——庭田はん」

池大雅の、弱々しい声が、した。

（——生きていてくれたかっ）

「わしも……椿はんも、蕭白も、香西はんもみんな……己のために戦ったんや。常世の草ゆうんですか？　あれがはびこったら、大変や！　自分にかかわりがないとは言えん」

樹に叩きつけられ、地面に落下した大雅。あまりの打ち傷で動けなかったが一命は取りとめた。

「あんたに、巻きこまれたんやない」

重奈雄は、静黙して、大雅の話を聞いている。

「それと……無明尼はん……」

絞るような声で大雅は、

「庭田はんが、あんたより、妖草師として弱い。そやから、あんたがどれだけ悪事犯しても家で黙って見てろ言うんは──あまりに横暴や。そやったら、力が強い者はどれだけ悪事犯しても許されるゆう話になる。

あんたの、大切な人殺めた……徳川宗直公も……力が強かったら何してもよかったゆう話になる。自分で、自分の、大切な人が殺められた一件を、仕方なかったゆう話にしとる──違いますか」

無明尼の黒唇が蠢き、

「何とでもほざくがよいわ。──間に合わぬ。…………出たのじゃ。妖木が」

重奈雄の目が大きくなっている。

「松之丞に命じ、中屋敷の庭に仕込んだ妖木の種子《しゅうじ》が、遂に芽吹いたのじゃ」

「常世のもっとも深みに茂る存在……妖木だと？　何ということを──」

「最早、止められぬっ！　中屋敷にいる者どもの死を。お前自身の死を」

宙をあおいだ無明尼の陰になっていた目があらわになる。両眼は、歓喜の炎に、輝いていた。

「今、たしかに宗直が屠られた。ひしひしと感じたわ」

鉄棒蘭が──動いた。

つむじ風の速さで、迫りくる。

重奈雄の、胸を、突こうとしている。

一輪のユリを、重奈雄はさっと取り出した。

「逆乙女《さかさおとめ》」

無明尼が、呟く。

乙女百合《おとめゆり》(姫小百合《ひめさゆり》)は、出羽《でわ》と越後《えちご》の国境《くにざかい》の深山に見られる、淡い桃色のユリである。

重奈雄が取り出した逆乙女は、人の世の乙女百合とほとんど同じ形状の、常世の草だった。一点、外見に相違があるとしたら、それは長い楕円形《だえんけい》の葉に、金色の筋が入っている所だろう。

重奈雄の胸を突こうと肉迫した鉄棒蘭が、不意に、向きを変え——無明尼の方に襲いかかる。

同時に、逆乙女の桃色の花は、散った。

妖草・逆乙女――自らの花が散るのと引きかえに、他の妖草の攻撃を撥ね返し、逆転させる、常世のユリである……。

京都庭田邸から、一輪だけもち去るのを、許されたのだった。

無明尼の胸から鮮血がほとばしり出ている。

逆行した鉄棒蘭に、突かれたのだ。

(つかいたくはなかった。妖草で――人を殺めるなど。だが、他にやりようがなかった)

重奈雄は、倒れた尼に、駆けよっている。

「無明尼！」

助け起こす。

「妖木をつかうと言ったな？　いかなる妖木だ」

妖草の実の力で三十歳くらいに見えていた無明尼だが急速に老化がはじまっている。張りのあった頰に皺《しわ》がよりはじめ、手の甲にも染みができてゆく。口から血がこぼれ、

「怨《うら》み……竹《だけ》」

不敵な表情で言った。

常世の深み――魔界と冥界《めいかい》にしか育たない妖木の知識は、重奈雄には、ない。何故なら

妖木の種子は滅多に人の世にこない。歴代の妖草師の関心は、どうしても、人の世に頻繁にくる妖草に、かたよっていた。しかし怨み竹が妖木である以上、彼が今まで戦ってきた火車苔、阿鼻苔、誘静《さそいしずか》、悪夢鳥黐《ゆめとりもち》、鉄棒蘭などの妖草よりも……遥かに強大な勢力を有するものであるのは容易に想像できた。

「妖木という以上、紀州屋敷の人はおろか、その周囲……江戸の町人たちにも害がおよぶのではないか」

「……」

重奈雄は腕の中の俄かに老けこんでしまった尼僧が、妖木が芽吹いたのを実感し、復讐という目標が達せられたと感じた今、生きる意味をなくしてしまったように思えた。それくらい、深手を負い、老化した尼の面差しには、恬澹《てんたん》たる静けさがあった……。口元には不敵の片鱗《へんりん》がある。しかし両の瞳には、憎しみとも悲しみとも違う、重奈雄の理解をこえた……やすらぎがあった。

過去をなつかしんでいるような眼差しの尼に、

「何ということをしてくれたのだ。そなた一人の怨みに、全くかかわりのない町人たちも巻きこむかもしれんのだぞっ！　また、そなたのような者を——生み出してしまうかもしれんのだぞ」

無明尼の良心に訴えようとしたが、甘かった。

今の一言で尼の面から、悟ったような穏やかさは掻き消えている。

憤怒の眼光がきらめくや、俄かに、激しい口調で――

「一人の怨み……。お前にあの御方をうしなった、我が悲しみ、我が苦しみが、わかろうかっ！……『妖木伝』に……記されておるのじゃっ」

激情に駆られた尼は、主張した。

「逆恨み如きでは怨み竹は芽吹かぬ。真の怨み、本物の強き怨念《おんねん》でなければ、怨み竹は、人の世に出てこぬっ、とな。――認めてくれたのじゃ。常世の木が。我が怨念を！　本物と。その真の……」

尼の体が、ぶるぶる、大きくわななく。

そして、がくりと――動かなくなった。こと切れたのである。

（………不憫《ふびん》な）

重奈雄はせめて無明尼を、怨敵への怒りから解放された状態で、逝かせたかった。

深い憐憫《れんびん》に突き動かされそうになった重奈雄だが同時に妖草師の怜悧《れいり》な計算が働き、

（――「妖木伝」？）

切れ長の瞳から冷光が発せられた。

重奈雄は鉄棒蘭の杖を手に取るや、大雅に肩をかし不動堂に入った。

人の世に生えた鉄棒蘭は、誰か一人主《あるじ》を決め、その主に逆らう者を猛襲する恐るべき草である。この妖草、己が着生する枝をにぎる者を、主と定める。鉄棒蘭が繁殖すると子の鉄棒蘭は親の鉄棒蘭の意向にしたがう。

乃《すなわ》ち、親の鉄棒蘭が着生する枝、杖をおさえれば、はなれた場所にある複数の鉄棒蘭を、動かせる。

さて、逆乙女の逆転の呪縛《じゅばく》がとけた際、無明尼は既になく、鉄棒蘭は……無主の状態になった。そんな混乱下の鉄棒蘭の杖が、重奈雄に、ひろわれている。何が起きたか。

今まで散々襲ってきた妖草どもは、完全に重奈雄の支配下に置かれた。

堂内に入った重奈雄、

その……枯れ葉色の書物が視界に飛び込んできた。

(『妖木伝』)

常世の深奥に生える妖木について記された、天竺《てんじく》起源の「妖木伝」。

ほとんどの妖草師が存在すら知らぬ奇書であり庭田家にも渡来していなかった。

（さっきの無明尼の言から、あの書物に妖木について記されているのだろう）

――速読。

怨み竹の項目を見つけ、頭に叩きこむ。

さっき寝かせた大雅に、

「待賈堂さん。誰かすぐよこすから、ここで待っていてくれ」

「はい。庭田はん……ご無事で」

激戦を予測している重奈雄は、

「……うむ」

堂を、出た。

駒場野から駆け出た所で重奈雄は、馬をつれ畑にむかう百姓に遭遇している。重奈雄は呼ばわった。

「おい！　俺は紀州藩の者だ。藩邸を賊が襲おうとしているという知らせを受けた。急ぎ、赤坂に、知らせねばならん」

「……」

「俺が町人に見えるのは、賊中に潜りこんでいたためだ。時間がない。その馬をかしてくれ！」

「はいっ」

馬に歩みよりながら、

「あと、賊に襲われ怪我をした仲間が、あそこの不動堂にいるから介抱してあげてくれ」

むかおうとする百姓に注意する。

「俺がきた道を、すすむんだ。妙な草があるゆえ――俺がきた道の外は通るな！」

重奈雄は、馬にのった。

京都には、藤森《ふじのもり》の馬場があり、町人でも乗馬が体験できる。

庭田重奈雄は武芸は不得手であるが、馬にはのれた。

農民のつれていた馬にのった重奈雄は、颯爽《さっそう》と――東へむかっている。手には鉄棒蘭の杖があった。

激闘・紀州藩邸

その……少し前。

赤坂、紀州徳川家中屋敷。

戦国時代まで赤坂の丘は茜山《あかねやま》という里山だった。犬四手《いぬしで》やクヌギ、白樫《しらかし》やケヤキ、武蔵野を代表する樹々の下に名の由来となった茜草《せんそう》がわさわさと生えていて、周りの百姓たちが、よく、薪拾《たきぎ》いにくる里山だった。

赤坂の「赤」は茜に由来すると言われる。

さて、その豊かな雑木林は中屋敷のそこかしこにのこっている。

つまり、広大な藩邸の庭は、人工の庭園と、元々、そこにあった雑木林を、そのままのこした場所の二つからなり、今、白日夢のまどろみの中にいる、徳川宗直の魂魄《こんぱく》は、自然の林がのこされた一角、茜草がどっと群生する上をたゆたっていた。

「殿……殿……」

江戸家老・横井監物の声がする。

目が、さめた。瞼《まぶた》を、開ける。

書院であった。

どうも、書院で監物と対面する内、ふとうとうとして、庭に魂が迷い出た夢を、見ていたようだ。

ギヤマンの大きな鉢の中で幾匹もの華麗なる金魚が泳いでいる。

羽衣の如く、ヒレの大きい金魚。

赤銅《しゃくどう》と、黄金のまじったような鱗《うろこ》の金魚。

でめきん。

透明な鉢の中で泳ぐ金魚たちの姿は、天空の林で仙女たちが漂っている図に見えた。

金魚鉢の向うに座す監物が、

「殿。いかがされました？　お疲れにございますか」

江戸家老・横井監物は四角い顔。目に、野獣に似た力の漂う男で、右頰に古い刀傷がある。

三十九年前、十六歳の横井監物は、刺客団を統率し——松平頼雄を討った。

宗直が、側近の中でもっとも若い監物に、闇討ちの統率を命じたのは二つの理由による。

一つには、他ならぬ監物が――家中の頼雄人気を警戒、悪い芽は早めにつみ取った方がよろしいと……強く進言していたこと。

二つには、監物の剣力、判断力、野心が、抜きん出ていたからである。

期待通り彼は頼雄暗殺を成功させた。頬の傷は、頼雄が、最後に振った剣によるもの。藩政の闇の部分を見てきた男であり、左様な諸々《もろもろ》の功により、江戸家老に任じられている。

いわば側近中の側近であるが、この所、宗直はかすかに監物をさけていた。

ふとした思いつきなのだが、もし兄と自分の立場が逆だったら、監物はためらわずに自分を斬ったろう――と気づいたのが、きっかけだった。

要するに監物は自分の人柄でなく立場についてきているのだと思えた。

そう考えると不意に監物が……信用の置けない人物に思えてきた。さらに、自分の闇の部分、隠したい部分が、全て監物への命令に凝縮されている気がして、極楽往生……というものを強く意識しはじめた今日この頃、監物の顔を見ると――不愉快になることの方が多くなってきたのだった。

身勝手だとは思う。だが、自分の嫌な所が、自分から分離し、一人の人間として、勝手に動きはじめたら……誰しも、その相手を嫌うだろう。

宗直にとっての近頃の監物がそれだった。

横井監物は、勘の鋭い男である。

今日も、彼は、宗直がかすかに距離を置きはじめたのを鋭敏に察し、こちらの真情をたしかめようと金魚などもってきたのかもしれない。

「まことに見事な色艶《いろつや》の金魚にございましょう。一目見て、これはもう殿に進上せねばと思い……。お気に召しませぬか」

獣的な眼光は隠されている。監物は、やわらかく、笑んでいる。宗直は、

「見事な金魚だと思うぞ監物。じゃがこの歳になると、どうしても、見た目の美しさより生き様というものに……目がいってしまっての」

「生き様にございますか？」

「そうじゃ」

両者の間の、微妙な空気の変化を察したか、宗直の両脇でハタハタと扇子を振っていた二人の小姓の動きが、鈍くなった。送られてくる風が弱まったので、宗直が眉をひそめるや、また、扇を早く振りだしている。

「たとえば——見た目の美しさで金魚にかなう魚は、なかなかおらぬ。ただ、こ奴らは、ギヤマンの鉢や御殿に守られておる。獺《おそ》や、水鳥に、襲われる怖《おそ》れもない」

宗直の脇で扇を振る二人の青白い小姓は美々しく着飾っていた。

「はい」

「金魚をな……泥田や、葦《あし》などの生い茂る沼に、放ってみたらどうか？——身を守る才覚のある者はわずかなのではないか。じゃが、泥田や沼には、元々、タナゴやフナ、鯰《なまず》が棲《す》んでおる。彼奴《きゃつ》らは、常に、敵の目を盗み、餌《えさ》を獲《と》る、知恵と、度胸、逞《たくま》しさをもっておる。監物、金魚と田沼の魚……両者を並べると三歳の童子でも金魚の方が綺麗じゃと言うであろう。じゃが、老い先みじかくなってくると——タナゴやフナ、鯰、素朴な魚のもつ——生き様の美しさに、目がいってしまうのよ」

監物は眉一つ動かしていない。やがて、真《まこと》に感心したようなやわらかい声で、

「——恐れ入りましてございます」

二人の小姓も生娘《きむすめ》に似た微笑みを浮かべて首肯《しゅこう》している。

（わしの周りは……狸《たぬき》ばかりじゃ。いつからこうなった？　いつから……）

宗直が思った時——

メリメリメリメリメリィ——ッ……！

とんでもない音がした。

何か、殺気の塊が、庭の方から、床下を疾駆し、自分の下へ近づいてくると思った直後、

床が裂ける音がして——それは現れた。

赤、黒、赤、黒、赤、黒。

節ごとに、色の異なる、赤黒二色の竹。

尖端《せんたん》はまるで人がそいだ竹槍《たけやり》に似た形だ。

その誰もがはじめて見る異様な竹が宗直の三尺ほど前方、青畳を貫通して唐突に現れ、若い頃の宗直でも、よけ切れない魔の速度で、迫り——脇肉を削《そ》ぎさらう形で……向う側に突き抜けた。

痛くは、ない。

宗直は、ごぼっ、ごぼっと、こぼれる血潮と、ダラリと下がった腸《はらわた》が、自分のものとは思えなかった。だがそれが自分そのものであると悟った時、正気が飛ぶほどの激痛が、体の隅々までいきわたり、

「わぁぁぁ——っ、わぁぁぁ——！」

咆哮《ほうこう》している。

宗直の左側にいた、小姓が、傷口を手で押さえようとする。

しかし彼もまた、

「――」

青畳が裂け、また別の赤黒二色の竹が出てくると――尻から臍《へそ》まで、直線的に貫かれ、声ももらせず絶息している。

もう一人の小姓は、扇をすて、刀で宗直を突いた竹を切ろうとした。

刹那、ガッーシャァン！

ギヤマンの鉢がわれ、金魚がビチビチビチ――宗直の、血の上を、跳ねている……。

金魚鉢の直下から登場した三本目の妖竹は、有無を言わせぬ素早さでもって、抜刀した小姓に迫り、ムチの要領で――顔面をぶっ叩いた。

その小姓は、毬《まり》の如く飛んで、唐獅子《からじし》と断崖を描いた襖《ふすま》にぶつかり、金粉銀粉をふんだんにつかった豪華な建具を……血で汚しながら、動かなくなった。

宗直の手が、ぶるぶると監物に伸び、

「助けよ……わしを」

同席していた近習《きんじゅう》もはじめに小姓を討った妖竹に薙《な》ぎ倒されており、部屋にいる生者は宗直と監物だけだった。

監物は――異様なほど落ち着いている。人に言えぬ、様々な闇の仕事をこなしてきた過去が、妖《あや》しの竹を見ても動じぬ不気味な胆力を、この男に宿したようである。

音もなく立ち上がった監物は、主に告げた。

「いや……無理でしょう。それがしにお助けできる度合いをこえておりまする」

「おのれ……は」

腸を腹からこぼした宗直を見つめる監物の唇は、ほのかに、笑んでいる。また、その両眼は、氷に似た光を放っていた。(殿がそれがしを、疎《うと》んじはじめておられたこと……気づいておりましたぞ)という眼光に思えた。

「おのれ監……!」

踵《きびす》を返した監物に、怒鳴る。だが、宗直の声は途中で遮断された。何故なら――また新しい竹が一本、背中に、突き刺さり、右の肺が破られた。血の奔流と共に右胸から竹の尖端が出てきた所で――命は、止った。

宝暦七年、七月二日。七十六歳の紀州藩主・徳川宗直は江戸、紀州藩中屋敷にて没した。病死であったと……伝わっている。

「大変でございまする！　大変でございまする！」

中屋敷の柳の間にいた宗将の許《もと》に、駆けてきた時、江戸家老、横井監物の袴《はかま》は、血で、濡れていた。額には汗、両目からは涙がこぼれている。

「一大事にございまする！　黒書院に化物が出まして、殿が、殿が――討ち死にあそばされました」

書見していた宗将の面は蒼白《そうはく》になっている。

「父上が、討ち死に……。化物……。一体どういうことだ！　落ち着いて話せっ」

監物から様子を聞いた宗将は、いまだ半信半疑であったが、腕の立つ若侍どもをつれ、父が討たれたという場所に急行した――。

宗将の胸中は、

（父上が……化物に……。真にお隠れになったのか。そして――奥は大丈夫なのか）

妖しの竹が出たという黒書院は、宗将のいた柳の間と奥御殿の間にある。奥御殿には、徳子や、女たち、子供たちがいた。今、武装した侍たちとむかっているが、到着より前に化物が奥向きを襲えば……徳子らが危ない。

（無事でいてくれ）

その宗将のすぐ傍らにぴったりよりそっている監物の袴が切れ血で濡れているのは巧妙

な偽装による。

監物は、宗直の部屋から出てすぐ、刀で腿《もも》を切って血を出した。袴を、血で赤く汚し、さも必死に主君を守って奮戦し……手傷を負ったように擬態した。

監物の胸中は――

（ここで化物を倒せば、新しき殿の信頼も勝ち得られよう。真に辛《つら》い所は若侍どもにまかせ……正念場で、わしが手柄を立てたようにつくろうのが、肝要じゃな）

徳子は、

「落ち着いて話しなさい。そなたの話では、何が起きているのか皆目わからぬ」

得体の知れぬ竹が生え、腰元たちを殺《あや》めているという報告を、切羽つまった様子で走りこんできた下働きの女から受けた。しかし支離滅裂で全く要領を得ない。

「子供たちは奥の間に逃がすように」

乳母に告げた徳子は、御自身もお逃げ下さいと言う下女に、

「何が起きているかわからぬのに逃げ出したら――当家の恥！　この目で、たしかめにゆきます」

武士の棟梁《とうりょう》、徳川の家に嫁いだという自負が徳子にはある。薙刀《なぎなた》をもった腰元たちと

共に、化物が出ているという方に、むかった。自らも薙刀を構えている。

連子窓《れんじまど》から光の差す、長い廊下を、すすむ。紀州藩邸では……いまだ先代藩主の倹約の精神が息づいており、表と奥をつなぐ廊下の畳は黄ばんでいた。

まがる。

「――」

老女が、いた。

血溜りができている。

京から自分についてきた老女が、倒れていた。

「そなた――」

徳子は駆けよっている。

「お姫様《ひい》……早くお逃げを……」

助け起こされた老女の腹は血でしとどに濡れている。何か鋭利なもので、突かれたのだ。

「何という……」

何かがどっとこみ上げてきて、徳子は、掌を唇に当てている。思わず途方に暮れた眼《まなこ》をさ迷わせた。

「高雄《たかお》の紅葉を……もう一度見たいと言うておったな？　桂川《かつらがわ》の、春の川べりで北を向いた時、雪を抱《いだ》いている愛宕の姿を……もう一度見たいと言うておったな？」

「はい。……見とうございますなぁ」

「そなた……ずっと江戸に。わたしと一緒にきてからずっと江戸に――」

「よいのです。お姫様。早くお逃げを！　貴女を守るのがこの婆《ばば》の……」

言った瞬間、老女の息は、止っている。

再び、床下から、突き上げてきた赤黒二色の竹が……さっき刺した傷口の、すぐ傍らを貫き、そのまま、体の前まで通って、薙刀をもっていた若い腰元の鳩尾《みぞおち》まで朱《あけ》に染めたのだ――。

「わぁぁ！　あぁぁっ」

朋輩を討たれた、十五歳くらいの腰元が、薙刀で切り込む。

刀で叩かれた竹はグニャッとまがるも折れるまではいっていない。

しぶとい竹は、すっと矛先転じ、果敢に薙いできた腰元を突こうとした。

（危ない）

「ターッ！」

徳子は、猛烈な気合いと共に――薙刀を横振りしている。江戸に嫁いでからならった程度の腕前ではあったが、天の助けか、徳子の一撃は魔の竹の尖端を二つに裂き、そのまま火花散らして敵の体を幹竹割《からたけわ》りにしつつ、三尺ほどすすんだ所で、止った。

(何じゃ……これは。宗将様《あなた》。重奈雄……重奈雄!)

夫の安否が、気になる。同時に——庭田重奈雄なら眼前の竹をどう倒せばよいか、知っている気がした。

バス! バス! バス!

徳子に切られた竹は手強《てごわ》いと思ったか引っこんだが、早くも新手が三本、黄ばんだ畳を粉塵《ふんじん》と共に突き破って現れている。

「前をむき、薙刀を構えたまま、奥御殿まで下がります!」

徳子は毅然《きぜん》とした面差しで指示した。

(間に合ってくれ! 無事でいてくれ——)

庭田重奈雄は——馬で駆けている。

渋谷村を通過。

富士山が見えることで有名な、富士見《ふじみ》坂(宮益《みやます》坂)を土埃上げて、駆け上ると……早くも左右から、畑は消えた。

御家人《ごけにん》の簡素な屋敷や、雑木林をそのまま邸内にのこした、小藩の江戸屋敷などが、立ち並びはじめる。

もう――江戸と言っていいだろう。

つまり町人の装いをしている重奈雄が馬にのっているのを、二本差しにみとがめられると、いろいろとまずい。

さる藩邸の前で、武士たちに、

「おい！　そこな町人！　下馬せぬか。何ゆえ馬にのっておる」

声をかけられた。

汗だくの馬はかなりばてており、侍どもから呼ばれると、止ってしまった。

七人の侍が取りかこんでいる。

「それがし今は町人の風体《ふうてい》をしておるが、紀州藩の者。火急の案件を、赤坂中屋敷までつたえにゆかねばならぬ」

「紀州藩邸の方々とは、付き合いがあるが……そなたははじめて見る顔。馬から下りぃ」

「……仕方ないな」

重奈雄は、心の中で鉄棒蘭に、

『軽く叩け』

すると次の瞬間には――黒い疾風の如き影が、七人を、打ち据えている。

「ひゃっ」

「ぎっ！」

「う……」

まだ鉄棒蘭と、うまく、意思の疎通ができない。相当強く叩いてしまった。

七人は、昏倒《こんとう》している。

「すまん！　強く叩きすぎた。許せっ。すまぬ」

重奈雄と馬は、再び大山道《おおやまみち》を、土埃上げて、赤坂の紀州屋敷方面に疾走している。

やがて広大な赤坂中屋敷の塀が見えてきた。

西山の雑木林を、内側に取りこんだ、赤坂中屋敷。

内側からは——何の物音も聞こえてこない。あまりに広すぎるゆえ、かなりの騒動であっても、表通りでは聞こえない。

塀の内側に大きな榎《えのき》があった。

重奈雄は、下馬。鉄棒蘭を榎の枝に巻きつけるや——塀に足をかけて上っている。

そして、

「礼を言う」

馬に笑いかけると、飛び降りた。

榎、ケヤキ、紅葉《もみじ》などが立ち並び、糸笹が一面に生い茂る中屋敷の庭に立ち入った。走る。

しばらく笹原を走ってゆくと……さる瀟洒《しょうしゃ》な御殿の方から、女たちの悲鳴が聞こえた。

（奥御殿か）

畳の上に、文台《ぶんだい》が置かれている。漆黒《しっこく》の中、鶯《うぐいす》や雀《すずめ》、柘榴《ざくろ》の実が、幾種類もの美しい貝で表現された、螺鈿《らでん》文台だ。

文台の上には短冊が置かれている。

宗直の側室たちの、連歌の会がおこなわれていたのだ。

奥御殿の、座敷。

徳子と、宗将の側室たち、さらに下女たちで、子供たち、宗直の妻たちを、守るようにして立っている。

（あの竹は……人を殺めると勢いをますようだ）

薙刀をもった徳子は思った。

奥御殿の他の部屋は、全て、増殖したあの竹に占領されており、外部との連絡は、完《まつた》く、絶たれている。表御殿にいる夫が無事なのかどうかも定かではない。

格天井《ごうてんじょう》をあおげば、鏡板の一つ一つに、椿、半夏生《はんげしょう》、スミレなどが描かれている。床の間の下方は、松や笹、センノウをもちいた、いと涼しげな立花で飾られていた。恐怖に濁った人々の表情を別にすれば、普段と何ら変りのない座敷なのだ。

しかし、この部屋から一歩出れば、血潮、討たれた腰元の屍《しかばね》などが転がっており、凄《すさ》まじい地獄絵図になっている。

「母上……」

袂《たもと》を引っ張られた。母親の衣を引いた若君の頬は涙で濡れている。徳子は、叱った。

「――怖れてはならぬ。そなたが長じた時、もし戦《いくさ》が起これば、そなたは多くの兵をひきいねばならぬ。そなたが敵を怖れれば、その怖れは兵たちにつたわる。曹軍《そうぐん》百万の松明《たいまつ》を見た時、そなたの好きな周瑜《しゅうゆ》は恐ろしいと思いましたか？　思わなかったはず」

「……はい」

若君は、泣きながら答えている。

――無理だろうと思った。こんな年端もゆかぬ子に、あの強大な敵を怖れるなとは、何事か。怖くて仕方がないというのがごく自然の感情ではないか。思いつつも、そう言わねばならぬ徳子であった。

メキッメキッメキッメキッメキィ！

妖しの竹が、きた。

五本。

尖端が鮮血に濡れた竹が、徳子のやや前方の畳を突き破り、ゆら、ゆら、と揺れている。

いつ突くか頃合いを計っているように。それだけで、宗直の側室たち、童《わらべ》らが、恐怖の泣き声を上げた。

二本の血に濡れた魔の竹の尖端が——自分の方に、むいた気がする。薙刀をにぎる力が強まる。

熱い生唾《なまつば》が、喉を、下りてゆく。

(どうすれば……)

——進退きわまった気がした。

その時である。

バキィバキッバキィドカドカッドーン！

明り障子が、ぶっ壊れ、庭の方から——黒いムチに似たものが、入ってきて、五本の殺人竹を一気に、叩き折っている。

（え——？）

逆光を背に入ってきたその男は、黒く長い棒状のものどもを、つかって、恐るべき魔の竹どもを粉々に破砕している。

その男は、後ろ姿のまま——

「……何とか間に合ったようだな」

徳子の瞳から一筋の涙が落ちた。

「…………重奈雄」

重奈雄は、水の如く静かな声で、

「怨み竹。この、常世の木の名だ」

「怨み竹？」

「何本もの竹に見えるが……実は地下の茎でつながっており、一本なのだ。かく言う俺も今日はじめて知ったのだが」

重奈雄は、汗をふきながらはじめて振りむき、

「徳子。怨み竹を倒すには——大本になっている根を、叩かねばならん。何処だかわかるか？　はじめて、こ奴が出てきた場所」

徳子は、自分でも意外なほど、はっきりした声で、

「はじめて出てきた場所は知りません。わたしがはじめて見たのは、表御殿《おもて》に行く廊下」

「承知した」

ベキィィッ——……！

奇襲だ。

怨み竹の。

雲と竹が描かれた襖を貫き通り重奈雄に襲いかかっている。

だが、重奈雄が棒状の草で、容赦ない一撃をくらわすと、バキッと破砕して動かなくなった。

「そっちへ行ってみる」

涼しい声で告げると、重奈雄は徳子のいる座敷から悠然と出ていった——。

途中、次々と襲いかかってくる怨み竹を、鉄棒蘭で、薙ぎ倒しつつ、すすむ。

妖木・怨み竹は、常世の深み、魔界冥界《めいかい》に叢生《そうせい》する木である。時々、種子《しゅうじ》を人の世にむかって飛ばす怨み竹。ごく稀《まれ》にこちら側にたどりついた種が芽吹くには何者かへの強い怨念が必要だった。

最初に怨敵《おんてき》を討って血をあびると、勢いがます。すると、後はもう、見境なく他の人間を殺めてゆく。血をあびればあびるほど——怨み竹は益々《ますます》ふえる。

個の硬さで言えば、鉄棒蘭の方が硬い。

だが怨み竹が鉄棒蘭より恐ろしいのは……この、人を殺めながら、際限なく増殖してゆく所なのだ。

まさに江戸の町を壊滅させる危うさを秘めた妖しの木であった。今、重奈雄は、さっき入手した「妖木伝」の知識をもとに——怨み竹と対決しようとしている。

(不憫《ふびん》な……徳子と共に江戸に下った老女ではないか)

重奈雄は、黒書院の方へむかう廊下まできた。

重奈雄も顔を知っている老女と若い腰元が倒れていた。他に、人影は、ない。また怨み竹の姿も、見えない。

ずっと前の方では、侍たちの怒号、悲鳴、刀と竹がぶつかり合う音がする。藩士たちが戦っているのだろう。

重奈雄としては鉄棒蘭がもつかという心配があった。無明尼の杖についていた鉄棒蘭には、棒状の葉が、十二、三本、あった。かなり丈夫な鉄棒蘭であるが……怨み竹との戦いには、相当、消耗があるようだ。傷ついたり、元気がなくなって萎《しお》れたりしている葉が、ちらほら出てきた。つまり戦いにつかえなくなった葉が、四、五本見られる。

他に、重奈雄がもっている妖草は、風顚磁藻《ふうてんじそう》三個。明《あか》り瓢《ひさご》、一つ。

とても……怨み竹との戦いに耐えられるとは思えない。

(頼みの綱は鉄棒蘭だけか。少し、こころもとないな)

重奈雄が感じた瞬間、すぐ、真下から、筍《たけのこ》が出てきた。怨み竹の筍だ——。

跳ねて——かわしている。

跳躍した重奈雄は、上から打ち下す形で、鉄棒蘭を叩きつけた。相手は粉々に散っている。

着地した。

ミシィッ——ン!

また、筍。

前へ、跳ぶ。

着地した。

ミシィッーーン！

また、筍。

前へ、跳ぶ。

そこからも筍が出てきて重奈雄はさらに前方に跳躍した。

振り返ると、一直線に並んだ三本の筍は、六尺くらいに成長。獲物を探し、ゆらゆらと揺らいでいる。

重奈雄は、鉄棒蘭を横薙ぎし――三本の筍を打ち払った。

「あまり、こういうのは得意ではないんだが……な」

宗将は、父が討たれたという、黒書院の近く、小書院で、次から次へと、畳を突き破って現れる竹どもと戦っていた。黒書院からは御膳立間《おぜんだてのま》、小書院からは風呂を通って、奥御殿に行ける。

一刻も早く奥御殿につき、徳子らの安否をたしかめたい宗将だが――竹の猛威は凄まじい。槍、薙刀で武装した多くの藩士が、既に、犠牲になっていた。

（藩士の血を吸えば吸うほど、こ奴ら勢いづいているように思える……何なのじゃ、この竹は！）

畳の広間の向う側半分が、竹藪のようになっている。赤黒二色のおぞましい竹が、数十本、殺気をはらんで、整然と、並んでいる。

その竹藪の中に……十六人の骸《むくろ》があった。

ある者は、大刀で発止《はっし》と竹の打撃を受けた迄《まで》はよかったが、その竹とギリギリ鍔迫《つばぜ》り合いしている内に、筍のようなのがシュッと……出てきて、右脇腹から左腋《わき》の下にかけて串刺しにされ——血反吐《ちへど》を撒《ま》きながら、逝った。

またある者は、横薙ぎしてきた竹を、かがんでよけた瞬間、別の竹に肩を突かれ——勢いよく飛ばされて柱に頭をぶつけたきり、動かなくなっている。

竹の幹の中ほどに串刺しにされている者あり。

畳の上に血溜りをつくって、転がっている者あり。

掛け軸や襖にも、返り血がかかっていた。

つれてきた侍で、今戦えるのは、横井監物以下十四人。

「監物。これは……我らの手におよばぬのではないか。他藩には、斯様《かよう》な妖変にくわしき者がおるかもしれぬ。近隣の藩邸に、助けをもとめるべきではないか」

監物はきっぱりと、頭を振って、

「何を弱気なことを仰せられます。一体どう、他藩に説明すればよいのでしょう」

監物の瞳に、氷山より冷やかな眼光が灯《とも》り、

「竹が邸内に生え、藩士が討たれたと？――天下の笑い者になるだけです！」

真槍《しんそう》をもった監物は、言った。しかし宗将は、熱い言葉と裏腹に、何処か冷めたものを、監物の内にみとめた気がしている。

奮戦し、懸命に指揮している監物だが……竹との戦いが激烈になってくると、すっと身を退《ひ》き、一番大変な所に若手を投入している姿が、一、二度、目に入ったからだ。

ビーンッ！

宗将の前に立っていた侍がやられ背中を突き破って出てきた魔の竹が凄まじい勢いで迫ってくる。

大刀を、振る。

竹は、巧みに、よけた。すぐに突いてきている。後退した宗将だったが、家臣の血のぬかるみに、すべり、

「あっ」

とよろめいた。

次の刹那、掌の肉を、魔竹の一突きで削《そ》ぎ落とされている。

「ぐっ」

監物の槍が動く。宗将を守ろうと、竹をはたいた。

だが竹もしぶとい。

角度を変え、監物を襲おうとし、後続の竹どもも一斉にザザザッーと前進する所作を見せた瞬間——その男は、やってきた。

バキバキバキバキバキィ————ッ！

何……なのだろう。

黒く長い影が、何本か、横に動いている。

風呂場の方から現れた、その男は、超常の武器をもっていた。

男の杖からくり出された黒い幾本もの影が圧倒的猛威を振るっている異世界の竹どもを強引に駆逐してゆく。

節単位くらいの、細かさで、竹どもは、横割り、された。

ガラガラガラガラガラァァッ！

竹の破片が、雪崩《なだれ》同然の姿で、畳の上に落っこちる。

宗将も監物も家来たちも愕然《がくぜん》としている。

「何者じゃ？……………そなた」

「そういう、あんたは？」

監物が、

「無礼者！」

「よい。わしは当家の主・宗直が嫡男、宗将じゃ」

ああ、この人がというふうに目を細めた重奈雄は、

「俺は庭田重奈雄。――妖草師」

「……妖草師？」

重奈雄は落ち着いた様子で、言った。

「この屋敷にいる京の女《ひと》から、妖しの草が出て困るゆえ、刈りにきてほしいと頼まれた者にござる。本日は妖草を通りこし妖木が出てきた次第。当方は……妖しい者でないゆえ、あしからず」

「重奈雄。……この竹は？」

怨み竹の残骸を踏みながら宗将に近づいた重奈雄は、教えた。

「怨み竹。人の血をあびると、勢いづく……常世の木。怨み竹は、大本の根を叩かねば、

おさまりませぬ。はじめにこの竹が出た場所を御存知の方は?」

「この横井監物が知っておる。黒書院。殿が討たれた所じゃ」

すすみ出た監物は、

「じゃが黒書院は、あまりにも、あの竹がのさばっているゆえ、小書院を通って、奥向きの方々を助けに行こうとした所、竹どもに阻まれた次第」

「まず女子《おなご》衆子供衆は無事だ。奥御殿に出た、怨み竹を倒しながら――ここまでやって参った」

「おぉぉ!」

「また、いかに危なくとも、黒書院の大本を叩かねば……怨み竹は倒せぬ。ご同道願えますな」

監物は、悔しげに、

「勿論じゃ……殿の仇《かたき》をお取りせねば……」

三人の近習が――徳子らの方に走り、重奈雄、宗将、監物、のこりの者で黒書院にむかう。

「――――!」

一行は……黒書院前の庭で――唖然《あぜん》とした。

徳川宗将や、横井監物が見なれている、黒書院前の庭。

それは、ツツジや柘植《つげ》、松や楓《かえで》、サザンカなどの間に石灯籠《いしどうろう》が見られる、ごく普通の庭だった。

しかし今、一行の眼前に広がる庭は……趣を異にする。

中心に大物体があった。

怨み竹によって、構成されている。

竹藪を通りこし竹籠《たけかご》になってしまったかのようにぐちゃぐちゃに何百本もの怨み竹がからみ合っている。左様な、大物体が、庭の真ん中にどんとあった。

怨み竹の大藪と呼ぼう。怨み竹の大藪の周りには、得体の知れぬ樹が生えていた。

形は、草の蓬《よもぎ》に似ている。

蓬に似た……樹なのだ。

大きさはシイや樫の巨木を、遥《はる》かにこえていた。

そういう樹が、五本、籠状に密生する怨み竹の周りに、生えている。

「蒿柱《こうちゅう》……」

重奈雄は呟いている。

延喜式二十一巻には、

蒿柱——蒿《よもぎ》茂り大にして宮柱となすべし。

宮殿の柱になるくらい立派な蓬、つまり、蓬に似た妖木の名が、記されている。

怨み竹と、蒿柱の周囲では、黄色く踊り狂う舞草《ぶそう》の叢《くさむら》や、ブクブクと泡を噴きつづける朝顔に似た大きな花が、人の世の庭木を、侵食していた。

大朝顔と言うべき、妖花から発せられる泡は、まるでしゃぼん玉の如く、ふわふわと浮き上がり——庭の中空を満たしている。

「これは……一体」

「怨み竹の侵入で人の世と常世の境が曖昧《あいまい》になり、他の妖草妖木が……大挙して入ってきたのだ。もう少しすて置くと取り返しがつかん。妖草妖木のみならず……獣の妖《あやかし》まで入ってくるぞ！」

重奈雄は、走りだした——。

監物、宗将、侍たちも、つづいている。

重奈雄は、いくつものシャボン玉を掻きわけるようにしてすすんだ。この妖花はただ泡を出すだけで、これと言った害を、人体におよぼさぬようだ。

だが乱舞する泡の中に入って少しすすんだ所で宗将と近習たちが重奈雄からはぐれている。早くも、重奈雄を見うしなっている。

（ちっ、戯《ざ》れ豆《まめ》か）

見れば宗将らの傍らのツツジに、びっしりと戯れ豆が巻きついていた。方角を惑わされたのだ。重奈雄の傍らには監物がいるばかり。しかし、この状況で紀州藩士が、重要な戦力になるとは到底思えなかったし、むしろ余計な犠牲者が出るだけな気もしたので、重奈雄は先にすすんだ。監物もつづいている。

シャボンの嵐がどっと面に当たってくる。

両手で、掻きわけるようにして、すすんだ。

シャボンの嵐が、終る。

黄色い舞草を踏んでいた。

突然――ブゥゥ――ンッ！

鉄棒蘭に、襲われている。

近くの椿の木に鉄棒蘭が巻きついており、そいつが急襲してきたのだ。

この鉄棒蘭は……今、常世からきた個体なので、重奈雄の意にはしたがわない。自分の意思で蠢《うごめ》く鉄棒蘭だ。

あまりに唐突な一撃であったため、重奈雄は、ひるんでいる。手をぶっ叩かれ――頼みの、鉄棒蘭の杖を、落としている。

その杖は苔の上を転がり……監物の手の中におさまった。

槍を置き、杖を、ひろい上げた監物。

「……」

「早く、それをよこせ」

重奈雄が苦しげに言うと、何を思ったか監物は――不気味な眼光を灯し、

「――断る！　そなた、目立ちすぎたわ」

「何？」

監物は、重奈雄にむかって、鉄棒蘭の杖を構え、首をかしげている。杖の鉄棒蘭が蠢く。

自分の意志で妖草が動くのを、監物は、たしかめつつ、

「今のままでは、そなたが次の殿の寵臣《ちょうしん》になるは明らか」

「己の尺度で人を計るな。俺は、紀州徳川に仕官する気などさらさらない」

「信じられようかっ。そなたを討ち、あの竹も成敗し、新藩主が治める、藩での地位を確固たるものにしてみせん」

重奈雄は――監物が振る鉄棒蘭と、庭木にまとわりつく鉄棒蘭、二つの鉄棒蘭に、襲われた。

重奈雄はシャボン玉の洪水の中に逃げ込んでいる。

「逃がすかっ！」

監物が、追ってくる。必死に逃げる重奈雄はふと――さる妖草を、視界の片隅に見つけた。

竜巻のように、監物の鉄棒蘭が、迫る。

よけた。

左へ跳ね飛んだ重奈雄。さっき、見つけた妖草を物凄い勢いで抜く。

そして、迫りくる鉄棒蘭に――かざし、

「妖草・逆乙女《さかさおとめ》」

すると、どうだろう。

重奈雄のもっていた妖草の花が、ハラハラと散ると同時に、肉迫していた鉄棒蘭が逆行。監物の顔を打ち据えている。

「ガッ……」

面から血を出した監物。

重奈雄は、絶え間なく湧き上がる、七色の泡の中に立った。

と、不意に、地面を突き破って出てきた怨み竹が、監物の鳩尾から後ろ首まで豪速で貫いている。

「アアァァァ――――ッ……」

紀州藩江戸家老・横井監物は、怨み竹の力で宙高くにまでもち上げられ、四肢をわなながせ、血反吐をこぼしながら、逝った。

対外的には藩主・宗直への殉死として発表された。

「愚か也《なり》」

監物の手からこぼれた杖をひろう。鉄棒蘭で、監物の血で濡れた怨み竹が、叩き砕かれる。重奈雄は、池の方に、すすんだ。

池に妖しい水草がないかあらためてから慎重に入る。

（庭木の中を行くより安全そうだ）

ジャブ、ジャブと、敵の本丸である、赤黒二色の鬱蒼《うっそう》たる竹藪に接近する。

武器としては、右手でもつ鉄棒蘭の杖。また帯には監物の大刀を差してきた。

たゆたってきた二つのシャボン玉が重奈雄の肩にぶつかってはじける。

同瞬間、十本の怨み竹が――電光石火の速さで折れまがり、重奈雄を刺そうとしてきた――。

だが重奈雄の左手はさる妖草をかざしている。

逆乙女。

実は、さっき監物に追われていた重奈雄が発見したのは、二輪の逆乙女の花だった。一輪は、監物につかった。

だがもう一輪は、懐中にしまって、もってきた……。

桃色の花びらが、ハラハラと、散る。

襲いきた十本の竹は、百八十度まがって自らの幹を貫いている。

そうやってできた隙間《すきま》から、重奈雄は、竹藪にわけ入った。

懐に入られると意外と鈍感なのか怨み竹は攻撃してこない。

赤黒二色の、不吉な雰囲気の竹林を、歩む。

竹藪の丁度中心に、まるで、かぐや姫がそこから出てくるような、異様な輝きにつつまれている竹があった。

（む……）

赤い所は鬼灯《ほおずき》色の輝きを、黒い所はいぶし銀の光を、ふくんでいる。

（あれが本体か）

失敗は許されない。紀州藩邸の人々の命、いや江戸の町に住む百万の人々の命、場合によっては……もっと多くの命がかかっている気がする。

重奈雄は固唾《かたず》を呑みながら光る竹に近づいた。

バキッ！

地面に横倒れになっていた怨み竹を踏み思いの外大きな音が出ている。

重奈雄の面は、こわばった。

（気づかれたか？）

一瞬にして、怨み竹どもが、行動を、開始した。突きはしなかった。沢山の怨み竹が密集している。竹と竹の狭間《はざま》を、重奈雄は歩いている。突こうにも、突けない。

故に怨み竹は、押しつけるという行動に出た。

重奈雄の両脇の何本もの怨み竹が一挙に迫りきて、はさみこんできた――。

(圧殺する気かっ)

殺到する竹の壁と、竹の壁の間に、はさみこまれた重奈雄は……鉄棒蘭で抵抗しようとするも、全く意味がない。

何故なら鉄棒蘭は、高速で振ることによって――相手を薙ぎ倒す。今は鉄棒蘭の杖自体が両側からきつく圧迫されている。物凄い重量をかけられ、ミシミシ言っている。振り払おうにも、振り払えぬ。

(くっ……どうすれば)

苦痛で、全身が張り裂けそうだ。額から脂汗がこぼれる。

(そうだ)

重奈雄は杖を放し、何とか、帯に差した大刀を抜いた。刀を――投げる。光る竹の根元にむかって。

飛んでいった刀は……勢いよく、刺さった。

急所を突いたらしい。体を圧迫する竹力《ちくりき》が、大分、弱まっている。重奈雄は縛《いまし》めから解かれ刀の刺さった光る竹にむかって走った。

「うわぁぁ！」

一度刺した刀を、抜いて、渾身《こんしん》の力と共に竹の根がある所に——突き込む。

次の瞬間、目が眩《くら》むような閃光《せんこう》がしたかと思うと、全ての怨み竹が——放射状に、倒れている。

竹の濁流で、五本の蒿柱が、根こそぎ倒れる。

蒿柱に押し潰《つぶ》された舞草が散る。

朝顔に似た妖花に、怨み竹がどっとのしかかり、物凄い数のシャボン玉が、噴き出た。

一本の鉄棒蘭が紀州藩士を襲おうとしている。

されど蒿柱が倒れた時の烈風で、逆乙女が三輪ほど散り、その桃色の花びらがはらはらと近よるや、暴走する鉄棒蘭は己で己を叩いて自滅した。

紀州藩邸に出没した一切の常世の植物が、一斉に、滅ぼされた——。

*

「宗将様は……」

「殿、とお呼びになった方がよいのでは？」

「殿は、先君の御葬儀の件について、水戸様、尾張様とご相談され、先例をたしかめておられる。故にお見送りできぬが、くれぐれも庭田殿によろしくつたえてくれとおっしゃった。つきましては……。これ」

葵《あおい》の御紋の入った赤い日傘の下で徳子は後ろの腰元の方に振りむいた。傘をもっているのとは、別の腰元が、金子《きんす》の入った包みを取り出す。

「受け取れませぬな」

惨劇から二日後。赤坂中屋敷の通用門まで、徳子は、重奈雄と大雅を見送りに出ていた。

「……どうして？」

愁容の徳子は、重奈雄に訊ねた。

「そなたのおかげで、当藩邸は救われました。江戸の町は救われました。当家としては、もっと沢山のお礼をそなたにしなければならぬはずなのに……」

腰元たちもうなずいてくれた。だが、彼女たちの面差しは、一様に暗い。皆、あまりにも多くの大切な人たちをうしなっていた。

重奈雄は、

「その……悲しげな顔だ。俺が………一人前の妖草師なら、はじめて赤坂にきた時、怨み竹の種子も見つけねばならなかった」

徳子の首が、大きく横に振られる。

「俺の未熟で、多くの尊い命がうしなわれてしまった」

重奈雄は、きっぱりと言った。

「それは——亡くなった方々の供養につかって下さい」

「あの時と……同じじゃな」

「あの時？」

徳子は遠い昔を思い出す眼差しになっている。

「東福寺《とうふくじ》通天橋《つうてんきょう》。紅葉狩りを……しましたね。今出川と庭田の二家で」

「ああ」

「わたしは十くらいで、そなたはもっと小さかった」

重奈雄は、うつむき加減になっている。

徳子は、

「子供だけで遊んでいたら、わたしたち二人だけふとはぐれてしまって——どうしても赤い紅葉の迷路から、外に、出られないの。怖くなってわたしは泣きそうになった。するとそなたは、叢にしゃがんで………何と言うの？　あの草」

「戯れ豆だな」

「戯れ豆を見つけて、葉を千切って、二人で噛みました。するとわたしたちは………皆の所にもどれたの。嬉しくて涙が止らなかった。泣きながら、お礼を言うと、重奈雄、そなたはわたしに言いました。『ごめんな。泣かせてしまって。俺が、もっと早く気づくべきだった。俺は兄上に比べて、未熟だから』って……。わたしより小さな子なのに。覚えている？」

徳子は微笑んだ。

「………」

重奈雄は、うつむいたまま、小さくうなずいている。

徳子は、目に涙を浮かべ、

「重奈雄」

「また妖草が出れば……そなたを呼ぶのだろうけど、もう……あのような存在《もの》に大切な人たちが殺められるのを、見たくない。故に……決して妖草に出てきてほしくない」

「大丈夫だ。妖草は……人の心の闇や歪みから芽吹く。上屋敷の主は殿なのだろうが、中屋敷の主は、徳子……御簾中《ごれんじゅう》様だ。御簾中様が、皆の心によく気をくばられ、闇や歪みが生じぬよう、当屋敷をお守りになれば——妖草妖木など生える余地がございません。貴女なら大丈夫です」

重奈雄と大雅は深々と礼をし、赤坂中屋敷を後にした。

潮風の、東海道で、

「ええんですか？　ほんまに江戸見物せえへんで」

大雅に問われた重奈雄の草鞋《わらじ》は止っている。

瞳の先に青い大海原がある。

無数の小波《さざなみ》が、キラキラ光っていて、砂浜では貝《かい》殻の絨毯《じゅうたん》を、蟹《かに》が歩いていた。

「ええ。俺のいぬ間に、都で妖草がはびこっていたら大変だ」

「鬼のいぬ間にゆう奴ですかぁ？」

「まあ、そんな所です」

無明尼は江戸に妖木を呼び出した。彼女が都に残してきた妖草妖木が、芽吹いているかもしれない。

まず椿、つづいて幾人もの京の人々の顔が、重奈雄の胸中に浮かんだ。

(仮に妖木が出ても——この本を読めば大丈夫だ)

風呂敷につつまれた「妖木伝」の重みを、しかと感じる。

歩きはじめた重奈雄に、大雅は、

「庭田はん。妖草師、もっとふやしたらどないですか？　数が少ないから大変なん違いますか」

「…………」

重奈雄は妖草を手にした人間を思い出している。

復讐のために、つかおうとした、者。

野心のために、奪おうとした、者。

「そう安直な話ではない気がする。まあ、今宵《こよい》の宿の風呂の中で、たんと説明しますよ」

爽《さわ》やかに笑った重奈雄だが、次の瞬間、顔色が変っている。

砂浜にたむろする昼顔や、打ち上げられた海藻の中に、妖草らしきものを見た気がした。

「どうも、妖しいな」

重奈雄の足は——浜にむかって、ゆっくりと、歩きだした。

引用文献とおもな参考文献

『近世畸人伝』　伴蒿蹊著／中野三敏校注　中央公論新社
『彩色みやこ名勝図会　江戸時代の京都遊覧』　白幡洋三郎著　京都新聞出版センター
『日本花道史』　久保田滋／瀬川健一郎共著　光風社書店
『池大雅　中国へのあこがれ――文人画入門』　小林忠監修　求龍堂
『アート・ビギナーズ・コレクション　もっと知りたい曾我蕭白　生涯と作品』　狩野博幸著　東京美術
『新潮日本美術文庫12曾我蕭白』　狩野博幸著　新潮社
『徳川将軍家と紀伊徳川家』　小山譽城著　清文堂出版
『京都時代ＭＡＰ　伝統と老舗編』　新創社編　光村推古書院
『京都時代ＭＡＰ　幕末・維新編』　新創社編　光村推古書院

ほかにも沢山の文献を参考にさせていただきました。本当にありがとうございました。

解説

細谷正充
（文芸評論家）

とんでもない逸材が現れた。武内涼の『忍びの森』を、読了したときの気持ちである。新人のデビュー作は、それほど才気煥発《かんぱつ》な物語であったのだ。

武内涼は、一九七八年、群馬県に生まれる。早稲田大学第一文学部卒業後、映画・テレビの制作に携わる。しかし多人数の共同作業による映像ドラマでは、自分の創りたい物語を実現させることは難しいと思い、小説を志すようになった。二〇一〇年、第十七回日本ホラー小説大賞に投稿した『青と妖』が最終候補となるも、受賞を逃してしまう。だが、選考委員の貴志祐介氏の強力な推輓《すいばん》を得て、翌一一年、タイトルを『忍びの森』と改題し、角川ホラー文庫より刊行された。その際、本の帯に、貴志祐介氏の、

「風太郎忍法帖＋モダンホラーの恐るべきハイブリッド。忍者と妖怪が戦う物語が、ここまでリアルかつ斬新《ざんしん》だとは」

という推薦の言葉が載せられていた。そう、この作品は、織田軍の伊賀攻めを逃れて紀州を目指す八人の忍者が、たどり着いた廃寺に巣食う五匹の妖怪と死闘を繰り広げるとい

う、異色の戦国忍者アクション・ホラーであった。〝化生《けしょう》の者〟といわれる忍者を、本物の化生である妖怪と、ガチンコ・バトルをさせるところに、新鮮な魅力が屹立《きつりつ》していた。さらにストーリーは単純だが、圧倒的な筆力で読者を翻弄《ほんろう》する、パワフルな勢いも素晴らしかった。これはもう、とんでもない逸材が現れたというしかないではないか！

その後、作者はやはり角川ホラー文庫から、『戦都の陰陽師《おんみょうじ》』シリーズを上梓《じょうし》。こちらは戦国の騒乱を背景に、この世を魔界にしようとする妖魔たちに、七人の伊賀忍者と陰陽師の姫君が立ち向かうという内容であった。デビュー作のテイストを生かしながら、そこに陰陽師を加えることで、戦いはさらにヒートアップ。また一方では、力なき人々を蹂《じゅう》躪《りん》する巨大な暴力への怒りが、熱く綴《つづ》られていた。さらに二〇一三年、羽柴秀吉の紀州攻めに抵抗する、根来衆《ねごろしゅう》の戦いを活写した『秀吉を討て』を刊行。妖怪や妖魔を抜きにしても、スケールの大きな時代エンターテインメントを書けることを証明してくれたのである。

さて、そんな武内作品には、非常に分かりやすい特色がある。植物や樹木に関する描写が多いのだ。なぜここまでこだわるのか、理由は知らないが、作者なりの思い入れがあるのだろう。そうした作者の植物への想いが、奔放な奇想と結びつくことで生まれたのが、文庫書下し長篇の『妖草師《ようそうし》』――すなわち本書である。

長き歴史と豊かな文化に彩られた京の都。自宅に生えた不思議な苔《こけ》に困った画人の池《いけの》大雅《たいが》は、庭田重奈雄《にわたしげなお》という男が頼りになると聞き、彼の暮らす長屋を訪ねた。しかしそこに居たのは、重奈雄の隣人だという画人の曾我蕭白《そがしょうはく》だ。蕭白に連れられ重奈雄に会った大雅は、彼が妖草師であることを知る。公家《くげ》の家を飛び出し、市井《しせい》で生きる重奈雄は、草木の医者をやる一方、妖草師としても活躍している。ちなみに妖草師とは、人の心を苗床にして、この世に芽吹いた常世《とこよ》に生える草――妖草を刈り取る技を持つ者のことだ。妖草そのものに善悪はないが、この世に害をなすものが少なからずあり、始末しなければならない。また、妖草が芽吹く苗床になった、人の心の問題も、取り除く必要がある。

池大雅の家に生えた〝火車苔〟と、もうひとつの妖草は、重奈雄が妖草を調べるために実家に戻った隙《すき》に、誰とも知れぬ尼僧によって始末された。妖草の原因となった、大雅の妻の心の問題も、解決した。だが、謎の尼僧が妖草を持ち去ったと蕭白から聞かされた重奈雄は、引っ掛かりを覚える。はたして、新たな事件は起きた。実家に戻ったときに再会した、花道で知られる滝坊《たきのぼう》家の当主・舜海《しゅんかい》の娘で、重奈雄を慕う椿《つばき》から、妖草絡みと思われる一件の相談を重奈雄は受ける。それを調べていると、尼僧と遭遇。戦いを繰り広げることになる。さらに尼僧の狙いが、紀州藩にあることが判明。かつて愛した女性がいる紀州藩の江戸屋敷で、妖草による騒動が起きていることを知った重奈雄は、一路、江戸を目指すのだった。

ナサニエル・ホーソーンの短篇「ラパチーニの娘」などが有名だが、ホラー小説の世界には、草木の怪異を描いた植物怪談が少なからずある。大きな括《くく》りでいえば、本書もその系譜に属するものといえよう。ただし作者は〝妖草〟と、それを始末する〝妖草師〟を創造し、独自の世界を構築している。この妖草というのが、とにかくユニークだ。冒頭に出てくる扇風機のような蓬扇《ほうせん》を始め、どれもが奇天烈《きてれつ》な力を持っている。その妖草を、重奈雄や謎の尼僧は秘密兵器のように使い、異形のバトルに突入するのである。『忍びの森』や『戦都の陰陽師』のバトルもオリジナリティに満ちていたが、こちらも同等、いや、それ以上の面白さだ。

しかも妖草が、人の心を苗床にして、この世に芽吹くという設定が心憎い。単に妖草を刈り取って、解決するわけではないのだ。妖草を根絶するためには、人の心の奥底にある喜怒哀楽を知り、そこから発した問題を解消しなければならない。そう、妖草と向き合うことは、人間の心と向き合うこと。この設定があるからこそ本書は、アクションだけではない、深い味わいを獲得しているのである。

これに関連して、主人公のキャラクターにも注目したい。かつて恋のために妖草を手に入れようとし、自分を慕う老犬を死なせてしまった重奈雄は、絶対的な正義を誇るヒーローではなかった。ある理由から紀州藩を狙う謎の尼僧から、妖草を利己的に使用したことは、自分と同じではないかといわれてしまうのも、しかたがないことである。でも、その蹉跌《さてつ》を乗り越えたからこそ、彼は庶民のための妖草師になることができた。愛した女性のために、無私の戦いをすることができた。同じように妖草を使いながら、尼僧の対極に位置する重奈雄の姿が、しだいに輝きを伴って立ち上がってくるのである。

これだけでも読みどころ満載だが、作者のネタ投入は、まだまだ終わらない。池大雅と町《まち》（玉瀾《ぎょくらん》）の夫婦や、曾我蕭白といった実在の芸術家が、物語を彩るのである。そういえば作者は、本書の刊行に先立ち、「読楽」二〇一四年一月号に短篇「伊藤若冲《いとうじゃくちゅう》、妖草師に遭う」を発表している。まだ有名になる前の奇想の画人・伊藤若冲が、妖草絡みの騒動で、重奈雄と椿に出会うという短篇だ。架空の主人公が、実在の人物と共演するというのは時代エンターテインメントの手法のひとつではあるが、この芸術家への傾倒は何なのだろう。映像ドラマの仕事に携わっていた作者の、ビジュアルへのこだわりであろうか。滝坊椿の立花《りっか》が、騒動解決の一助になっている場面を読むと、美の持つ力を表現したいという意図もあるようにも思われる。このまま本書がシリーズ化されれば、そのあたりのことも、おいおい明らかになっていくであろう。なんとも先が楽しみな作品である。

近年、妖怪時代小説の人気が高く、『妖草師』というタイトルだけを見れば、それにあやかった作品に見えるかもしれない。だが本書を読んだ人ならば、それは違うとすぐに断言できるだろう。奔放な奇想と破天荒なバトルの中から、人間の熱き想いが溢《あふ》れ出す。武内涼でなければ書けない、唯一無二の世界が、ここにあるのだ。

二〇一四年一月

この作品は徳間文庫のために書下されました。

徳間文庫

妖《よう》草《そう》師《し》

2014年2月15日 初刷
2015年2月28日 3刷

著者 武《たけ》内《うち》涼《りょう》

発行者 平野健一
発行所 株式会社徳間書店
東京都港区芝大門二―二―二〒105―8055
電話 編集〇三(五四〇三)四三四九
販売〇四八(四五一)五九六〇
振替 〇〇一四〇―〇―四四三九二
印刷 本郷印刷株式会社
製本 株式会社宮本製本所

ISBN978-4-19-893795-9